La Prophétie des Papes

ROMAN

La Prophétie des Papes

Antoine Lacoste

éditions
pratiko

2ᵉ édition © 2013   Éditions Pratiko

Toute représentation ou reproduction, intégrale ou partielle, sans le consentement de l'éditeur, est interdite.

Révision linguistique : Pierre H. Richard
Édition électronique : Interscript
Maquette de la couverture : La boîte de Pandore

Diffusion pour le Canada :
  Prologue inc.
  1650, boul. Lionel-Bertrand
  Boisbriand (Québec) J7H 1N7

ISBN 978-2-922889-27-7

Dépôt légal : 2ᵉ trimestre 2013
Bibliothèque nationale du Québec
Bibliothèque nationale du Canada

Imprimé au Canada

A tous ceux qui ont cru
à la publication de ce livre

Jugement dernier

« Puis je vis un grand trône blanc, et celui qui était dessus. La Terre et le Ciel s'enfuirent devant eux. Et je vis les morts, les grands et les petits, qui se tenaient devant le trône... »

Apocalypse selon Jean.

Jugement dernier

« Moi, Jésus, j'ai envoyé mon Ange pour vous attester ces choses dans les églises. Je suis le rejeton et la postérité de David, l'étoile brillante du matin. »

Apocalypse selon Jean.

Prologue

Fatima (Portugal) 1916-1917

L e troisième secret de Fatima reste à ce jour l'une des plus grandes énigmes de ce siècle. Nul n'a pu en percer le mystère, à l'exception des papes qui se sont succédés depuis 1960, de Lucia, porteuse originale du message et de son amie Victoria.

Au début de mai 1916, un événement, qui allait devenir historique, bouleversa la vie paisible de trois petits bergers ainsi que celle de tous les habitants de leur village de Fatima, au Portugal. Un jour que les enfants, comme à leur habitude, guidaient les troupeaux de brebis dans de verts pâturages, ils virent apparaître un ange qu'on nomma « l'Ange du Portugal ».

La venue de l'être céleste avait pour but de préparer Francisco Marto (1908-1919), sa sœur Jacinta (1910-1920) et leur cousine Lucia dos Santos (1907-2005) aux futures apparitions mariales dont ils seraient témoins et qui auraient lieu au cours de l'année suivante, soit en 1917. En effet, six apparitions d'un personnage mystique qu'on désigna comme « une Dame de Lumière » se succéderont, au rythme d'une par mois, de mai à octobre 1917. Ces visites célestes étaient destinées à livrer aux hommes de bonne volonté un ensemble de messages de toute première importance. Envoyés par l'« Être suprême », ceux-ci devaient informer l'Homme des erreurs commises depuis sa Création et à l'inviter à ne pas les reproduire au cours des siècles à venir.

Lucia, l'aînée des trois enfants, fut la première à qui la « Dame » apparut le 13 mai 1917, vers midi. Même si Lucia est la seule à qui la Dame parle, sa cousine Jacinta, présente à cet événement, entend tout de la conversation.

La seconde apparition, à laquelle assistèrent plusieurs témoins, se produisit le 13 juin, un mois plus tard. Quinze minutes de « manifestation » pendant lesquelles, dit-on, on pouvait entendre une espèce de bourdonnement d'abeilles. La Dame annonça alors à Lucia la mort imminente de Francesco et aussi celle de Jacinta. De plus, elle révéla à cette occasion la nouvelle dévotion recommandée par Dieu le Père, voulant que les fidèles vénèrent le Cœur Immaculé de Marie. Lors de cette seconde apparition, le jeune Francesco ne fit que voir l'événement et n'entendit aucune des paroles prononcées par Lucia ou par la Dame.

Une foule de 6000 personnes s'était rassemblée autour des enfants à la date de la troisième apparition. La Vierge demanda aux fidèles de réciter le Rosaire afin que se termine au plus tôt la Grande Guerre (celle de 1914). Elle déclara que celle-ci tirait à sa fin, mais qu'elle serait suivie, malheureusement, de nouvelles hostilités qui feraient rage sous le règne de Pie IX (il s'agit de la Guerre d'Espagne de 1936-1939), si les hommes ne faisaient rien pour prévenir ces affrontements. Selon des témoignages, Marie prévint aussi ses messagers que si le peuple de Russie se convertissait au catholicisme, les hommes jouiraient de la paix, mais que si, au contraire, le communisme triomphait, il répandrait ses ignominies sur le monde entier. Le Saint-Père, ajouta-t-elle, aurait beaucoup à souffrir, et plusieurs nations dispa-raîtraient. Malgré tous ces bouleversements dou-loureux, elle annonçait que son cœur immaculé triompherait.

Un retentissant coup de tonnerre, déchirant les cieux, accompagné d'un tremblement du sol secouant les fidèles, mit un terme à cette troisième apparition. C'est à cette occasion que fut confié à Lucia le « troisième secret de Fatima », lequel devait être remis au pape qui occuperait le Saint-Siège en 1960. Ce dernier avait la responsabilité de le dévoiler au monde entier, ce qui a été fait le 26 juin 2000. En 1927, Lucia dévoilait une partie de ce message secret : il s'agissait d'une nouvelle guerre qui éclaterait en Europe, suite à une grande « lueur » apparaissant dans le ciel. On interpréta plus tard comme telle l'aurore boréale exceptionnelle de janvier 1938, dont furent témoins les populations du nord de l'Europe, et qui précéda la deuxième guerre mondiale (1939-1945).

À la date prévue de la quatrième apparition, le 13 août 1917, la Dame ne se manifesta pas puisque les enfants étaient retenus contre leur gré par les autorités « sceptiques » du village. Une foule de 18 000 curieux s'était cependant déplacée, qui attendit, en vain, la venue de la Dame.

Le 19 août, la Vierge se manifesta de nouveau et annonça aux petits bergers qu'un grand « miracle » serait visible le 13 octobre suivant. Mais auparavant, une cinquième apparition a eu lieu le 13 septembre et cette fois, près de 30 000 personnes étaient réunies pour le « spectacle ». Soudain, lors de la prière commune, un ovale lumineux se dessina dans le ciel précédant la venue de la Dame, la couleur du jour se modifia et des « flocons blancs » se mirent à tomber sans jamais atteindre le sol.

La sixième et dernière apparition, le 13 octobre 1917, au cours de laquelle devait se produire un « miracle visible », attira 70 000 personnes entassées les unes sur les autres pour voir ce fameux miracle. Après une très longue attente, la Vierge apparut enfin et annonça la fin de la guerre. La pluie qui tombait alors sur les pauvres paysans cessa de façon soudaine et les lourds nuages gris se dissipèrent rapidement pour faire place à un soleil resplendissant, qui se mit à tourbillonner et qui semblait vouloir « tomber » sur la foule, prise de panique. Le phénomène aura duré dix longues minutes, et sera la manifestation de ce que les évangélistes appelèrent « les puissances célestes ébranlées ».

Suite au décès de Francesco, le 4 avril 1919 et de celui de sa sœur Jacinta, le 20 février 1920, Lucia se sentit très seule et vulnérable face à l'importante mission dont elle était investie.

En prévision d'une éventuelle catastrophe ou d'une mort subite qui l'empêcherait d'accomplir elle-même dignement les volontés exprimées par la Vierge Marie, il a été dit que Lucia confia le « secret de Dieu » à Victoria Da Silva, sa meilleure amie et confidente de l'époque.

Malgré leur jeune âge, le clergé conclut plus tard qu'une aide divine s'était manifestée auprès d'elles par l'Esprit Saint pour qu'elles puissent comprendre toute la signification de ce « secret ». Un jour, elles durent se séparer et prendre chacune des chemins différents.

Victoria choisit de se réfugier dans la prière au Couvent du Silence de Coimbra, au Portugal, on n'entendit plus parler d'elle jusqu'au jour où elle contacta le pape Jean XXIII, en 1960, pour l'informer qu'elle allait lui remettre le troisième secret de Fatima.

Après le dépôt du message, le monde a cherché en vain à répondre à la question suivante : mais quel est ce terrible secret que Marie a cru bon confier à ces enfants innocents ?

Un indice nous est peut-être donné par un autre événement survenu dans une région isolée de la France, en septembre 1846. En effet, la Mère de Dieu apparut à des enfants leur livrant le « secret de La

Salette », divulgué à Mélanie Calvat et publié sur ordre du Ciel en 1858 : « En l'année 1864, Lucifer, avec un grand nombre de démons, seront détachés de l'Enfer... Rome perdra la Foi et deviendra le siège de l'Antéchrist. »

1

Rosemère (Québec), 1999

En ce matin d'automne 1999, l'aube imposait graduellement ses premières lueurs au-dessus de la petite municipalité de Rosemère en banlieue nord de Montréal.

La ville, divisée en deux parties, possède un cachet particulier avec son « vieux » quartier d'une trentaine d'années, dont les propriétés sont boisées et entourées d'immenses haies de cèdres procurant à ses résidents ombre et intimité. Le deuxième secteur est relativement nouveau. Il est occupé surtout par de jeunes couples qui ont participé de près ou de loin à la construction de leur résidence. Les styles de ces maisons diffèrent les uns des autres par leur architecture tantôt sobre, tantôt osée.

D'une propreté remarquable, les rues principales de la ville sont égayées de plusieurs plates-bandes fleuries. Les parcs étendent leur pelouse verte à perte de vue et offrent un mobilier urbain et des jeux sécuritaires pour les enfants qui peuvent s'amuser en toute quiétude.

Le paysage, en ce début d'octobre, regorgeait de coloris multiples. Les érables, en particulier, étalaient orgueilleusement leurs rameaux d'or et de rubis. Comme presque chaque année, la nature faisait, ces jours-ci, le cadeau d'un dernier sursis avant l'hiver et la température atteignait des niveaux dont l'été aurait pu être jaloux. Ce phénomène, qu'on appelle « l'été des Indiens », permet un dernier rendez-vous avec la douceur du soleil.

Un léger parfum d'automne embaumait l'air, porté par la brise faisant rouler le tapis de feuilles mortes sur la terre humide.

Sur le boulevard Durand, se dressait une petite maison de style canadien. Construite en brique rouge, deux superbes lucarnes en garnissaient le toit de leurs fenêtres à carreaux. Une simplicité étudiée se déga-geait de l'aménagement paysager. Le côté sud du terrain était bordé d'une clôture de grosses pierres auprès de laquelle poussait une grande variété de fleurs sauvages. La pelouse était grasse, abondante et d'un vert foncé. Son entretien régulier ne faisait aucun doute. À l'arrière, un petit potager offrait encore tout récemment tomates, haricots jaunes, concombres, poivrons et fines herbes rehaussant la fraîcheur des repas estivaux. Une terrasse en bois traité, où se retrouvaient meubles de jardin et barbecue au pro-pane, agrémentait les chaudes journées de l'été trop court.

À l'intérieur de cette demeure, un vestibule à la fois sobre mais fonctionnel conduisait directement à l'escalier central de chêne naturel. À la gauche, des portes françaises s'ouvraient sur le salon. Deux causeuses ivoire, aux lignes modernes, occupaient la pièce de chaque côté d'une table à café au dessus vitré. Une belle carpette orientale, tissée à la main, fournissait chaleur et confort. Les rideaux des fenêtres à manivelle affichaient fière allure avec leur magnifique tissu de coton et leur forme ballonnée à mi-hauteur. Ils s'harmonisaient agréablement avec les teintes de l'environnement. Sans séparation physique avec le salon, la salle à manger de bonnes dimensions possédait un buffet du début du siècle, assorti à une table rectangulaire pouvant accueillir très confortablement huit personnes. La cuisine, d'un blanc immaculé, offrait une lumière douce et constante du matin jusqu'au soir. Un petit coin « dînette », servant aux repas de tous les jours, complétait le rez-de-chaussée. Enfin, la vue sur la cour arrière achevait de donner une touche de romantisme au décor.

Le second étage comptait trois chambres ainsi qu'une salle de bain avec douche et bain tourbillon en angle. Au bout du couloir, on retrouvait la chambre des maîtres.

Ce matin-là, elle était plongée dans l'obscurité totale procurée par les toiles opaques tirées devant les fenêtres. L'horloge numérique du réveil matin sur la petite table de chevet indiquait six heures quinze. Un homme était assis, sur le bord de son lit. Légèrement courbé vers l'avant, il se tenait la tête entre ses mains moites et tremblantes. Son teint pâle et ses traits tirés trahissaient une nuit d'insomnie particulièrement éprouvante. Des gouttes de sueur lui perlaient au front. D'une voix étouffée par la peur, il murmura :

— Non, pas encore... Nooonnn...

2

Le cardinal Langlois déplorait le fait que, selon lui, l'Oratoire Saint-Joseph ressemblait à un grand palais que fréquentaient les gens riches et célèbres, en quête de faveurs égoïstes pour satisfaire leurs caprices d'enfants gâtés qui ne se soucient nullement de leur prochain. Au contraire, pensait-il, ce devrait être un lieu propice à la prière et au recueillement pour tous ceux qui sont seuls et dans le besoin.

Souvent, avec le recul, Charles Langlois traçait un parallèle entre le temps où le Christ chassait ces commerçants du Temple et aujourd'hui, alors qu'on retrouvait tout près de l'Oratoire des boutiques pour les touristes à la recherche de quelques souvenirs pieux. Cette comparaison le rendait malheureux, car dans son for intérieur, il était convaincu que la religion s'éloignait de son véritable credo.

« Il ne reste plus qu'à tenir des bingos deux fois par semaine pour rentabiliser l'établissement », grognait-il.

Au début de la cinquantaine, la chevelure poivre et sel, les yeux bleus et un physique robuste et imposant lui donnaient l'apparence d'un homme plus jeune que son âge. Il avait la cote d'amour du public, car en plus d'être quelqu'un de généreux, Charles était un ambassadeur de premier plan pour le Québec lors de ses visites au Vatican.

Ses fidèles n'avaient jamais oublié le « voyage » de missionnaire qu'il avait entrepris en Éthiopie, vingt ans plus tôt, pour venir en aide aux pauvres et aux lépreux de cette région du globe où la misère du monde était à son apogée. Les dons recueillis grâce aux interventions du missionnaire par l'entremise de la télévision lui avaient procuré non seulement de l'argent pour ses œuvres humanitaires mais aussi une popularité dont il se serait lui-même volontiers passé.

Son exil de près de dix ans lui avait permis non seulement d'améliorer le sort de la population en Éthiopie mais également de bâtir une école et une petite infirmerie avec l'aide des hommes du village. Un jour, espérait-il, les prochaines générations pourraient subvenir à leurs besoins grâce à l'apprentissage et à l'éducation. C'était, selon lui, à la fois sa plus grande réalisation et son humble contribution au bien-être de son prochain.

Dès son retour au pays, il avait été nommé cardinal par le Saint-Père Jean-Paul Ier, après le décès de Paul-Émile Lefebvre, lui-même cardinal de Montréal. Cette nomination ne changea en rien sa disponibilité. Il poursuivit ses engagements comme auparavant, malgré le prestige que lui procurait cet nomination, car l'homme était demeuré modeste.

Fidèle au poste depuis toujours, sœur Thérèse vaquait allègrement aux nombreuses tâches

ménagères qu'exigeait l'entretien de l'immense pro-
priété. Sa conduite exemplaire face à la quantité des
responsabilités qu'elle assumait sans faillir, en faisait
une personne digne de confiance pour Charles,
indispensable au bon fonctionnement de l'« entreprise ».

En cette fin d'avant-midi, la sonnerie du téléphone retentit au presbytère où résidait Charles, sur
le mont Royal.

— Bonjour, résidence du cardinal Langlois, que
puis-je faire pour vous ?

— Ici Giacomo Bucci, je suis le secrétaire personnel du pape au Vatican, j'aimerais parler au
cardinal Langlois, s'il vous plaît.

— Le cardinal est au jardin, monsieur Bucci,
pourrait-il vous rappeler plus tard cet après-midi ?

— Non, c'est extrêmement urgent, il faut que je
lui parle tout de suite.

— Bon ! Très bien, je vais faire de mon mieux
pour le retrouver le plus rapidement possible.
Donnez-moi cinq minutes...

— Merci, je vais patienter...

Sœur Thérèse se dirigea vers l'arrière en
direction de la porte ouvrant sur le jardin, là où
Charles avait l'habitude de méditer, près d'un étang,
avant chaque repas du midi. Contournant la statue de
Saint-Joseph, elle le vit tout au fond de la cour, assis
sur un banc, un livre à la main.

— Père Langlois ?

— Oui, qu' y a-t-il ?

— Un certain M. Bucci, du Vatican, est au téléphone. Il dit que c'est urgent et qu'il doit absolument vous parler.

— Très bien. Je prends la communication dans mon bureau. Veillez à ce qu'on ne me dérange pas.

— Soyez sans crainte, Père.

Charles comprit immédiatement l'importance de la situation. Bucci, délégué du Vatican, n'intervenait qu'en de rares occasions auprès des cardinaux. Il pressa le pas sur le sentier de pierres menant à une porte latérale de l'immeuble sur laquelle une plaque en laiton indiquait « Bureau du cardinal Charles Langlois ».

Arrivé dans la pièce, il se dirigea derrière son bureau d'acajou et prit place dans son fauteuil pivotant. Il décrocha le combiné et engagea la conversation.

— Bonjour Giacomo. Il y a longtemps que je n'ai eu de vos nouvelles et de celles du Saint-Père. Comment va-t-il ?

— J'ai peur de vous annoncer de bien mauvaises nouvelles, Charles. L'état de santé de Sa Sainteté ne fait qu'empirer. Le cancer de la gorge qui avait été diagnostiqué au printemps dernier s'est propagé à tous les organes vitaux de son corps. Le cancer est devenu généralisé et il gagne du terrain de jour en jour. Les médecins à son chevet prétendent que la maladie est entrée dans sa phase terminale et qu'il y a peu de chance que le Pape puisse survivre plus de trois semaines.

— Oh ! Mon Dieu ! Vous m'en voyez extrêmement peiné. Il n'y a vraiment plus rien à faire ?

— Prier pour lui et son âme. Pour l'instant, Jean-Paul III est sous l'emprise de puissants médicaments et a perdu toute forme de lucidité. Un communiqué sur son état de santé sera dévoilé au monde entier lors d'une conférence de presse qui aura lieu demain matin à neuf heures, heure de Rome. D'ici là, soyez prêt à toute éventualité.

— Merci de votre appel Giacomo, et tenez-moi au courant de tous les changements qui pourraient survenir.

— À bientôt, Charles.

Il raccrocha avec maladresse. Charles devint préoccupé par l'annonce de cette triste nouvelle. Certes, il était au courant des problèmes de santé du Pape depuis quelques mois, mais pas au point de penser qu'il était au seuil de la mort. Les autorités du Vatican ne donnaient que très peu de renseignements aux médias d'information, et ce dans le but d'éviter de gros titres à sensation dans les journaux. « L'humanité a suffisamment de problèmes comme cela avec ses conflits, sans en ajouter un autre sur la liste », se disait-il.

« Se tenir prêt à toute éventualité » voulait dire, pour Charles, qu'advenant le décès de Jean-Paul III, il lui faudrait se réunir avec tous les cardinaux des quatre coins du monde pour élire un nouveau pape. Même s'il n'était nullement superstitieux, il ne pouvait faire autrement que de se remémorer une

prédiction dont il avait eu connaissance plusieurs
années auparavant. En effet, alors étudiant en
théologie au collège de Rigaud, il avait lu plusieurs
bouquins à la bibliothèque sur les prophètes célèbres
des derniers siècles. Parmi toutes les prophéties
évoquées, celles d'un certain Malachie avait retenu
particulièrement son attention. Il possédait d'ailleurs
encore dans sa bibliothèque un volume traitant de ce
sujet.

Né en Irlande, en 1094, d'une illustre famille
de l'Ulster, Malachie devint rapidement évêque de
son pays en 1124, à l'âge de 30 ans. Lors de l'un de
ses nombreux voyages en France, il fit la connaissance d'un homme du nom de Bernard qui devint, au
fil du temps, son meilleur ami. Bernard était le
fondateur de l'Abbaye de Clairvaux qui abritait alors
plus de 700 religieux. Ensemble, ils rédigèrent, sous
forme de manuscrit, un document intitulé *La Prophétie des papes*. Dans ces prophéties, Malachie et
Bernard donnaient des « devises » à chacun des papes
(présent et futurs) de l'Église catholique, depuis
Célestin II qui faisait l'objet de la première devise en
1143 (*Ex Castro Tiberis*), jusqu'à Jean-Paul III (*De
Gloria Olivæ*).

Selon la prophétie de Saint Malachie, Jean-
Paul III, élu en 1998, correspondait à la dernière
devise, c'est-à-dire la 111e de 111. Un simple commentaire en latin servait d'épilogue à cette étude de la
papauté:

« In persecutione extrema sacræ Romanæ Ecclesiæ, sedebit Petrus Romanus qui pascet oves in multis tribulationibus ; quibus transactis, civitas septicollis diruetur, et judex tremendus judicabit populum. »

Dans la dernière persécution de la Sainte Église romaine, siégera Pierre le Romain qui fera paître ses brebis au milieu de nombreuses tribulations ; ces tribulations passées, la ville aux sept collines sera détruite et le Juge terrible jugera le peuple.

Pour Charles, la dernière phrase de la prophétie était particulièrement troublante : « ... et le Juge terrible jugera le peuple. » « Serait-ce la fin du monde », se demanda-t-il. « Après tout, je me suis toujours demandé de quel genre de fin il était question. Est-ce la fin du monde avec les cataclysmes naturels et célestes décrits dans la Bible ou simplement la fin du monde tel que nous le connaissons maintenant ? »

Tous ceux qui se sont penchés sur les prophéties de Malachie s'entendent pour dire que les 111 devises peuvent s'interpréter de façon véridique.

3

S irotant un café noir, Léon entamait la lecture du journal livré par le camelot du quartier. Son épouse Chantal avait fini par accepter, après onze années de vie commune, sa manie de lire aux heures des repas. « C'est une vieille habitude de travail », s'amusait-il à dire.

Ils s'étaient rencontrés sur une pente de ski alors qu'ils travaillaient tous deux comme secouristes les week-ends pendant leurs études à l'université. Après une année de fréquentation, ils unissaient leurs destinées lors d'une cérémonie intime où seuls quelques membres de leur famille étaient présents. Puis arrivèrent les premiers enfants, les jumelles Caroline et Laurence, qui remplirent tous leurs temps libres. Claudine fut la dernière à joindre la famille.

— Bonjour chéri, il fait un temps splendide aujourd'hui, lança joyeusement Chantal en entrant dans la cuisine.

Léon, trop préoccupé par les nouvelles du matin, ne répondit pas.

— Que se passe-t-il ? Tu n'as pas dit un seul mot depuis que tu es réveillé.

— Hein ? Quoi ? Tu disais ?

— C'est bien ce que je pensais. Il doit y avoir

des articles drôlement intéressants dans ce journal pour être distrait à ce point.

— Je m'excuse, chérie. Effectivement, les nouvelles sont nombreuses mais il n'y en a qu'une seule qui retient mon attention.

— Ah bon! Laquelle est-ce?

— Le décès du pape Jean-Paul III hier soir à Rome.

— Jean-Paul III est mort? Mon Dieu! Quelle nouvelle triste! On a à peine eu le temps de s'habituer à son visage.

L'image sympathique que projetait le saint homme expliquait la réaction de Chantal.

— Est-il mort du cancer?

— Oui, celui-là même que les médecins avaient diagnostiqué à la gorge au printemps dernier. La maladie n'a jamais cessé de se propager et a finalement eu le dessus sur sa victime.

— Dommage, car même si nous ne pratiquons pas de façon régulière, c'est un homme qui avait ma confiance par son attitude positive et par l'amour qu'il dégageait. Sa personnalité touchante va sûrement susciter de nombreuses marques de sympathie à travers le monde.

— Je suis d'accord avec toi Chantal, mais qu'on le veuille ou pas, la terre va continuer de tourner.

— Que va-t-il se passer maintenant?

— Il y aura une réunion de tous les cardinaux au Vatican où l'on procédera à l'élection d'un nouveau pape. Cette procédure peut être longue et ardue qu'on connaisse l'identité du candidat choisi. La lutte sera vive pour remporter la victoire. N'oublions pas qu'il s'agit d'un poste qui comporte de lourdes responsabilités. La religion n'est plus ce qu'elle était autrefois, mais il n'en reste pas moins que plusieurs décisions prises par le pape ont un impact important dans certains pays. Il est et demeurera le messager de Dieu sur terre pour tous ceux qui croient en la religion catholique. C'est le pouvoir suprême pour l'Humanité, plus important encore que celui du président des États-Unis ou de la Russie.

— C'est étrange, je ne le voyais pas de cette façon. Mais si c'est le cas, il peut être dangereux de donner autant de pouvoir à un seul homme, non ? Tu imagines à quel point il serait redoutable que quelqu'un à l'esprit dérangé, comme Hitler ou le colonel Kadhafi, puisse accéder au Saint-Siège ? Il pourrait alors manipuler les gens vulnérables comme bon lui semble. Des fanatiques religieux deviendraient en quelque sorte des soldats pour leurs idéaux, des terroristes au nom de Dieu... Rien que d'y penser, j'en ai la chair de poule.

Léon était surpris de constater à quel point Chantal possédait une imagination fertile concernant le sort que pourrait subir l'humanité.

— Je dois avouer, mon amour, que ton scénario est digne d'un film d'horreur. Par contre, si des cinglés ont pu diriger et manipuler des populations entières dans le passé avec des gouvernements et des armées, je comprends ton inquiétude... et la mienne en même temps sur ce qui pourrait arriver dans une telle éventualité.

La discussion entre Léon et Chantal était si animée qu'elle finit par réveiller les trois enfants dormant à l'étage supérieur.

Caroline et Laurence descendirent les premières. Claudine rejoignit finalement tout le monde à la cuisine.

— Bonjour mes trésors, dit Léon avec un sourire. On a fait de beaux rêves cette nuit?

— Je n'en ai aucune idée, répond Caroline, je ne me souviens de rien.

— Et toi Laurence, je t'ai entendu murmurer dans ton sommeil, à qui parlais-tu?

Laurence devint rouge comme une pivoine, elle hésita avant de répondre, afin de ne pas se faire taquiner davantage par les autres membres de la famille.

— Mais à personne, papy...

Léon adorait jouer de cette façon avec ses enfants. Il prenait un malin plaisir à les voir réagir dans des situations qu'il qualifiait d'«amusantes».

— Voyons, ma Lolo, c'est peut-être un nouveau garçon à qui tu avais des mots doux à dire en secret?

Léon ne put se retenir. Il éclata de rire aussitôt sa phrase terminée.

— Papaaa, arrête, ce n'est pas drôle. Tu sais bien que je n'ai aucun «petit ami». Je suis bien trop jeune pour ces choses-là!

Chantal sourit et regarda Léon pour lui télégraphier, des yeux, un message qui signifiait claire-ment de ne pas continuer à l'embêter davantage. Il comprit et se tourna vers Claudine.

— Et toi ma puce, comment ça va ce matin ?

— Bien merci papa, mais si vous n'auriez pas parlé si fort maman et toi, je serais probablement encore sous mes couvertures.

D'un air mi-sérieux, Léon répliqua du tac au tac :

— Premièrement, il faut dire « si vous n'aviez », et deuxièmement, c'est une bonne chose que tu te sois réveillée en même temps que tes deux sœurs. Tu pourras ainsi profiter au maximum de cette mer-veilleuse journée.

Léon ne pouvait supporter l'idée que des enfants ou des adultes gaspillent la moitié de leur journée au lit. Il préférait se coucher tôt pour se lever en pleine forme le lendemain, aux premières lueurs du soleil.

Caroline s'approcha machinalement de la table de cuisine et jeta un coup d'œil sur le journal qui y était déposé.

— C'est la photo de qui sur la première page, papa ?

— C'est Jean-Paul III, le pape, ma chérie.

Une photo d'archive montrait Jean-Paul III, radieux dans un magnifique costume blanc et rouge, arborant un chapelet avec une croix en or incrustée de pierres précieuses suspendue à son cou.

— Tu as vu la belle croix, papa ?

— C'est vrai Caro, c'est une très belle parure...

— Il doit être riche le monsieur pour porter de si beaux bijoux, n'est-ce pas?

Gêné par la question, Léon était à court d'arguments pour lui fournir une réponse immédiate. C'était vraiment une interrogation pleine de logique venant d'une innocente petite fille. Comment faire comprendre à une enfant de neuf ans des choses que lui-même ne comprenait pas? Tant de richesse accumulée par des hommes qui devaient donner l'exemple, alors que la venue du Christ sur terre s'était déroulée dans la plus grande simplicité et pauvreté? Il imaginait mal la naissance du pape dans une mangeoire d'animaux comme celle de Jésus à Bethléem.

— Pas vraiment chérie. Tu sais, le pape est un personnage drôlement important. Il doit toujours être élégant lorsqu'il reçoit de la grande visite. C'est un peu comme toi, lorsque nous allons visiter ta grand-mère, tu t'habilles comme une vraie carte de mode, n'est-ce pas?

— Ah! oui, je comprends...

— Bien.

C'était une réponse sans grande conviction de sa part. Il détestait cette sensation d'impuissance de ne pouvoir fournir une meilleure explication. « Un jour, peut-être, elle comprendra », se dit-il.

— Si tu permets, j'aurais une autre question à te poser, papa d'amour.

— Aucun problème, Caro.

— L'autre jour, lorsque je jouais dans la chambre de mon amie Geneviève, elle m'a montré le crucifix que son père lui avait offert pour sa première communion. Il est installé juste au-dessus de sa porte de chambre. Il est semblable à la croix que porte le pape sur la photo. Geneviève me dit qu'il avait été béni par un curé et qu'il aiderait à protéger la maison contre les méchants. Est-ce que je pourrais en avoir un, moi aussi ?

Le visage de Léon pâlit. Il avait de la difficulté à rester impassible face à cette demande. Pourtant, elle aurait fait le bonheur et la joie dans plusieurs foyers, mais pas dans celui-ci.

— J'en discuterai avec ta mère, d'accord ?

— D'accord !

En réalité, il espérait de ne jamais avoir l'occasion d'en parler avec Chantal. C'était pour lui un sujet qu'il vouait éviter comme la peste. Le seul fait d'y penser le rendait mal à l'aise et lui donnait la nausée. C'était son secret et il ne voulait en aucun cas le partager avec les autres de peur de paraître ridicule.

Dans toute la maison des Demers, aucun crucifix n'était suspendu au mur.

4

Coimbra, Portugal.

Coimbra est la troisième plus grande ville du Portugal, après Lisbonne, la capitale, et Porto. Coimbra, chef-lieu de la Beira littorale, est un centre industriel et intellectuel qui, jusqu'en 1911, avait la seule université du Portugal.

À l'extrémité sud-ouest de la ville, le Couvent du Silence des sœurs catholiques de Fatima surmonte une petite colline rocailleuse qui surplombe la ville, donnant une impression de place fortifiée construite pour protéger les villageois contre toute invasion ennemie.

La population se souvient des événements célèbres qui se sont produits au début du siècle avec l'apparition de la Vierge Marie à sœur Lucia, en 1917, à Fatima, petit village situé à soixante-quinze kilomètres au sud de Coimbra.

Quelques années après que son amie Lucia lui eut révélé le troisième secret de Fatima, Victoria entra dans les ordres à la fin des années 20, comme sœur au couvent et choisit d'y demeurer en permanence.

Comme la nouvelle de son amitié avec Lucia se répandit, plusieurs personnalités religieuses, malades, infirmes ou représentants des médias voulurent l'approcher pour obtenir des faveurs ou des entrevues exclusives.

Sans l'intervention de sœur Martinez qui, à l'époque, était la mère supérieure du couvent, Victoria aurait été victime depuis longtemps d'une meute de loups qui n'en avaient que pour leurs histoires à sensations. Sœur Martinez avait protégé la petite Victoria comme une mère l'aurait fait pour sa propre fille. « C'est bien jeune pour avoir de si lourdes responsabilités, le poids du monde entier à supporter sur ses frêles épaules », se disait-elle. Elle avait évité que la situation ne tourne à une foire de cirque. « Sœur Victoria a le droit de vivre une vie normale à l'intérieur de la communauté », proclamait-elle.

Victoria vieillit donc dans la prière quotidienne, en retrait de toute influence, à l'intérieur des murs du couvent.

Pour les autres pensionnaires, sœur Victoria n'était ni plus ni moins qu'une personne ordinaire, simple et renfermée, ne cherchant nullement à attirer l'attention des membres du clergé.

Âgée de quatre-vingt-douze ans, elle était la doyenne du groupe. Tout le monde connaissait le mystère qui entourait l'histoire des petits bergers de Fatima, mais aucune des religieuses n'osait lui en parler ouvertement, de crainte de paraître trop curieuse.

La seule véritable différence existant entre la vie de Victoria et celle de ses sœurs concernait les séances de prières communes. Jamais elle ne participait à ces réunions, non pas par snobisme mais par choix. N'eût été de sa réputation, elle n'aurait été nullement admissible à ce genre d'exception, les passe-droits et les privilèges n'étant pas monnaie courante dans ces institutions. Elle n'avait plus jamais remis les pieds à la chapelle depuis 1960, année où elle avait rencontré le pape Jean XXIII lors de sa visite au Vatican.

Après avoir reçu de la Vierge Marie l'ordre de dévoiler le troisième secret de Fatima au Saint-Père, sœur Victoria changea complètement sa façon de voir la vie, ses croyances ainsi que sa manière de prier. Tout avait basculé autour d'elle. « Le monde ne sera plus jamais comme avant », pensait-elle.

Le troisième secret fut, comme prévu, remis au pape par Victoria dans une enveloppe jaunie par le temps, scellée d'une cire rouge, lors de son unique voyage à l'extérieur du pays.

Seuls Jean XXIII et Victoria furent autorisés à participer au dévoilement du mystérieux message. On les installa dans une salle close, à l'abri des regards indiscrets pour procéder au dévoilement du manuscrit. Une fois qu'ils furent bien assis à un petit bureau, Victoria avait tendu l'enveloppe au souverain pontife. Les doigts de Jean XXIII tremblaient de nervosité au contact de cette précieuse dépêche venue tout droit des Cieux. Quand il avait déplié la lettre, la réaction du pape avait été terrifiante. Il était tombé à genoux, tête première contre le plancher. Un courant électrique avait parcouru sa colonne verté-brale et l'avait paralysé de frayeur. Un son épou-vantable, à glacer la peau, était sorti de sa bouche, une sorte de râlement profond venu des entrailles, que sœur Victoria n'avait jamais oublié. « Blasphème, blasphème », avait-il hurlé. L'anxiété avait fait place à une colère d'une rare intensité. Ses yeux lui étaient sortis des orbites. Son regard avait reflété une vision d'horreur où se mélangeaient folie et démence. Devant, semble-t-il, l'absurdité du contenu, il s'était refusé à croire en l'authenticité de la lettre, la quali-fiant de provocation, non seulement pour la religion catholique, mais aussi pour toutes les autres religions et pour l'humanité tout entière. Il avait accusé sœur Victoria de vouloir véhiculer des choses monstrueu-ses sur les catholiques et avait promis de l'excom-munier si cette histoire éclatait au grand jour sans son consentement.

Une fois la discussion orageuse terminée, le pape avait étouffé l'affaire devant les nombreuses per-sonnalités présentes telles que les grands prêtres, les cardinaux, ainsi que les reporters des journaux et de la télévision, venus spécialement pour « l'événement du siècle », disaient-ils. Quelle ne fut pas leur déception quand on leur annonça que l'enveloppe était vide !

Par la suite, ne se décidant pas à détruire le message, le pape l'avait conservé dans un coffre-fort dont il était seul à connaître l'emplacement. Plus tard sur son lit de mort, il avait dévoilé à son secrétaire l'endroit où il se trouvait. Il avait posé une condition pour que les autorités futures puissent prendre connaissance du secret de Fatima : « Le secret de Fatima ne pourra être révélé au monde entier que si un changement radical se produit et met en péril la religion catholique et ses croyances. Que Dieu vous bénisse ! ». Cette importante directive concernant le secret fut la dernière du pape Jean XXIII.

***

Le rituel du matin débutait comme à l'habitude, à quatre heures trente, pour les sœurs qui habitaient le Couvent du Silence. À ce moment particulier de la journée, le couvent ressemblait davantage à une ruche d'abeilles. L'achalandage y était si intense dans les nombreux couloirs menant à la chapelle, que ceux-ci ressemblaient presque à des autoroutes à l'heure d'affluence. Le plancher en marbre d'Italie amplifiait le bruit des pas. Toutes les religieuses avaient une place assignée et devaient respecter à la lettre les consignes de mère Angela.

Le silence de la prière fut rompu par les chants grégoriens de sœur Fernandez. Sa voix puissante, créait une ambiance céleste dans ce lieu sacré. Pouvant accueillir trois cents personnes, la chapelle du couvent était le lieu le plus fréquenté de l'établissement. Les stations de la Passion du Christ étaient illustrées sur les douze fenêtres. Un orgue à la résonance harmonieuse trônait sur un palier, à l'arrière, entouré d'un espace pouvant accueillir une chorale de soixante-quinze participantes. À l'avant, l'autel, tout en blanc, dominait le reste de la salle.

Cependant ce qui attirait l'attention des regards chaque fois que l'on pénétrait à l'intérieur de cette chapelle, c'était l'énorme croix dorée accrochée au mur, juste derrière l'autel.

La période de prières fut interrompue par Mère Angela qui demanda un instant d'attention pour faire part d'un communiqué important.

— Mes sœurs, commença-t-elle, je voudrais prendre quelques minutes de votre temps pour vous informer d'une triste nouvelle.

Soudainement, on aurait pu entendre une mouche voler dans l'enceinte.

— C'est avec grand regret que je vous annonce le décès de notre pape, Jean-Paul III.

Fusèrent alors des soupirs de désolation. Certaines religieuses se mirent à pleurer, d'autres se signèrent de la croix, tête baissée.

— Je comprends votre chagrin et je partage vos peines, mais nous pouvons nous consoler à l'idée que la maladie ne le fera plus souffrir. C'est en quelque sorte une délivrance pour lui. Mes sœurs, prions pour que Dieu ait son âme.

D'un seul mouvement, les religieuses se mirent toutes à genoux, prêtes à prier comme le leur demandait Mère Angela.

***

En se dirigeant dans le corridor sombre menant à l'aile ouest du couvent, Mère Angela s'interrogeait à savoir comment elle aborderait le sujet avec Sœur Victoria. Compte tenu de son âge, comment allait-elle réagir ? Elle réfléchissait aux moyens d'amoindrir l'impact de la nouvelle. S'il y avait un pape qui avait marqué l'intérêt de Victoria, après Jean-Paul II, c'était bien Jean-Paul III. Il devait bien y avoir une ou plusieurs bonnes raisons pour s'en préoccuper ainsi, pensait-elle. Mais quelles étaient-elles ?

« J'en apprendrai peut-être davantage lors de ma visite », se dit-elle.

Elle s'était toujours souciée beaucoup plus de la santé fragile de Victoria que de la curiosité suscitée par cette mystérieuse affaire. C'est donc pour son bien qu'elle avait décidé de parler à Victoria en privé de la mort du Souverain Pontife. Le trajet lui parut plus court qu'à l'habitude, étant trop absorbée dans ses pensées. Elle arriva finalement devant la porte de sa chambre. Elle prit une profonde inspiration et frappa doucement.

— Il y a quelqu'un ? Sœur Victoria ?

Elle attendit un instant quand, tout à coup, on répondit :

— Oui, qui est-ce ?

— C'est Mère Angela, ma Sœur. Puis-je vous voir quelques instants ?

— Si, entrez.

Elle tourna doucement la poignée et poussa la lourde porte. Une fois le seuil franchi, une faible lueur provenant de la seule fenêtre de la chambre tamisait la pièce et la fit plisser des yeux. La disposition des meubles était pensée de façon à réduire au maximum l'espace déjà restreint. Un lit simple était placé le long du mur avec une commode munie de quatre tiroirs. Une statue de la Vierge Marie ornait une petite tablette en coin, au-dessus d'un prie-Dieu où Victoria se recueillait chaque jour.

— Bonjour Mère, vous voulez me voir ?

— Oui.

— Approchez-vous et asseyez-vous près de moi, répondit sœur Victoria.

Mère Angela prit au passage une chaise et l'avança à côté de Victoria qui se balançait doucement dans une chaise berçante.

— Comment va la santé aujourd'hui ? demanda mère Angela.

— Bien mieux depuis quelques jours. Les médicaments ont eu raison de la vilaine toux dont j'ai été victime durant les deux dernières semaines. Je me considère chanceuse d'être encore aussi autonome vous savez, de ne pas être un fardeau pour qui que ce soit.

— Vous en avez déjà trop fait ; il faut apprendre à ménager vos efforts pour ne pas vous épuiser inutilement et tomber malade, dit doucement Mère Angela.

— Je vous remercie de vous préoccuper de moi ainsi, mais il me reste encore une chose importante à accomplir avant de mourir.

— S'il vous plaît, ne me parlez pas de cette façon, j'ai du chagrin en vous écoutant vous exprimer comme cela.

— Que voulez-vous, Mère, c'est mon destin qui est ainsi fait.

« Que veut-elle dire par là ? » s'interrogea Angela.

— Votre destin.... mais quel destin ? lui demanda celle-ci.

— Avec tout le respect que je vous dois, Mère, je ne peux vous en parler.

— Pourquoi donc ?

— C'est un sujet dont il m'est interdit de parler avant d'avoir rencontrer l'Élu, répondit, dans un souffle, sœur Victoria.

— Vous dites l'Élu ? L'Élu de qui ? L'Élu de quoi ?

— Désolée, j'en ai déjà trop dit...

Mère Angela se questionna sur la lucidité de sœur Victoria et sur l'état de sa santé mentale. « C'est un comportement étrange, mais c'est peut-être normal pour une vieille dame de son âge », se dit-elle.

— Vous êtes venue me voir pour m'annoncer une nouvelle importante ? demanda Sœur Victoria.

— C'est vrai !

— Est-il question de Jean-Paul III ?

Angela resta bouche bée, surprise par la réaction de Victoria.

— Oui, c'est cela. Vous devez avoir un don, ma Sœur, comme un sixième sens pour prédire l'avenir ?

— Pour certaines choses, oui.

Sœur Victoria se leva de sa berceuse et se dirigea vers le prie-Dieu. Elle s'agenouilla et joignit les mains.

— Vous venez m'informer que le Pape est décédé, n'est-ce pas ?

— Je ne peux rien vous cacher. Il est décédé la nuit passée.

Les mains devant le visage, Sœur Victoria laissa alors échapper quelques larmes que Mère Angela ne put apercevoir. Elle commença à prier sans même avoir fait son signe de croix.

— Le temps approche, murmura Victoria. L'Élu prendra contact bientôt. Ma dernière mission sera alors accomplie et je pourrai désormais quitter ce monde en sachant que j'ai livré le message.

5

Une motocyclette rugissait dans la nuit. Le ruban de la route, à peine perceptible, était sinueux et parsemé de roches, tel un paysage lunaire. Des éclairs déchiraient le ciel menaçant. Derrière la moto, un véhicule tout terrain suivait avec deux passagers à bord. Le chemin était difficile et seuls des conducteurs habiles pouvaient s'en tirer avec succès. Au loin, au bout de la route, une église avec son clocher dominait la montagne. Aucune végétation n'était apparente, pas même une brindille d'herbe, comme s'il s'agissait d'une planète au décor désertique.

La moto et le véhicule s'immobilisèrent au pied d'un grand escalier. Le conducteur de la moto jeta un regard autour de lui comme pour s'assurer qu'il n'y avait aucun danger, avant de faire un signe positif de la tête aux passagers. Une fois le geste perçu, ils quittèrent le véhicule. Le conducteur de la moto les rejoignit et leur demanda de rester derrière lui. Ils acceptèrent sans poser de questions. De toute évidence, on avait affaire à un garde du corps protégeant ses « clients ».

Ils gravirent une à une les marches les séparant de la porte principale de l'église. Arrivé devant

celle-ci, le conducteur de la moto s'arrêta brusquement de même que les deux autres personnes qui
le suivaient. Il prit soin d'enlever son casque. Le vent
caressa doucement ses cheveux rendus humides par
la transpiration et la nervosité.

Léon se tenait debout sur le parvis de l'église.
Sans prononcer un mot, il refit un signe de la tête
pour indiquer de le suivre à l'intérieur du temple.
Celui qui le suivait était en quelque sorte le chauffeur
du passager. Le mystérieux passager n'était nul autre
que le pape en personne. Ils pénétrèrent tous ensemble dans le vestibule. Encore une fois, ils s'arrêtèrent
pour mieux examiner les environs. Ils continuèrent à
avancer lentement, très lentement. Leur tension était
visible, presque palpable. L'église, vide, renfermait
tous les objets qu'on y retrouve normalement. Les
crucifix, lampions et statues, tout était soigneusement
placé. Soudain, des voix se firent entendre. Cela avait
commencé par des éclats de rire lointains qui résonnaient de partout. Les sons avaient maintenant une
tonalité irréelle, à peine audible, comme si la conversation était faite au ralenti.

Léon leva tranquillement la tête vers le plafond. Il remarqua plusieurs écrans vidéo de format
géant suspendus obliquement entre le plafond et les
murs. Il y en avait tout le tour de la nef. Les écrans
projetaient des images que Léon et les autres « invités » n'oublieraient jamais. Sur chaque écran appa-
raissait un spectre différent à la forme hideuse. Léon
se souvenait d'avoir déjà vu ces formes sataniques

semblables à ces gargouilles qui ornent les corniches et servent de gouttières à la basilique Saint-Pierre au Vatican. Elles étaient affreusement laides avec des oreilles difformes, le nez crochu, les dents longues et jaunes ainsi que le menton pointu. Ces créatures semblaient échappées directement de l'Enfer. Une puanteur exécrable, semblable à celle de la viande en putréfaction, envahit soudain les narines des trois visiteurs. Les images des créatures échangeaient des paroles par le truchement des écrans. Le langage était incompréhensible. Elles se mirent à parler toutes en même temps et le bruit devenait infernal. Leurs grands yeux rouges jetaient des regards terrifiants en leur direction. Pris de panique, Léon attrapa le bras du pape et se précipita en courant vers la sortie. Des ricanements sourds se firent alors entendre à l'unisson, comme si le spectacle offert par leurs hôtes courant vers la porte procurait une jouissance maléfique à ces créatures dantesques. Mais avant qu'ils n'aient pu s'enfuir, les portes se fermèrent d'elles-mêmes, d'un seul coup, sans que personne n'y touche. Pris au piège à l'intérieur de l'église, Léon défia les créatures monstrueuses en brandissant bien haut son poing nu vers le plafond. Les cris reprirent de plus belle.

Léon sursauta dans son lit, en pleine obscurité, le sang lui battant les tempes à une vitesse vertigineuse. La bouche grande ouverte, il semblait chercher son souffle comme s'il venait de courir le marathon.

— Mon Dieu, encore ces maudits rêves qui reviennent me hanter. Je me demande à quoi riment toutes ces histoires. C'est affreux, ça ne peut plus continuer comme ça, se dit-il.

Chantal se rapprocha de Léon sans ouvrir les yeux.

— Hum ! Ça va, mon chaton ?

— Oui, ce n'est rien, tu peux te rendormir, mon amour.

— Tu me sembles si agité ces derniers jours, murmura Chantal, dans un demi-sommeil.

Ce qui inquiétait le plus Léon, c'était bien que Chantal s'aperçoive que quelque chose d'anormal se produisait pendant son sommeil. Des mouvements brusques, des paroles et parfois même des cris apeurés confirmaient en effet que quelque chose n'allait pas du tout. Pourtant, elle ne lui en avait jamais glissé mot auparavant et cela faisait bien son affaire. Car il redoutait le jour où, tôt ou tard, il devrait lui en parler. Pour l'instant, il tenta de la rassurer.

— Écoute, c'est seulement un mauvais rêve. Si tu veux, demain on en reparlera, O.K. ?

— O.K. !

— Bonne nuit !

Il l'embrassa tendrement sur la joue et se couvrit de la douillette.

« Pourvu que le reste de la nuit soit calme », se dit-il.

Il se rendormit péniblement craignant une nouvelle vague de cauchemars.

L'avant-midi passa sans que Chantal ne songe à questionner Léon sur ses étranges rêves. Il crut s'en être sorti, car il n'avait pas l'intention d'aborder le sujet de crainte de passer pour un hurluberlu. « S'il fallait qu'en plus de ces rêves stupides, ma femme me prenne pour un dingue, il ne me resterait plus qu'à sauter en bas d'un pont », pensait-il. Il serra les dents à l'évocation de cette idée suicidaire.

Au petit déjeuner, d'un mutuel accord, Léon et Chantal avaient décidé de faire garder les enfants afin de s'accorder un répit et se retrouver en tête à tête pour la journée. Magasinage et promenade à la campagne étaient au programme pour les prochaines heures. Partis tôt le matin, les deux amoureux se retrouvaient dans un charmant petit bistrot près du village de Bromont, pour l'heure du lunch.

— Quel merveilleux paysage, dit Chantal.

— J'aime aussi cet endroit. La nature est belle et les gens semblent prendre la vie aisément, sans stress.

Sans le savoir, Léon ouvrait toute grande la porte à la discussion concernant ses problèmes de sommeil. Chantal lui prit doucement la main.

— Parlant de stress, nous étions trop endormis pour en discuter cette nuit, mais depuis quelques semaines, tu bouges beaucoup lorsque tu dors, je dirais plutôt, lorsque tu essaies de dormir. Y a-t-il quelque chose qui te préoccupe ou qui ne va pas ? Suis-je la cause de tes tracas ?

Léon se mordit les lèvres. Un sentiment

51

d'amertume l'envahit. Il se demanda s'il aurait suffisamment de courage pour lui expliquer ses cauchemars.

— Ne dis pas de sottises. Au contraire, je suis content que tu sois avec moi. Je t'aime et je me considère chanceux d'avoir une femme comme toi. Ce n'est pas notre relation de couple qui est la cause de mes problèmes.

— Heureuse de te l'entendre dire. Mais alors, que se passe-t-il ?

— C'est compliqué à expliquer.

— Ça tombe bien, j'ai tout mon temps. Je suis ta femme après tout, tu peux compter sur mon aide.

Léon n'avait pas ce qu'on appelle de « vrais amis » à qui l'on peut tout dire et se confier. Chantal était non seulement sa femme mais aussi sa seule confidente.

— Moi même, j'ai de la difficulté à saisir ce qui m'arrive et encore, je ne suis pas sûr de comprendre parfaitement les images bizarres qui se manifestent dans ma tête. C'est tellement compliqué que je ne sais pas par où commencer.

Juste d'en parler avec Chantal, il devint nerveux et sa voix se mit à trembler.

— À te regarder aller ces derniers temps, tu sembles si triste et sombre, ajouta Chantal, comme pour l'encourager à parler. Et lorsque tu essaies d'être drôle, ça a l'air faux. Depuis que nous vivons ensemble, c'est probablement la première fois que je te vois dans cet état. J'imagine que c'est quelque chose qui est drôlement important pour que tu agisses de cette façon. Ce qui m'étonne dans toute cette affaire, c'est de n'en avoir jamais entendu parler auparavant. Tu te renfermes sur toi-même au lieu de partager la souffrance qui semble te ronger et te rendre malheureux.

L'air piteux et résigné, Léon se décida finalement à faire part de ses problèmes.

— D'accord, mais j'aimerais que tu me promettes une chose !

— Oui, laquelle ?

— De ne pas me prendre pour un cinglé. Je dois t'avouer que ce n'est pas de gaieté de cœur que j'aborde le sujet.

Peut-être pour tenter de détendre l'atmosphère Chantal promit de rester objective.

Il lui raconta alors en détail les cauchemars répétitifs qui venaient le troubler durant la nuit. Il définit le point commun de tous ces rêves comme une situation de perpétuel combat entre le Bien et le Mal et expliqua les étranges confrontations entre le pape et des créatures sataniques.

Chantal l'écouta sans l'interrompre, attentive à ses récits terrifiants. Elle se demanda comment un homme aussi équilibré que son mari pouvait avoir un comportement aussi démentiel durant son sommeil.

— Voilà, tu connais maintenant la source de mes obsessions.

Chantal continua de le dévisager, abasourdie, ne sachant quoi dire.

— Si un étranger m'abordait dans la rue avec ce genre d'histoire à la Alfred Hitchcock, je téléphonerais immédiatement à l'asile pour qu'on l'enferme au plus vite, parvint enfin à articuler Chantal.

— Tu vois maintenant pourquoi j'avais tant de réticences à vouloir en parler à quelqu'un !

— Et comment !... Mais que vas-tu faire maintenant ?

— Absolument rien. Il est hors de question que j'aille raconter ces histoires abracadabrantes au premier venu. J'ai confiance que ces rêves disparaîtront de la même façon qu'ils se sont manifestés.

À voir la réaction de Chantal, il était évident qu'elle prenait les paroles de Léon avec un brin de scepticisme.

— J'essaie de comprendre pourquoi de tels rêves surviennent subitement dans ta vie. J'y comprends moins que rien.

— Je me suis posé la question à plusieurs reprises sans jamais trouver une réponse logique. J'ai passé en revue toutes les circonstances qui auraient pu avoir une influence « anormale » sur mon subconscient. Si je regarde strictement dans ma vie spirituelle, il n'y a eu aucun changement majeur dans la fréquence de nos visites à des services religieux à l'église. Je n'ai pas changé de religion, ni même assisté ou participé de près ou de loin à un rite d'une secte quelconque. Pour ce qui est de mon travail, là encore il n'y a rien de nouveau, aucune promotion, toujours le même territoire à couvrir. Et pour ce qui est de ma vie familiale, tout est normal, tu le sais... Non, je ne comprends vraiment pas pourquoi tout cela m'arrive aujourd'hui !

— On s'en fait peut-être pour rien, mon chéri. Mais si tes cauchemars se poursuivent, que feras-tu ? demanda Chantal.

— Il faudra trouver une solution. Laquelle ? Je ne sais pas encore. Nous verrons.

Bouleversée, Chantal se calma un peu avant de s'adresser de nouveau à Léon.

— Avant de passer à autre chose, me permets-tu de te questionner une dernière fois sur un sujet d'ordre religieux ?

— Pas de problème, tu peux poser ta question.

— L'autre jour, Caroline t'a parlé d'installer un crucifix dans sa chambre à coucher et tu semblais mal à l'aise face à ce souhait. Y a-t-il quelque chose qui t'embête pour refuser cette simple demande ?

Léon hésita avant de répondre à Chantal.

— C'est vrai, je ne suis pas emballé à l'idée d'installer cet objet à la maison.

— Excuse-moi d'insister, mais pourquoi ?

— J'ai mes raisons.

6

Il y avait foule à l'aéroport de Rome. Les nombreux visiteurs venus du monde entier arrivaient par petits groupes suite à la mort de Jean Paul III. Pour faire face à cet afflux de voyageurs, il avait été décidé d'augmenter le niveau de la sécurité en ajoutant des gendarmes en uniforme et en civil partout dans l'aérogare, le gouvernement italien voulant ainsi éviter tout acte de terrorisme visant plusieurs personnalités. Même la période de Noël, semaine d'activités intenses s'il en est à l'aéroport de Rome, ne provoquait pas une cohue aussi importante.

Les propriétaires des boutiques hors-taxes et les restaurateurs ne se plaignaient certes pas de cette manne tombée du ciel et faisaient des affaires d'or. Les avions arrivaient à un rythme infernal, un atterrissage n'attendant pas l'autre.

Le spectacle qu'offrait cette mascarade colorée donnait l'impression inconfortable d'une immense foire commerciale autour de laquelle l'enjeu n'était ni plus ni moins que le pouvoir absolu de la chrétienté.

Charles arriva en sol italien en même temps qu'une délégation de cardinaux venus du continent africain.

L'idée d'élire un nouveau pape ne plaisait guère à Charles. C'était sa troisième présence au Vatican pour l'élection d'un souverain pontife. La première fois avait été pour Jean-Paul II après le décès de Jean-Paul Ier, le pape sourire, en 1978. Sa deuxième visite avait été faite lors de l'élection de Jean-Paul III, dix-huit mois plus tôt. Il se félicitait d'ailleurs d'avoir choisi Jean-Paul III comme successeur à la monarchie divine pour relancer la ferveur catholique. La personnalité attachante de l'homme ainsi que ses propos sincères lui avaient mérité une confiance absolue et la sympathie de nombreux fidèles.

Mais la question qui hantait l'esprit de Charles était la suivante : s'il fallait qu'un jour, un imposteur puisse prendre le contrôle de la destinée du Saint-Siège, quelle catastrophe pourrait-il en résulter ? Il envisageait plusieurs scénarios cauchemardesques dans lesquels l'humanité pourrait sombrer dans la destruction la plus totale. Une vision apocalyptique le fit d'ailleurs frémir de peur. « Souhaitons que ce ne soit que pure fiction, se disait-il, et que tout ceci ne soit pas le présage d'un châtiment ».

Des autocars faisaient la navette entre l'aéroport et le Vatican au fur et à mesure que des cardinaux arrivaient de l'étranger. Charles prit place à bord du dernier groupe d'autocars nolisés à cet effet. Il reconnut certains visages familiers. Ces gens le saluèrent de façon polie d'un signe de la tête. Les réunions n'étant pas fréquentes, les membres du clergé avaient peu d'occasions de se côtoyer et de se connaître intimement. En général, parmi les membres, on se reconnaissait sans jamais avoir la chance de se parler, faute de temps.

Parmi tous ces voyageurs, Charles vit un ancien camarade de travail qu'il avait connu alors qu'il était missionnaire en Éthiopie. Il s'agissait du nouveau cardinal Yabelo Sékota, un grand homme mince d'une quarantaine d'années à la peau d'ébène.

— Bonjour, mon cher Yabelo !

Celui-ci fut surpris d'entendre son nom parmi toutes les personnalités entassées dans le car déjà presque plein.

— Ah ! Si ce n'est pas mon ami Charles. Comment vas-tu ?

— Viens t'asseoir près de moi, j'ai une place pour toi. Il y a si longtemps que j'ai eu de tes nouvelles.

— Excellente idée mon cher Watson, dit-il en riant.

Comme l'autocar se mettait en route, les deux comparses évoquèrent des souvenirs agréables.

— Que deviens-tu maintenant que tu as été promu cardinal, l'année dernière ?

Peu habitué à de tels éloges, Yabelo était gêné de recevoir autant d'attention. Il commença par détourner la conversation.

— Tu sais Charles, avant tout, je voudrais te remercier en mon nom personnel et au nom de mon peuple pour tout ce que tu as fait pour aider les plus démunis de mon pays. Je suis conscient des nombreux sacrifices que tu as endurés durant tout ce séjour. Nous t'en sommes reconnaissants au plus haut point.

— Arrête, veux-tu ? Je n'ai pas accompli tout ce travail seul. J'ai eu la chance de travailler avec des gens formidables. Ils m'ont aidé à construire non seulement des écoles et des infirmeries, mais à bâtir quelque chose d'autre de plus solide encore : la confiance en soi. C'est grâce à des gens exceptionnels comme toi qu'a été rendue possible cette entraide internationale pour l'amélioration des conditions de vie de millions d'hommes, de femmes et d'enfants de ton pays. À moi maintenant de te remercier pour ton implication soutenue à la cause.

On pouvait sentir les liens étroits qui unissaient les deux hommes. Le respect et l'amour qui se dégageaient de leur amitié constituaient une belle preuve de l'harmonie possible pour tous les peuples de la terre, quelles que soient leur appartenance religieuse ou la couleur de leur peau.

— Assez de flatteries, Charles, passons aux choses sérieuses. J'en suis à ma première expérience comme participant aux obsèques d'un Souverain Pontife, que va-t-il donc se passer dans les prochains jours ?

D'un air songeur, Charles prit le temps de bien réfléchir avant de donner sa réponse.

— Comme je ne suis pas, moi non plus, un habitué des cérémonies à grand déploiement, j'ai envie de te répondre que tout nous sera expliqué à

notre arrivée au Saint-Siège par le secrétaire du
Vatican, Giacomo Bucci, celui-là même qui est entré
en contact avec toi.

— D'accord. As-tu une idée de la durée de
notre séquestration pour l'élection du nouveau pape ?
demanda encore le cardinal Yabelo à Charles.

— La seule réponse que je peux te donner, c'est
que tant et aussi longtemps qu'il n'y aura pas unanimité dans le choix du vote, nous serons contraints
de demeurer enfermés dans nos appartements res-
pectifs. Cela peut durer une journée ou bien des
semaines. N'oublions pas que c'est un poste extrêmement important et que l'on n'a pas le droit de se
tromper dans cette délicate décision.

— Tu as parfaitement raison. Nous devons
nous laisser le temps de bien réfléchir avant de déci-
der à qui on doit remettre cette lourde responsabilité.
Bien, dit encore Yabelo, maintenant, concentrons-
nous dans la prière pour demander grâce au Seigneur
pour notre défunt Pape.

Pendant la méditation des deux confrères religieux, les autocars franchirent les barricades de
sécurité érigées à proximité du Vatican.

Un tel rassemblement des princes de l'Église
en un même endroit donnait le sentiment que le sort
d'un nouveau monde était entre leurs mains.

C'est cela que Charles redoutait le plus : le
changement…

7

D ans l'autocar qui les conduisait de l'aéroport au
Vatican, un cardinal asiatique était assis derrière
le siège que partageaient Charles et Yabelo. Il écoutait
d'une oreille discrète mais intéressée la conversation
entre les deux hommes, les épiant du coin de l'œil
tentant de ne pas trahir l'intérêt qu'il portait à leurs
échanges. Chaque mouvement, chaque parole étaient
cependant scrutés à la loupe, comme pour analyser à
quel type d'homme ils pouvaient appartenir. Tel un
fauve examinant sa proie, prêt à sauter sur elle à la
première occasion, il roulait des yeux brillants et
cruels.

« Le temps de mon règne approche à grands
pas, se disait-il. Nul ne pourra se mettre en travers de
mon passage, pas même le Dieu tout puissant. Ceux
qui oseront se dresser devant moi seront tout simplement éliminés comme de vulgaires insectes. Les
hommes ramperont comme des larves gluantes sur le
sol. Tels sont mon destin et la prophétie de mon
Maître. »

L'autocar s'enfonçait plus profondément dans
l'enceinte du Royaume de Dieu sur la Terre.

8

Le chemin du retour entre Bromont et Rosemère s'était passé sans encombres. Chantal et Léon avaient profité pleinement de leur journée sans les enfants, malgré les discussions sur les rêves inexpliqués de ce dernier.

Le soir venu, Léon se détendait au lit en lisant un roman policier, *La Nuit du renard*, de Mary Higgins Clark. Il aimait ce genre, à la fois « thriller » et suspense. Il relaxait en suivant les péripéties de l'intrigue. Parfois, il s'arrêtait un moment en se disant qu'il vivait lui aussi une histoire « étrange » mais dont il ne connaissait malheureusement pas la fin. Chantal ne le rejoignit que plus tard dans la soirée.

— Voilà ce que j'appelle une journée bien remplie, dit-elle joyeusement. Que c'est bon de se retrouver dans un lit douillet, bien au chaud, à côté de son amoureux.

— C'est vrai, cela a fait du bien à tout le monde, moi le premier. Je suis bien content de t'avoir révélé les « secrets » qui minent mon quotidien.

— Tu sais que tu peux compter sur mon aide en tout temps. La vie de couple n'est-elle pas faite pour partager les joies et les peines, pour le meilleur et pour le pire ?

— Je ne sais pas ce que je ferais sans toi, Chantal. Je t'aime... tellement.

Il s'approcha et l'embrassa tendrement et entraîné par son désir, il lui caressa les seins de ses lèvres. Chantal réagit en frémissant de tout son corps. Ils s'aimèrent avec une telle fougue qu'ils durent parfois freiner leurs élans de passion, de peur d'éveiller les enfants.

Avant de s'endormir, Léon se dit qu'après de tels ébats amoureux, il y aurait sûrement un répit dans ses cauchemars. Le sommeil lui ferait le plus grand bien et apaiserait ses craintes des derniers jours. D'ailleurs, si la saine fatigue lui rendait le sommeil, il se promettait de répéter ces gestes d'amour tous les soirs. Il sourit à cette initiative. « Il faudra que j'en discute avec Chantal », pensa-t-il. Il ferma les yeux en évitant de penser à quoi que ce soit qui pourrait venir troubler son bien-être. Bientôt, les bras de Morphée eurent raison du valeureux chevalier.

***

Un immense couloir haut de plusieurs mètres se dessinait devant ses yeux. Sur les murs étaient accrochées de grandes toiles qui représentaient des scènes religieuses. Léon pouvait y voir tantôt des anges et des archanges, tantôt les visages de plusieurs papes aux cours des décennies. Il n'arrivait pas à identifier le palais dans lequel il se trouvait. Soudain, une porte aux dimensions nettement exagérées, tout comme le reste de l'immeuble d'ailleurs, se dressa devant lui. Avant d'y pénétrer, Léon se rendit compte qu'à ses côtés, une vieille dame l'accompagnait.

Son visage lui était totalement inconnu. Sa tenue vestimentaire s'apparentait à celle d'une religieuse. Elle restait près de lui, silencieuse. Il remarqua qu'elle ne portait aucun crucifix à son cou ni sur le lourd rosaire qui pendait à sa taille, comme il avait l'habitude d'en voir chez les autres religieuses. Ce détail attira son attention, mais il n'en fit aucune mention à l'intéressée. Il poussa l'énorme porte de chêne avec détermination. Il resta surpris en constatant que derrière cette porte, un homme tout de blanc vêtu les attendait. Il comprit qu'il s'agissait du pape et qu'il se trouvait à l'intérieur du Vatican. Mais, il ne savait toujours pas pourquoi il s'y trouvait. Sa démarche ressemblait à celle d'un robot, déjà programmé d'avance. Il s'aperçut qu'il tenait dans la main droite une enveloppe blanche avec l'inscription « POUR LE PAPE ». Il s'avança lentement en sa direction avec la dame âgée qui le suivait toujours. Il tendit la main qui tenait l'enveloppe en direction du saint homme. Des paroles sortirent de sa bouche.

— Voici, mon Père, le troisième secret de Fatima que je vous remets en mains propres, selon les recommandations de la Vierge Marie, notre bien-aimée Mère. Vous devez prendre connaissance du message et le partager par la suite avec le monde entier.

Léon recula d'un pas, la tête inclinée vers le bas en guise de respect. Le pape resta silencieux. Il prit l'enveloppe, la retourna à l'endos et d'un geste nerveux, l'ouvrit. Il inséra ses doigts à l'intérieur et commença doucement à retirer le précieux message. L'expression du visage du Souverain Pontife prit soudainement un aspect maladif. Son teint passa de rosé à livide en une fraction de seconde. Il laissa tomber le contenu de l'enveloppe sur le sol. Au même moment, la vieille religieuse laissa couler une larme de sang sur sa joue rugueuse.

Léon s'éveilla en sursaut, trempé de sueur, mais parcouru d'un frisson glacé. Il tremblait tellement qu'il en réveilla Chantal.

— Ça va ? s'inquiéta cette dernière.

— Oui, je crois.

— Encore ces cauchemars qui reviennent ?

— Oui, c'est cela, répondit Léon, d'une voix faible.

— Tu veux en parler ? dit Chantal doucement.

— Non, pas cette nuit. Tu peux te rendormir, ça va aller.

— D'accord. Ne t'en fais pas, ce ne sont que des vilains rêves.

Chantal, à moitié endormie, referma les yeux et se rendormit aussitôt. Pendant ce temps, Léon tenta de reprendre ses esprits.

— Ça ne peut plus continuer ainsi. Il faut que je fasse quelque chose, et vite, avant que la folie s'empare de moi.

La décision de Léon était définitivement prise. Dès le lendemain, il entreprendrait une démarche qui le conduirait, espérait-il, à une explication logique de ces ridicules cauchemars.

Mais, ce qu'il avait vu du contenu de l'enveloppe resterait à jamais gravé dans sa mémoire tout au long de sa vie.

9

La Cité du Vatican, qui comprend le palais du Vatican, la basilique Saint-Pierre et les environs immédiats, constitue un État de quarante-quatre hectares et de mille habitants, placés sous l'autorité du pape lui-même et administré par un gouverneur. Le Vatican est le plus petit État du monde, mais sans doute celui dont l'influence et le poids politiques sont les plus grands. Cet État entretient une représentation diplomatique à l'étranger ; il a son service des postes, sa monnaie, son journal quotidien officiel, *L'Osservatore Romano*, sa gare de chemin de fer, son poste de radiodiffusion et un observatoire astronomique.

Michel-Ange et Raphaël exécutèrent les fameuses fresques qui ornent aujourd'hui les chambres dites « stanze » de la chapelle Sixtine et de la chapelle Pauline. Le palais contient plus de mille pièces, dont la plupart sont occupées par le musée du Vatican, lequel possède les plus belles collections au monde de sculptures antiques et de peinture italienne de la Renaissance. Les archives du Vatican comptent parmi les plus anciennes d'Europe.

Pour un touriste ou un membre du clergé, la place Saint-Pierre était toujours aussi grandiose.

Charles descendit de l'autocar en compagnie de Yabelo. Des préposés s'empressèrent de décharger leurs bagages des véhicules pour les porter près de l'entrée principale de la Cité. Des employés du Vatican s'affairaient ensuite à transporter les valises dans les locaux assignés à leurs propriétaires, escortés par des gardes suisses responsables de la sécurité des lieux.

— Nous y voilà, Yabelo. Un comité d'accueil nous attend à l'intérieur pour nous informer de la marche à suivre pour les prochains jours.

Yabelo ne pouvait rester indifférent devant toute la beauté qui s'offrait à ses yeux. On aurait dit le regard d'un enfant parmi une montagne de jouets à Noël.

— Je n'ai jamais vu autant de belles choses en même temps. Je regrette que peu de gens de mon peuple puissent voir ces merveilles.

Il tourna la tête dans toutes les directions comme pour être sûr de ne rien manquer de ce formidable et impressionnant panorama. La Cité du Vatican est ceinturée d'une clôture de béton qui entoure tout l'État. Les points d'entrée du territoire de l'État de la Cité du Vatican sont constitués par trois portes et une grille. Il y a la « Porte d'Arc des Cloches » qui se trouve à gauche du porche monumental de la basilique Saint-Pierre, ensuite la « Porte de Bronze » qui est à l'extrémité de la partie nord-ouest de la colonnade de Bernini et, enfin, la « Porte Sainte-Anne », *via de Porta Angelica*, qui est le point de passage le plus fréquenté de la Cité. C'est par cette entrée que l'on fit pénétrer les cardinaux qui se dirigèrent vers l'église Sainte-Anne où une table rectangulaire était installée pour accueillir dix personnes. La surface de la table était remplie de divers documents. Les participants commencèrent à faire la queue pour en prendre possession. Charles et Yabelo s'avancèrent.

— Voici donc nos agendas, lui dit Charles.

— Tu connais tous ces gens à la table ?

Charles avait l'impression d'être en quelque sorte un guide touristique pour un groupe organisé venu visiter les lieux.

— Oui, j'ai cet honneur ! Si tu veux, je peux te les nommer et te décrire leurs rôles et leurs fonctions ici.

— Ça me plairait beaucoup, Charles. Lorsque je quitterai Rome pour retourner dans mon pays, j'aurai une meilleure connaissance des personnes ainsi que de leurs rangs au sein de la hiérarchie catholique.

Charles était heureux de partager ses connaissances avec son ami Yabelo. Il ne pouvait refuser cette aide à quelqu'un qui cherchait à apprendre et à s'améliorer.

— Parfait. Tout d'abord, il y a le premier homme, au bout à gauche. Il s'appelle père Giacomo Bucci, celui-là même qui avait la responsabilité d'aviser tout le monde présent aujourd'hui.

— D'accord. C'est lui qui m'a téléphoné ?

— Oui, c'est le secrétaire privé du pape.

À sa gauche, reprit Charles, le cardinal Agostino Bragalli, Secrétaire d'État. Considéré comme le Kissinger du Vatican à cause de son rôle dans le développement de l'*Ostpolitik*, les tentatives du Vatican pour trouver un terrain d'entente avec le bloc soviétique.

« Ensuite, le cardinal Schubert Heumarkt, archevêque de Vienne. Le spécialiste de l'Église des questions religieuses et des relations avec le monde communiste. Ami de longue date de Jean-Paul II, il a organisé la campagne pour son élection.

« Cardinal John Baker, archevêque de Chicago. Le personnage le plus contesté de l'Église américaine. Attaqué sur des problèmes d'argent et de moralité. »

Yabelo interrompit Charles dans son allocution, le temps de placer un commentaire concernant le Cardinal Baker.

— Si je comprends bien, il n'y a pas que des saints dans cette salle !

Charles acquiesça d'un petit sourire narquois.

— Et tu n'as rien vu encore. Certains sont pires que nos politiciens.

Yabelo avait peine à se retenir de pouffer de rire. Après une légère pause, Charles continua.

— Évêque Robert Flint. Le banquier du Vatican. Au centre d'un scandale financier. Sa seule réponse : « Dieu connaît la vérité ».

« Cardinal Sebastiano Floccari. Le médiateur du pape. Préfet de la congrégation des évêques.

« Cardinal Vincenzo Torelli. Préfet du Tribunal suprême, la cour d'appel papale. Connaît tous les personnages importants de l'Église. Même ses amis le craignent.

« Père Christopher Adams. Responsable de l'édition anglaise du journal du Vatican, l'*Osservatore Romano*.

« Père Andrew Barnes, commentateur de Radio-Vatican. N'arrive pas à croire que certains de ses collègues avaient dissimulé des micros dans le conclave lors de l'élection de Jean-Paul II.

« Et enfin, l'Archevêque Antonio Marchiori. Nonce du Pape en Irlande...

« Voilà, c'est tout. Satisfait des renseignements sur nos hôtes ? »

— Entièrement. Merci encore une fois, Charles, de ta précieuse collaboration et de ton attention particulière à mon égard.

La ligne d'attente s'étira une dizaine de minutes avant que Charles et Yabelo puissent arriver à la table afin d'obtenir leur « passeport de séjour ».

Charles s'avança le premier en direction de Bucci qui l'accueillit chaleureusement.

— Bonjour Charles, j'ai toujours grand plaisir à vous revoir. L'occasion n'est pas appropriée pour des réjouissances, mais je suis heureux de constater que vous avez bonne mine.

Charles connaissait assez bien Bucci pour savoir qu'il était sincère.

— J'essaie de garder la forme. Vous savez, plus on avance en âge, plus il est difficile de rester mince et en santé. Mais avec de la discipline, on peut faire des miracles.

Bucci lui répondit avec un sourire. Charles prit le bras de son ami Yabelo.

— Laissez-moi vous présenter quelqu'un avec qui j'ai eu l'occasion de travailler en Éthiopie durant de nombreuses années, il s'agit du cardinal Yabelo Sékota.

Charles se retira sur le côté, laissant toute la place à Yabelo. D'un geste amical, ce dernier serra la main de Bucci.

— C'est un très grand honneur que de vous rencontrer, M. Bucci.

— Ne soyez pas honoré, nous formons tous une grande famille, la famille de Dieu.

Yabelo fut étonné de la simplicité avec laquelle Bucci lui avait répondu.

— Alors, messieurs, je vous remets les documents dont vous devrez prendre connaissance le plus tôt possible. Le numéro de chacune de vos chambres est indiqué à l'intérieur de la brochure, vous y trouverez aussi un plan détaillé des installations et des endroits à visiter dans la Cité. Il y aura un dîner qui sera servi ce soir à dix-neuf heures au palais du Belvédère. Ensuite, nous aurons une réunion d'information à vingt-et-une heures précises au palais San Carlo pour les mesures à suivre lors des cérémonies funèbres de Jean-Paul III qui auront lieu demain après-midi. Des questions?

— Non, ça va aller. Je vous remercie Giacomo, répondit Charles.

Charles salua de la tête le reste des membres de l'équipe. Il se dirigea avec Yabelo vers l'extérieur de la basilique.

— Il est déjà quatorze heures vingt-cinq, le voyage m'a épuisé. Je crois que je vais me retirer dans mes quartiers, le temps de faire une petite sieste et de me rafraîchir avant le souper. Par contre, Yabelo, si tu désires continuer à visiter la Cité, nous pourrons nous revoir au dîner de ce soir.

— Ça me convient parfaitement, Charles. Comme il fait un temps superbe dehors, je t'attendrai à l'extérieur du palais du Belvédère à dix-huit heures quarante-cinq.

Les deux hommes se quittèrent en prenant des directions opposées.

Yabelo consulta le plan détaillé de la Cité pour s'orienter et identifier les monuments historiques du Vatican. Il passa devant la chapelle Sixtine, l'un des endroits les plus célèbres du monde. « C'est ici, pensa-t-il, que se réuniront les cent-quatorze cardinaux pour former un conclave afin d'élire le nouveau pape ». Sa participation à cette réunion le rendait particulièrement heureux. Par la suite, il pénétra à l'intérieur de la Cour du Belvédère et y admira la rangée d'appartements que formait la façade de la bibliothèque avec tous ses détails architecturaux gravés dans les murs de pierre. Selon lui, il s'agissait d'un ouvrage digne d'être exposé au musée du Louvre. Pendant un instant, il se posa la question à savoir comment Jésus-Christ, qui avait choisi de venir sur Terre bien humblement, réagirait face à toute la richesse dont les Hommes d'Église s'étaient entourés depuis des siècles. Aurait-il approuvé tout cela ou, au contraire, aurait-il préféré que ses disciples manifestent plus de simplicité ? Pendant quelques secondes, Yabelo se sentit mal à l'aise en songeant à tous les problèmes de malnutrition, de soins médicaux déficients et d'analphabétisme des gens de son pays. Avec beaucoup de chagrin au fond du cœur, il décida de regagner le palais pontifical, là où se trouvaient les quartiers généraux des cardinaux. Il voulait pouvoir se détendre lui aussi une heure ou deux en réfléchissant à tout cela dans le calme.

* * *

Charles se réveilla à dix-sept heures cinquante. Il occupait la chambre deux-cents quatre-vingt-seize. Celle de Yabelo se trouvait à l'étage inférieur. Les chambres, bien que petites, étaient relativement confortables. Cependant, aucun téléviseur ne faisait partie du mobilier. Seul un téléphone et un poste de radio permettaient d'obtenir de l'information de l'extérieur du Vatican. Charles se dirigea vers le poste et l'ouvrit. La nouvelle la plus importante de la journée, selon Radio-Vatican, était la venue de pèlerins par milliers à la basilique Saint-Pierre pour rendre un dernier hommage à Jean-Paul III. On informait la population que plus de cent cinquante mille visiteurs avaient défilé ce jour-là devant la dépouille mortelle du Saint-Père. La nouvelle faisait allusion à une foule disciplinée qui ne causa aucun incident fâcheux. On prévoyait un rassemblement monstre pour le lendemain matin, les experts estimant que de cinq à six cent mille personnes assisteraient aux funérailles. Tous les yeux du monde seraient alors tournés vers Rome. Le lecteur profita de l'occasion pour mentionner que l'élection du futur pape devait débuter aussitôt les obsèques terminées.

« Tout se déroule si rapidement, pensa Charles. Les prochains jours ou semaines seront cruciaux pour faire le choix du successeur de Jean-Paul III. Une décision bien rapide pour choisir quelqu'un aux si nombreuses responsabilités ». Une fois sa toilette terminée, il sortit de sa chambre pour aller retrouver Yabelo.

Dans la salle à manger, dix-neuf tables étaient disposées à raison de six couverts par table. Les cent quatorze cardinaux s'approchèrent en silence vers les places libres. Aucune place n'était assignée à qui que ce soit. Comme pour des gouvernements en période d'élection, des groupes se créèrent spontanément pour démontrer officieusement quels candidats ils appuieraient.

Charles partagea son repas avec Yabelo, Giacomo Bucci, les cardinaux Agostino Bragalli et Schubert Heumarkt, et l'archevêque Antonio Marchiori. Grâce à ses talents de communicateur et de leader, Charles se gagna la faveur de ses collègues. Il devint rapidement respecté parmi les cardinaux les plus influents de la communauté.

À la fin du repas, le père Bucci prit la direction de la tribune située au centre de la salle afin de transmettre les détails pertinents relatifs aux événements des prochains jours. Arrivé derrière le lutrin, Bucci sortit de sa poche de veston une paire de lunettes rondes qu'il retira de son étui de cuir. S'approchant du micro, il déposa d'un geste spontané les mains sur ses feuilles de notes. Tel un chef d'État, Bucci prit la parole devant un auditoire attentif.

— Bonsoir, Messieurs. Je serai bref mais précis car le temps nous presse. C'est avec émotion que je constate le dévouement, la loyauté et la fidélité de votre groupe à l'Église catholique. Nous vivons tous des moments particulièrement difficiles. Les prochaines heures, pour ne pas dire les prochaines journées, seront accaparantes par la quantité de travail que nous devrons abattre. Voici donc l'agenda qui nous attend.

1) Aujourd'hui, lundi six décembre 1999, visite en privé à vingt-deux heures de tous les cardinaux à la basilique Saint-Pierre pour rendre un dernier hommage au père Jean Steinman, Jean-Paul III, notre pape.

2) Mardi sept décembre, une réunion de tous les membres du clergé sans exception aura lieu à la *Salla Bologna* à onze heures. La cérémonie funéraire aura lieu à la basilique Saint-Pierre à treize heures précises.

3) Journée de repos, le mercredi huit décembre.

4) Le jeudi neuf décembre, réunion à huit heures à la chapelle Sixtine pour les informations concernant le déroulement du conclave.

5) Et finalement, le vendredi dix décembre, rendez-vous à huit heures à la chapelle Sixtine pour les cent-quatorze cardinaux en vue des élections pour le choix de notre futur pape. Pour ceux qui en sont à leur première expérience, sachez qu'il y aura une période d'information jeudi matin à la chapelle. Elle permettra du même coup de rafraîchir la mémoire des anciens membres sur les étapes à suivre pour l'élection. Tous les détails ainsi que les heures des rencontres sont inscrits dans votre brochure. Des questions ?

L'auditoire resta silencieux. Après quelques secondes sans aucune intervention, Bucci leva l'assemblée. Dans un même mouvement, tous les hommes quittèrent leur siège pour aller fraterniser avec leurs confrères des tables voisines.

Autour d'une table, à l'extrémité de la pièce, un regard jeté par-dessus les épaules de nombreux cardinaux espionnait les faits et gestes de Charles. Par instinct, la Bête cherchait les points faibles de son futur adversaire en prévision d'un combat qui serait sans merci.

« Il ne peut y avoir qu'un vainqueur au pouvoir, le pouvoir de la terreur et de la vengeance. »

10

À son réveil, la journée était déjà bien entamée mais Léon était encore troublé par les visions d'horreurs qui l'avaient hanté durant les quelques heures de sommeil que la nuit lui avait laissées. Il ne s'attendait pas à une reprise aussi rapide de ses cauchemars, mais, malgré ses bonnes résolutions, il s'obstinait toujours à ne vouloir en parler à personne, malgré l'insistance de Chantal qui avait tenté d'en savoir davantage pour alléger ses angoisses.

La situation devenait stressante et ridicule : une partie de ses journées passait maintenant à chercher un moyen d'exorciser ces rêves qui devenaient de plus en plus accaparants. Les traits tirés par la fatigue, il était devenu méfiant lorsque venait le temps de se mettre au lit. « Si je ne fais rien, se disait-il, j'ai peur que la folie me submerge. »

Folie, le mot qu'il craignait comme la peste. « Pourtant, pensa-t-il, il me semble que ce doit être une maladie héréditaire... »

Saisi d'une idée soudaine, il se rendit au sous-sol en courant, dévalant l'escalier comme un bolide pour finalement se trouver devant une armoire où étaient rangés tous les albums de photos de famille. Il choisit les albums concernant exclusivement sa famille. Il voulait regarder tous les visages attentivement, essayant de se rappeler ceux dont il avait oublié jusqu'à l'existence, et qui avaient pu avoir des comportements étranges aux cours des années précédentes. Il commença par feuilleter une à une les pages remplies de photos, certaines datant d'une époque éloignée, alors que d'autres étaient plus récentes.

À un rythme d'abord lent puis effréné, Léon finit par passer au travers des quinze albums qui lui appartenaient. Reprenant ses esprits, il fut soulagé de constater qu'aucun membre de sa proche famille, les oncles, les tantes, les cousins les cousines, n'avait été, à sa connaissance, aux prises avec des troubles psychiatriques.

« Procédons par élimination, songea-t-il. Mon bagage héréditaire n'est pas en cause : c'est donc un départ. Il faut par conséquent que je cherche autre chose. »

Il remarqua par contre un détail qui ne lui avait jamais effleuré l'esprit auparavant. Curieux, quand même, que les photos prises de lui lorsqu'il était enfant l'aient été après l'âge de deux ans ! Il ne possédait aucune photo de lui étant bébé. Sur le coup, il ne crut pas utile de s'attarder à ce nouveau dilemme car il avait à s'occuper de préoccupations beaucoup plus urgentes.

Il rejoignit Chantal au rez-de-chaussée qui se préparait à sortir pour faire quelques courses. Léon s'approcha d'elle et lui glissa à voix basse.

— Est-ce que cela te dérangerait beaucoup d'emmener les enfants avec toi. Je crois que j'aurais besoin d'être seul . Pour réfléchir.

Avoir le reste de la journée à lui seul faciliterait sa concentration. Compréhensive, elle se plia à ce caprice et dit aux enfants d'aller l'attendre dans la voiture.

***

Assis à la table de cuisine, Léon se demandait maintenant comment poursuivre ses démarches. Les mains appuyées sur le front, il se creusait les méninges pour trouver une nouvelle orientation à ses recherches.

Se dirigeant vers le téléphone, il prit l'annuaire téléphonique de la ville et regarda dans la section des *Pages jaunes*, sous les titres des professionnels. « Astrologue, Avocat... » La profession d'astrologue piqua sa curiosité, mais un instant seulement : « Astrologue, hum... Je ne sais pas si mon cas relève des étoiles ou des feuilles de thé... ». Cette interrogation lui laissa échapper un petit rire moqueur, le seul moment de détente de sa journée.

« Non, ça ne fait pas sérieux ces histoires-là » décida-t-il.

Après de longues minutes de recherches, il n'avait toujours pas trouvé l'ombre d'une solution dans les *Pages jaunes*. « Faudra trouver autre chose » se dit-il.

L'atmosphère devenant lourde dans la maison, après un repas vite avalé, il décida d'aller prendre l'air dans le quartier : « Une balade ne nuira sûrement pas à la régénération des globules rouges de mon cerveau. »

Le ciel étant couvert en cet après-midi du mois de novembre, il enfila un léger manteau de coton et sortit. Il marchait depuis environ vingt minutes quand il se rendit compte que ses pas l'avaient mené devant l'église de la paroisse. Il s'arrêta brusquement et se mit à réfléchir rapidement.

« S'il y a bien un endroit où l'on peut discuter calmement de pape, de religion et de démons, c'est bien ici. »

Mais n'étant pas impliqué dans les activités de la paroisse, Léon ne se rappelait pas le nom du curé. Tout ce qui le préoccupait, c'était d'avoir une explication à ses visions. « Peut-être qu'un homme d'Église pourrait m'apporter des réponses réconfortantes », pensa-t-il. Il s'avança discrètement sur le parvis, montant une à une les marches jusqu'à l'entrée. Il hésita quelques instants devant les portes de bois ouvragé, et finit par approcher nerveusement son doigt vers la sonnette. Comme il allait presser sur le bouton, une force intérieure lui commanda d'arrêter son geste. Surpris de sa réaction, il recula.

« Au fond, je me sens stupide d'aller frapper à la porte d'un curé que je ne connais même pas pour lui raconter des histoires à dormir debout. Cela fait cas désespéré et je ne crois pas en être rendu là. En tout cas, pas pour le moment. »

Il reprit le chemin du retour, malheureux de ne pas avoir eu de nouvelles idées pour relancer ses recherches. Une intuition le fit toutefois s'arrêter de nouveau lorsqu'il croisa la Bibliothèque municipale. « À cette heure, peu de monde doit fréquenter les allées remplies de bouquins... »

Il entra et passa devant la réception sans s'y attarder. C'était une première visite qu'il effectuait dans cette institution depuis qu'il avait quitté l'école secondaire. Il avait toujours préféré acheter les livres plutôt que de les emprunter.

Il remarqua que les classeurs contenant les petites fiches qui indiquaient autrefois les numéros de référence des livres, étaient maintenant remplacés par des écrans d'ordinateurs. « Il faut être de son temps », pensa-t-il.

Il s'assit devant un de ceux-ci, dans un fauteuil pivotant et s'appuya contre le dossier. Il n'avait aucune idée du type de livres qui serait susceptible de l'aider.

« Drôle de situation que d'être assis parmi tous ces bouquins sans savoir lequel choisir. »

Sa première idée le guida vers des titres comme : *L'interprétation de vos rêves ou bien encore Comment prédire votre avenir avec les astres.*

Aucun de ces titres pourtant ne l'inspirait vraiment pour une étude sérieuse de son cas. Les médiums et les voyants de ce monde n'avaient pas bonne réputation et la majorité n'était en fait que de vulgaires charlatans, prêts à dire n'importe quoi pour de l'argent. Léon voulait éviter de tomber lui aussi dans ce piège.

D'un geste automatique, il approcha ses doigts du clavier de l'ordinateur et tapa les lettres suivantes : N O S T R A D A M U S.

Sans trop savoir pourquoi, il était satisfait de son choix. Il connaissait très peu Nostradamus, si ce n'est sa réputation acquise aux cours des siècles pour la concrétisation de ses spectaculaires prédictions. Se produisait-il une catastrophe naturelle dans le monde, une guerre éclatait-elle, changeait-on de décennie, le nom du prophète revenait systématiquement dans l'actualité avec l'analyse de ses prophéties.

La liste d'une dizaine d'ouvrages apparut à l'écran suite à l'entrée du mot Nostradamus. Léon prit un crayon et du papier pour en retranscrire les codes de référence. Dans les rangées surchargées de livres sur les nombreuses tablettes, il emprunta l'allée avec l'inscription « Bibliographie-Référence ». Il repéra sans difficulté l'emplacement des ouvrages. Il prit au hasard les premiers livres qui lui tombèrent sous la main. Il les feuilleta rapidement sans savoir réellement ce qu'il cherchait. Soudain, en regardant la table des matières du livre de Robert Mitchell, traduit par Alain Larue, *Nostradamus, interprétation des prophéties d'hier à aujourd'hui*, il découvrit que le chapitre 10 faisait allusion au troisième secret de Fatima.

« Enfin, quelque chose de concret, il y a un début à tout », se dit-il.

Les visions du troisième secret de Fatima dans ses rêves avec la vieille sœur et le pape l'incitèrent à emprunter le volume. Une fois abonné, Léon sortit de la bibliothèque avec la ferme intention de lire sa trouvaille en totalité.

11

À Coimbra, toutes les religieuses étaient rassemblées dans la grande salle commune, suivant avec intérêt les obsèques de Jean-Paul III à la télévision, dans un climat de tristesse. Assises les unes à côté des autres sur des chaises en plastique moulé, les sœurs se recueillaient dans un silence lourd.

Les images, diffusées en direct à l'écran, étaient d'une clarté et d'un réalisme inouïs. Des scènes montrant les cardinaux alignés en rangs serrés près du cercueil fermé du Saint-Père dégageaient une beauté touchante et émouvante. On pouvait voir, à plusieurs reprises, certains d'entre eux essuyer subrepticement avec leur mouchoir des larmes de tristesse versées pour celui qui avait dignement représenté l'Église catholique au cours de son existence.

Sœur Victoria était absente du groupe. Elle préférait suivre les funérailles dans sa chambre à l'aide d'un poste de radio portatif que mère Angela lui avait apporté.

— Vous êtes sûre, Sœur Victoria, que vous ne voulez pas vous joindre à nous dans la grande salle ? lui avait demandé mère Angela. Il y a si longtemps que n'êtes sortie de votre chambre.

Depuis un an, sœur Victoria se faisait livrer tous ses repas à ses appartements, disant ne plus avoir la force nécessaire pour marcher jusqu'à la salle à manger. Elle en était réduite à maintenir un pot de chambre sous son lit pour les mêmes raisons.

— Non, je vous remercie Mère, je suis bien ici, avait-elle répondu. Vous savez, j'ai maintenant quatre-vingt douze ans, presque quatre-vingt treize ; un rien me fatigue. Malgré que j'aie une bonne santé pour une personne de mon âge, il ne faut pas faire d'abus.

— Je comprends, ma Sœur. Vous êtes quelqu'un d'extraordinaire et je vous admire énormément. J'aimerais tellement vous faire plaisir, vous qui avez tant donné pour les autres !

D'un geste de la main, sœur Victoria l'avait rassurée.

— J'ai vécu tout au long de ma vie avec des gens que j'aime. J'ai été comblée, pas en argent ni en biens matériels, mais en amour.

Sœur Angela profita de l'occasion pour lui poser des questions concernant son amitié avec Lucia lorsqu'elle était enfant.

— Serait-ce indiscret de ma part, Sœur Victoria, si je vous demandais que nous discutions ensemble de vos merveilleuses rencontres avec Lucia ?

Victoria prit une pause de quelques secondes. Il y avait une éternité qu'elle avait parlé à quelqu'un de ses rencontres secrètes du début du siècle avec

Lucia. Personne de son entourage n'avait osé lui en parler au cours de toutes ces années, par crainte de la troubler.

Pendant un instant, Mère Angela craignit d'avoir offensé sœur Victoria. Elle eut l'impression de violer la vie privée d'une femme au passé déjà lourdement hypothéqué. Elle se sentit, un peu tard, honteuse d'avoir posé cette question.

— Cela ne m'ennuie nullement. Que voulez-vous savoir au juste, Mère ? répondit sœur Victoria.

Mère Angela lui demanda de raconter ce qu'elle se rappelait des circonstances entourant les événements des apparitions de la Vierge à Lucia. Victoria narra son histoire comme elle l'avait déjà fait des centaines de fois lors de ses interrogatoires avec des centaines de curieux et membres importants de l'Église catholique.

Angela resta sur son appétit car Victoria ne lui apprit rien qu'elle ne sût déjà.

— Je me suis toujours demandé pourquoi le troisième secret ne fut pas dévoilé à tout le monde comme prévu lors de votre visite au Vatican en 1960, au pape Jean XXIII, risqua Angela.

— Tout ce que je puis vous répondre à ce sujet, c'est que j'ai été choisie par Lucia pour livrer en mains propres ledit message au pape.

— Pourquoi ?

— Parce que Lucia avait confiance en moi et qu'elle voulait créer une diversion afin que je puisse rencontrer le pape en toute sécurité.

— Pourquoi avoir attendu si longtemps ? Un délai de quarante-trois ans entre la livraison du message et son dévoilement, c'est beaucoup, fit remarquer Mère Angela.

— Pour mieux en connaître sa signification, répondit calmement Sœur Victoria.

— Mais pourquoi Jean XXIII n'en dévoila-t-il pas le contenu ? demanda encore Mère Angela.

— Probablement parce qu'il avait peur des réactions néfastes de la population tout entière.

— Vous, le connaissez-vous ce message ?

— Oui !

— Allez-vous un jour le dévoiler ? s'informa Mère Angela.

— Oui !

— Mais à qui ?

— À l'Élu.

— À l'Élu ? Vous voulez dire que quelqu'un, quelque part prendra contact avec vous pour servir lui aussi de messager ?

— Vous avez bien compris, approuva Sœur Victoria.

— Ne serait-il pas plus simple de le dévoiler publiquement maintenant sans attendre quelqu'un qui ne viendra peut-être pas ?

— Je n'en ai pas le droit. Seul l'Élu est autorisé à le faire. Ma tâche est d'attendre le prophète et de lui remettre le secret. Ma mission sera alors accomplie.

Angela s'interrogea sur le sérieux de l'interprétation que faisait Victoria de sa mission. Elle se demanda si la sénilité n'avait pas déjà commencé à faire son œuvre dans son esprit. Peut-être qu'avec le poids des années, ses lourdes responsabilités avaient eu raison de l'esprit d'une pauvre vieille dame qui, maintenant, prenait ses rêves pour des réalités !

« Par contre, s'il y avait vraiment un « élu » qui devait se manifester à sœur Victoria, c'était pour bientôt, pensa Angela. Sa condition physique continue de se dégrader avec le passage des années. » Selon elle, la croisée des chemins ne devait plus être très loin.

Mère Angela avait décidé de conclure leur entretien.

— J'espère pour vous que l'Élu vienne et accomplisse son travail avec la même détermination et le même acharnement qui vous ont caractérisée tout au long de votre vie.

— N'espérez rien pour moi, mais pour NOUS, car nous sommes tous concernés.

Mère Angela venait d'en savoir un peu plus sur le précieux message. Rien de concret, mais juste assez pour savoir que le monde entier était concerné.

— Je vous laisse vous reposer, Sœur Victoria. J'ai pris suffisamment de votre temps. Allongez-vous et faites une petite sieste, cela vous fera le plus grand bien avant d'écouter les obsèques à la radio.

Avant de quitter la chambre, la main sur la poignée de la lourde porte, Mère Angela s'était retournée, s'adressant une dernière fois à Sœur Victoria.

— Est-ce si terrible, ce troisième secret ?

Avant de lui répondre, Victoria avait dirigé les mains vers son cœur et crispé ses doigts sur sa tunique comme si elle avait été prise d'un malaise cardiaque.

— Bientôt, avait-elle fini par dire, si rien n'est fait, il sera trop tard. Les portes de l'enfer s'ouvriront et Satan triomphera. Le temps presse. C'est notre dernière chance.

12

Malgré l'importance de l'événement, les funérailles de Jean-Paul III furent d'une simplicité
remarquable. Les cérémonies débutèrent à treize
heures trente, heure de Rome, et furent retransmises
par les télévisions du monde entier.

Les vœux de sympathies avaient afflué par
milliers au Vatican, tant de la part des hommes d'État,
catholiques ou non, que de l'ensemble des fidèles.

En cet après-midi, le monde n'avait d'yeux que
pour le cortège funèbre : douze porteurs vêtus de
redingotes transportant le cercueil dans la basilique,
puis vers les grottes du Vatican. On le déposa dans le
sarcophage où l'on avait déjà inscrit son nom. Puis,
comme on le fit pour tous ses prédécesseurs, on plaça
une lourde dalle de pierre sur son tombeau.

Une fois la cérémonie terminée, le père
Bucci avait ordonné aux cardinaux de se présenter
comme prévu, le surlendemain jeudi matin, huit
heures, à la chapelle Sixtine pour mettre en branle le
processus concernant le déroulement du prochain
conclave.

En soirée, Yabelo rendit visite à Charles dans
ses appartements pour passer en revue les détails des
événements de cette journée des obsèques.

— Il me semble que c'est rapide pour couronner un nouveau chef, l'ancien n'étant pas complètement refroidi, pensa tout haut Yabelo.

En posant la main sur son épaule, Charles lui dit:

— Plus l'importance d'un poste vacant est élevée, plus vite on doit le combler à cause des décisions lourdes de conséquences qui s'y rattachent. On ne peut déléguer une autre personne à sa place trop longtemps ; le danger serait trop grand que celle-ci accumule les dossiers « chauds » sur son bureau, parce qu'elle juge ne pas avoir la crédibilité voulue pour résoudre ces problèmes. Voilà pourquoi on agit si rapidement pour trouver un successeur.

— Les choses vues sous cet angle, répondit Yabelo, je t'approuve entièrement... Maintenant que nous sommes à l'aube d'une nouvelle direction, quelles seraient pour toi les qualités requises pour les candidats au poste?

Charles n'avait pas encore étudié sérieusement le profil du candidat idéal pour accéder au Saint-Siège. Il donna cependant son opinion.

— Selon moi, le prochain pape devrait être ouvert au monde, il devrait être un chef spirituel, un pasteur authentique, un évêque compréhensif, un médiateur œcuménique, un chrétien sincère et, enfin, un homme qui pourrait dominer les conflits et les contradictions qui ont si souvent laissé l'Église dans des situations de divisions absolument désespérées. Bref, il devrait être le pape de la réconciliation, un homme ouvert aux signes des temps et à l'évolution des esprits.

Yabelo regarda Charles avec étonnement et respect comme un élève face à son maître.

Charles poursuivit.

— Le pape devrait aussi savoir encourager plutôt que de réprimander et admonester. Il ne devrait pas être intransigeant, mais exercer une réelle autorité sur son entourage. Il devrait faire preuve d'une autorité formelle, officielle et institutionnelle, mais aussi d'une autorité personnelle objective et charismatique.

13

Charles prit une pause pour reprendre son souffle. Il s'étonnait lui-même des déclarations qu'il venait de faire à Yabelo sur la candidature d'un pape « superstar ». Il termina son énoncé.

— Finalement, l'homme qui assumera le rôle de la papauté devra être humble et d'une grande simplicité, tout comme l'a été Jésus-Christ, notre Seigneur. Oublier les titres et le prestige que peut apporter son élection car il ne lui faudrait en aucun temps dévier du sens profond du choix de ses confrères. À l'aube d'un nouveau millénaire, les problèmes deviendront plus nombreux et plus complexes. Pensons seulement à la situation sociale qui implique les femmes et leur rôle dans l'Église, ainsi qu'à la question de l'avortement, la sexualité, et la suppression de l'interdit qui pèse sur le divorce... Comme tu peux voir Yabelo, ce ne sont pas les dossiers qui manquent pour les prochaines années...

D'un geste d'approbation, Yabelo sourit à Charles. Il le voyait maintenant avec des yeux différents. Un sentiment qui dépassait les frontières de l'amitié.

Les deux hommes discutèrent ainsi pendant plus d'une heure. Enfin, Yabelo se leva pour partir.

— Je vais te laisser, il se fait tard. Nous avons beaucoup de pain sur la planche aux cours des prochains jours. Mieux vaut se présenter frais et dispos aux assemblées.

Puis, l'air songeur, il ajouta:

— Avant de partir, j'aimerais te dire à quel point je suis fier d'être ton ami. Des nombreuses qualités que tu viens d'énumérer et qui seraient utiles à un candidat à la papauté, tu sais, plusieurs sont déjà acquises chez toi.

« D'ailleurs », continua-t-il, avec une voix où se décelait un enthousiasme non feint, « je dirais même que tu possèdes tout le charisme et l'étoffe d'un chef pour combler adéquatement le poste de pape. »

« Si tu me le permets Charles, j'aimerais avoir le privilège de mousser ta candidature » ajouta-t-il comme s'il s'agissait d'une suite logique à ce qu'il venait de dire.

Charles ne s'attendait aucunement à une telle requête de la part de Yabelo.

— C'est une offre qui me va droit au cœur mais que je ne peux accepter. Tu vois, il y a plusieurs personnes qui attendent mon retour au Québec pour que je leur vienne en aide. Je suis flatté de ton geste, mais hélas, c'est impossible.

Yabelo fronça les sourcils. Il ne comprenait pas l'attitude de Charles de refuser d'accéder au Saint-Siège par crainte de ne pouvoir remplir ses obligations chez lui.

— Écoute, Charles, je sais très bien qu'en

occupant ce poste, il est difficile pour toi, voire irréalisable de compléter tout le travail que tu avais entrepris pour tes fidèles, mais n'oublie pas que la somme de travail que tu pourrais accomplir pour ton pays, tu pourrais l'étendre au monde entier. Tu aurais le pouvoir de changer beaucoup de choses notamment pour des pays pauvres comme le mien. Tu ne peux passer à côté d'une telle occasion. Le monde a tant besoin qu'on s'occupe de lui, ce serait pur égoïsme de ta part de ne pas partager tes talents avec tes frères. Moi, j'ai confiance en toi, et je suis certain que Dieu aussi.

Avec un soupir, Charles prit un moment de réflexion. Le message de Yabelo était clair et venait d'un individu qui connaissait ce qu'est la véritable misère. Il comprit, par ses arguments, qu'il le considérait comme un futur « sauveur » qui n'avait pas le droit de refuser sa compétence et sa générosité au bien-être de tous.

Il répondit enfin.

— Ce que tu as dit est juste. Je m'en remettrai aux vœux du Saint-Esprit. Si je remporte la victoire, je la considérerai comme un signe positif du Ciel. Si tu crois en mes capacités au point de dévoiler tes couleurs pour moi, alors j'accepte volontiers que tu diriges à ta guise ma candidature pour les élections, conclut Charles, dans un franc sourire.

Yabelo se précipita vers Charles et lui appliqua une accolade comme celles qu'on se donne plutôt dans les milieux sportifs. Ils se serrèrent la main en signe de leur entente et se fixèrent rendez-vous pour le lendemain matin, jour du début du conclave à la chapelle Sixtine.

Yabelo se hâta vers sa cellule en regardant sa montre. Il constata qu'il était déjà près de minuit.

14

Des gouttelettes de pluie froide commencèrent à tomber sur la tête dénudée de Léon. Il pressa le pas pour arriver le plus vite possible à la maison.

— Ce n'est pas le moment de tomber malade, je ne dois surtout pas négliger ma santé, se dit-il. J'ai tellement de travail et de recherche qui m'attendent, maintenant que j'ai trouvé une piste sérieuse pour la solution de mes déboires.

Au pas de course, il atteignit enfin la porte d'entrée, détrempé, la tête enfouie sous son manteau. Une fois dans la maison, il remarqua qu'elle était encore déserte. Chantal et les enfants n'étaient pas de retour. Il décida de monter à l'étage pour s'enfermer dans sa chambre.

Léon prit d'abord le temps de changer ses vêtements mouillés et enfila une paire de jeans et un T-shirt blanc. C'était sa façon de se mettre à l'aise avant de se mettre à lire.

Allongé sur le lit, il plaça deux coussins derrière son dos pour former une confortable petite montagne. Bien installé au chaud, il ouvrit le sac de plastique et en retira le livre.

Il consulta une seconde fois la table des matières pour trouver rapidement les pages qui concernaient le sujet qui l'intriguait, soit le troisième secret de Fatima.

« Voyons voir, hum... Bien, chapitre dix, page cent-cinquante-quatre. » Sans perdre un instant, les doigts de Léon parcoururent les pages à la dizaine pour finalement arriver au chapitre qui l'intéressait. Il se mit à lire l'histoire des apparitions de la Vierge aux trois bergers de Fatima. Il se rappelait qu'étant jeune, il avait regardé à la télé un film en noir et blanc relatant les événements historiques de Fatima. N'étant qu'un enfant à cette époque, il avait oublié l'importance des messages livrés par la Madone. Dans le premier paragraphe de l'histoire, l'auteur nommait les trois bergers avec leurs dates de naissance ainsi que celles de leurs décès. On relatait aussi les circonstances au cours desquels Lucia avait confié toutes les informations concernant le troisième secret à son amie Victoria.

Léon fut étonné de constater qu'il y avait encore dans cette histoire deux survivantes, soit Lucia, l'aînée du trio ainsi que Victoria. D'après leurs dates de naissance, elles devaient être très âgées aujourd'hui. Il poursuivit sa lecture.

Selon ce qu'il lisait, les enfants avaient été témoins de six apparitions et trois messages leur avaient été remis. Lucia avait dévoilé deux de ces messages. Celui de Jésus qui annonçait la dévotion au Cœur immaculé de Marie, et la demande de la Vierge de réciter le Rosaire pour arrêter la Grande Guerre de 1914, qui s'était terminé peu de temps après. En revanche, disait ce dernier message, une nouvelle guerre éclaterait sous le règne de Pie IX, si les hommes ne changeaient pas. On mentionnait qu'il s'agissait de la guerre d'Espagne, entre 1936 et 1939. Marie parlait aussi, selon l'auteur, de la Russie qui devait se convertir au catholicisme pour être enfin en paix, sans quoi « elle répandra ses erreurs sur le monde avec (le communisme) ».

Léon apprit aussi que Lucia fut mise au courant du troisième secret, celui qui devait être révélé au monde, et qu'elle l'avait fait connaître à son amie Victoria, laquelle devait le remettre au pape Jean XXIII, en 1960. Il lut aussi que le secret demeurait encore un mystère à ce jour, car le pape n'en avait pas révélé le contenu. Selon l'auteur, plusieurs rumeurs avaient alors circulé entourant le fameux message : des histoires de fin du monde avec un châtiment pour tous les hommes, ainsi qu'une vision apocalyptique du jugement dernier ont couru pendant plusieurs années. De façon contemporaine, poursuivait l'auteur, nombreuses sont les personnes qui y croyaient encore. Au bas de la page, on mentionnait que le secret de la Salette, livré en 1846, encore une fois par des enfants, et publié en 1858, révélait qu'en l'année 1864, Lucifer avec un grand nombre de démons seraient détachés de l'Enfer. « Rome perdra la Foi et deviendra le siège de l'Antéchrist. »

Léon n'aimait guère entendre parler de démons et encore moins les nommer. La lecture d'un tel texte le rendait nerveux. Au moindre bruit suspect dans la maison, il sursautait, pris d'une profonde angoisse.

Il déposa le livre sur le lit et partit chercher un calepin et un crayon. Il fouilla dans une armoire de la cuisine et mit la main sur ce qu'il cherchait. Rapidement, il remonta à l'étage, impatient de consulter à nouveau son bouquin.

Il griffonna dans l'ordre, les quelques notes qu'il jugeait important de se rappeler.

« Récapitulons les faits, se dit-il. Il y a tout d'abord :

1) Le troisième secret qui devait être révélé au monde en 1960 par le pape Jean XXIII, ce qui n'a jamais été fait ;

2) Une autre apparition a eu lieu à la Salette en 1846, en France soit soixante et onze ans plus tôt qu'à Fatima, impliquant encore de jeunes enfants et qui nous dit que Lucifer avec plusieurs démons seraient détachés de l'Enfer en l'année 1864 ;

3) Finalement, le résumé de tous ces messages nous indique que Rome perdrait la Foi et deviendrait le siège de l'Antéchrist. »

« Pas bien rassurant, l'avenir, se dit-il. Je comprends mieux la réaction du pape Jean XXIII de n'avoir pas voulu dévoiler le contenu du message, si on y dit qu'un disciple de Satan serait couronné pape au Saint-Siège de Rome aux cours des prochaines années. C'est pratiquement impensable de s'imaginer un instant que le Mal pourrait triompher du Bien.

Mais la vraie question était quand, semblait-il.

Seul Jean XXIII, maintenant décédé, et la petite Lucia, encore vivante, connaissaient la réponse à cette question.

Quant à Victoria, Léon retrouva dans un paragraphe du texte l'endroit où on disait qu'elle vivait toujours cloîtrée à Coimbra au Portugal. Par contre, il n'y avait aucune information concernant le sort de Lucia. Il consulta avec curiosité les pages liminaires du volume et remarqua que celui-ci fut imprimé en 1991, laissant la possibilité que Victoria soit toujours vivante.

Délaissant encore une fois son livre, Léon alla chercher une encyclopédie pour déterminer à quel endroit du Portugal se trouvait exactement la ville de Coimbra.

Les deux villes, Fatima et Coimbra, sont situées à peu de distance l'une de l'autre. À peine soixante-quinze kilomètres...

À l'instant où il refermait l'encyclopédie, il entendit claquer la porte du vestibule. Léon reconnut la voix de Chantal et celles de ses enfants.

— Léon, nous sommes arrivées ! Où es-tu ? cria-t-elle.

— En haut, ma chérie, dans notre chambre.

N'ayant pas vu leur père de la journée, Caroline, Laurence et Claudine montèrent l'escalier à toute vitesse pour lui rendre visite, pendant que Chantal fermait la marche. Il prit dans ses bras chacune d'entre elles à tour de rôle. Une fois caresses et courts bavardages terminés, il demanda aux enfants de le laisser seul avec leur mère, car, leur expliqua-t-il, il avait des choses importantes à lui dire. Sans rouspéter, mais malgré tout avec des airs curieux, elles quittèrent la chambre en prenant bien soin de refermer la porte.

— Et alors, tu as trouvé quelque chose d'intéressant ? demanda Chantal.

— Tu parles !

Il prit dans ses mains le livre sur Nostradamus et lui montra la page couverture.

— Nostradamus... Ce nom me dit quelque chose. Ce n'est pas un prophète ?

— Exactement, répondit Léon, et pour être plus précis, il a vécu de 1503 à 1566, en Provence. Grâce à sa clairvoyance et à ses calculs savants appliqués à l'astrologie, il a fait des prédictions d'événements futurs absolument terrifiants pour les gens de son époque et de la nôtre.

— Étonnant ! Mais y a-t-il des indices à l'intérieur de cet ouvrage qui te permettraient de faire un lien avec tes cauchemars ?

— Je n'ai lu qu'un seul chapitre, mais effectivement, certains événements, dont celui qui entoure le troisième secret de Fatima, y sont expliqués. Je prends des notes pour ensuite les comparer avec mes rêves.

— Tu as déjà fait un rêve concernant le troisième secret ? s'informa Chantal.

Pris dans ses tourments, Léon avait en effet

oublié totalement ce détail. Il ne lui avait pas glissé mot du rêve dans lequel il avait lui-même pour mission de remettre une enveloppe au pape. La vision terrifiante que ce rêve contenait était sûrement la cause de sa « distraction involontaire ».

— Si j'ai oublié de t'en parler, c'est parce que toutes les séries de cauchemars que j'ai faites ces derniers temps ont pratiquement la même signification : le Mal contre le Bien.

Sans broncher, Chantal fit semblant de croire ce que son mari venait de lui dire. Pourtant, s'il y avait quelque chose que Léon était bien incapable de faire, c'était de mentir.

— Et à propos de ta phobie des croix et des crucifix.... j'espère que tu trouveras une réponse à tes craintes !

Léon estima le moment idéal pour expliquer à Chantal pourquoi il n'aimait pas l'image que représentait une croix.

— Je n'ai pas besoin de chercher une réponse pour ce qui est de ma hantise des crucifix, lui déclara-t-il, du moins je le pense : c'est seulement une question de symbole.

— Une question de symbole ? Que veux-tu dire par là ?

— Eh bien ! Si par hasard ton père mourait dans un terrible accident d'automobile et que son corps soit affreusement mutilé, quelle serait ta réaction lorsque tu verrais une telle scène à la télévision ou dans les journaux ?

Chantal ne savait pas où Léon voulait en venir. Elle se prêta tout de même à l'exercice. Elle n'avait pas besoin de réfléchir longtemps.

— Bien, j'aurais sûrement des frissons. Certainement un sentiment de tristesse et d'amertume.

— Donc, si je comprends bien, tu éviterais de regarder un amas de ferraille semblable à celui dans lequel ton père a atrocement souffert avant de mourir?

— Oui, en quelque sorte, c'est cela, répondit Chantal, toujours intriguée.

— J'ai la même réaction devant une croix ou un crucifix. J'ai moi aussi un recul devant ce genre de situation, car il m'est difficile de concevoir que l'on puisse « adorer » un objet qui a servi à torturer un homme qui ne méritait pas une telle punition. À mon avis, le châtiment à cette époque devait être réservé seulement aux personnes qui avaient commis d'horribles crimes et non pas à quelqu'un qui se proclamait Fils de Dieu. En une phrase, ma signification d'une croix n'est pas celle de la Vie éternelle, mais plutôt celle de la souffrance et de la mort. Voilà, c'est ma conclusion.

Chantal resta bouche bée devant la déclaration « philosophique » de Léon. Elle partageait maintenant son secret.

— En regardant les choses ainsi, tes affirmations sont logiques et je comprends mieux tes angoisses à ce sujet. Désormais, lorsque je serai agenouillée à l'église ou dans un autre endroit en présence d'une croix, j'aurai moi aussi en tête l'expli-cation que tu viens de me donner, lui confia doucement Chantal.

Léon se sentit soudain soulagé d'un lourd fardeau. Sa femme connaissait maintenant la vérité sur ses états d'âme face aux croix et crucifix, et il était heureux qu'elle puisse le comprendre au lieu de le critiquer.

Il y avait un point sur lequel il ne lui avait pas dit toute la vérité. Son angoisse des croix avait augmenté depuis son dernier cauchemar.

15

Quand Yabelo avait quitté Charles pour s'aventurer dans les couloirs sombres du palais
pontifical en direction de sa chambre, il avait senti
une présence insolite qui l'observait. Il n'avait vu personne, mais il continuait à croire que quelqu'un
épiait ses gestes.

Il avait ralenti sa marche, tournant fréquemment la tête par-dessus son épaule pour balayer le
couloir derrière lui, mais en vain. Son intuition lui
indiquait pourtant qu'il n'était pas seul.

— Il y a quelqu'un? cria-t-il.

Le son de sa voix se répercuta sur les murs
anciens et brisa le silence. Surpris, il n'obtint aucune
réponse. Vraisemblablement pas âme qui vive dans
les environs. Près de l'escalier, il entendit pourtant
distinctement des pas résonnant sur le plancher.

— Qui est-là? Je sais qu'il y a quelqu'un!
Montrez-vous! lança-t-il en se retournant.

Le même silence troublant régnait autour de
lui. Après avoir pris la décision de poursuivre son
chemin, il entrevit, au bout du couloir, une silhouette
qu'il ne pouvait reconnaître dans la pénombre.

— Hé! J'ai de la difficulté à vous voir, appro-
chez un peu.

La silhouette ne fit aucun mouvement, immobile comme une statue, ignorant les paroles de Yabelo, comme si elle ne comprenait pas la langue qu'il parlait et comme si elle n'entendait pas sa voix. La « chose », semblait-il, préférait garder un contact visuel avec lui plutôt que de lui répondre verbalement.

Yabelo marcha alors tranquillement vers l'intrus. Tel un revenant décidant de quitter le monde des vivants qu'il était venu hanter, l'ombre disparut à l'intersection de deux passages. Yabelo accéléra le pas. Presque au pas de course, il finit par arriver à l'endroit même où il avait vu la silhouette dont il ne subsistait plus rien. Aucun indice n'avait été laissé sur place pour permettre d'identifier ce fantôme errant dans la nuit. Courageux de nature, Yabelo n'en avait pas moins des frissons d'épouvante qui activèrent son rythme cardiaque. Il se demanda pour quelles raisons quelqu'un pouvait bien l'espionner.

« Dès que je verrai Charles, je lui en parlerai, se dit-il. Si nous sommes suivis pour des raisons que j'ignore, il faudrait peut-être mieux prendre des mesures de sécurité. »

Yabelo poursuivit, d'un pas rapide, le reste de son trajet jusqu'à sa chambre. Une fois à l'intérieur, il verrouilla sa porte à double tour.

« Si quelqu'un tente de pénétrer ici, il devra d'abord défoncer la porte pour y parvenir », se dit-il, pour se rassurer.

16

La lumière sur la table de chevet éclairait à peine la chambre à coucher. Chantal était allongée aux côtés de Léon, endormie depuis déjà plus d'une heure. Absorbé par sa lecture, Léon était, littéralement, hors de la réalité. Seule la passion que soulevait l'interprétation des messages formulés par Nostradamus, inscrits sous forme de « quatrains », le gardait éveillé. Il s'étonnait du taux élevé de réalisation des prophéties du sage. Il avait parcouru le tiers du livre quand il arriva au chapitre où il était question du Grand Monarque. La fatigue commençant à le faire cligner des yeux ; Léon faillit ranger son livre jusqu'au lendemain quand, tout à coup, il eut une surprise de taille en lisant la Centurie IV, quatrain 93 et son interprétation :

> *« Vn serpent veu proche du lict royal,*
> *Sera par dame nuict chien n'abayeront :*
> *Lors naistre en France vn Prince tant Royal,*
> *Du ciel venu tous les Princes verront.*

L'exégète indiquait qu'à son avis ce quatrain signifiait qu'alors que le règne du serpent croisera celui du lion, une femme mettrait au monde un enfant par une nuit sans lune. Cet enfant, né en France, serait un prince fort et grand dont l'arrivée serait confirmée à tous les Grands de ce monde.

Le quatrain, précisait l'exégète, serait d'ordre astrologique. La phase lunaire *(le serpent)* avec le signe du lion *(lict royal)* correspondait à la période terrestre de mai 1960 à décembre 1963. Le « signe dans le ciel » auquel faisait allusion Nostradamus n'était pas celui qu'on pouvait observer à l'œil nu dans le firmament, mais bien une situation exceptionnelle sur la conjoncture et le positionnement des planètes sur la carte du ciel. Seuls les experts *(les princes verront)* en la matière pouvaient déchiffrer et « voir » un tel phénomène.

— Pas étonnant qu'un type comme Nostradamus, lui-même astrologue, puisse utiliser ce genre de langage codé, se dit Léon.

D'ailleurs, il avait lu dans l'avant-propos du livre qu'à cette époque (les centuries avaient été écrites en 1555), les astrologues étaient considérés ni plus ni moins comme des sorciers par plusieurs personnes. Ils avaient donc tout intérêt à écrire de façon à n'être compris que par des spécialistes.

À l'aide de calculs complexes sur les données mathématiques, l'exégète avait établi par probabilités que la date d'anniversaire du Grand Monarque aurait pu se situer au début de janvier de l'an 1962.

« Donnée intéressante ! », pensa Léon. Les yeux rivés sur le bouquin, il reprit avec passion la lecture des écrits.

« **Centurie I, quatrain 97**

Ce que fer, flamme n'a sçeu parachever,
La douce langue au conseil viendra faire :
Par repos, songe, Le Roy fera resuer,
Plus l'ennemy en feu, sang militaire.

Une nouvelle fois, l'interprétation de l'auteur surprit Léon. La traduction disait simplement que ce que la Force n'avait pu faire, la lumière de l'Esprit Saint y parviendrait et que le Grand Monarque serait adéquatement conseillé pour faire face à un ennemi vicieux et puissant. Léon n'en croyait tout simplement pas ses yeux. Une phrase le troublait à un point tel qu'il l'inscrivit immédiatement dans son calepin : « Durant son sommeil [...], le Grand Monarque sera conseillé [...]. »

Étrangement, sa situation ressemblait à celle du Grand Monarque. En premier, il y avait la première prédiction concernant sa date de naissance mentionnée dans le quatrain qui correspondait de près à la sienne, mais aussi la seconde qui faisait allusion au sommeil.

« Mes rêves, mes cauchemars sont évidemment tous arrivés lors de mon sommeil. Se pourrait-il que ce soit des messages qui me sont envoyés ? Si oui, par qui ?... Bah ! C'est sûrement mon imagination qui me joue des tours... »

Bien qu'il prenne plaisir au début à lire tous ces quatrains, il se concentrait maintenant davantage à élucider les mystères entourant ces prophéties qui le « concernaient ».

> **« Centurie V, quatrain 40**
> *Le sang royal sera si tres meslé,*
> *Contraincts seront Gaulois de l'Hesperie:*
> *On attendra que terme soit coulé,*
> *Et que mémoire de la voix soit petite.*

D'après l'interprétation de l'auteur du livre, le quatrain indiquait que les générations s'étaient succédées et avaient fait perdre de vue l'origine noble du Grand Monarque. On y précisait également qu'il était issu d'un peuple qui avait été autrefois dans le giron de la France et qu'il attendait que ses rêves lui indiquent la marche à suivre, qu'il entreprenne seul un chemin difficile où le Grand Monarque se heurterait à l'incrédulité de ses semblables. L'auteur signalait que Nostradamus, pour une rare fois, indiquait précisément une région ou un pays de culture française.

Léon prit quelques instants de réflexion à la recherche d'indices sur cette mystérieuse citation. Il se questionna sur l'emplacement actuel possible du Grand Monarque. « Où pourrait-il se trouver ? De nos jours, se disait Léon, plusieurs pays ou territoires existent encore qui ont été découverts et colonisés par des explorateurs français au XVIe et XVIIe siècles. » On n'avait qu'à penser à la Martinique, la Guadeloupe, Tahiti...

Même en possession de toutes ces informations, Léon ne pouvait renier que le pays dans lequel il vivait s'était appelé naguère « Nouvelle-France ». Ses habitants ne seraient-ils pas justement ces « Gaulois de l'Hesperie » ?

Léon considéra que les chances pour le Grand Monarque de s'y trouver étaient fort réelles, sans toutefois en être absolument certain.

On mentionnait aussi qu'au cours de ses pérégrinations, le Grand Monarque passerait par le Portugal:

> « **Centurie IV, quatrain 97**
> *L'an que Mercure, Mars,*
> *Venus retrograde,*
> *Du Grand Monarque la ligne ne faillir:*
> *Esleu du peuple l'usitant près de Gaudole.*
> *Qu'en paix et regne viendra fort envieillir.*

Pour l'auteur, il fallait interpréter ce quatrain en se basant sur des signes astrologiques. Il fallait donc attendre que Vénus, Mercure et Mars soient en retrait pour que le Grand Monarque prennent des décisions infaillibles. Cette année-là, le Grand Monarque, d'origine française, en pleine possession de ses moyens, se rendrait au Portugal et entreprendrait ses démarches pour permettre à l'humanité d'accéder à une paix durable.

De cette interprétation, Léon se risqua à deviner le sens du message livré par ce quatrain. D'après lui, le Grand Monarque devait ressembler à ce que le Christ présentait comme personnalité lors de son séjour sur terre, soit être un homme juste et humble, venu d'un milieu plutôt modeste, ce qui ne devait pas l'empêcher d'aider son prochain.

Le commentaire de l'astrologue attira de nouveau son attention. L'auteur indiquait qu'à son avis, la mission du Grand Monarque était de rétablir l'ordre au sein de l'Église et empêcher qu'elle ne soit la proie du Mal. Il avait également un message précis à livrer concernant les erreurs commises dans le passé par les Hommes et par l'Église et il devait enfin indiquer que l'Humanité devait s'engager dans la voie de la réconciliation.

Il indiquait l'entrée en scène d'un dangereux despote qui aurait pour objectif de bouleverser toutes les règles établies par l'Église avant le retour possible du Messie sur terre. D'ailleurs, Nostradamus l'appelait « Le grand Roy d'Angoûmois, Roy d'effrayeur », l'Antéchrist et précisait que celui-ci devrait se manifester dès le mois de juillet de 1999 sous les traits d'un personnage d'origine asiatique. L'entrée en scène de ce personnage serait précédée d'une période d'accalmie, suivie d'une lutte qui précéderait une autre période de calme et de prospérité. Il en donnait la description suivante:

> « **Centurie X, quatrain 72**
> *L'an mil cens nonante neuf sept mois,*
> *Du ciel viendra vn grand Roy d'effrayeur:*
> *Resusciter le grand Roy d'Angoûmois,*
> *Avant apres Mars regner par bon heur.*

Toujours selon l'auteur, l'année 1999 était, pour Nostradamus, une année charnière où l'humanité devrait faire des choix quant à sa destinée. Les Hommes devraient être vigilants et résister aux faux appels de l'Antéchrist qui se montrerait habile au point d'obtenir des appuis de gens importants afin de mieux duper les fidèles de la planète. Ses gestes devaient avoir de telles conséquences qu'ils allaient faire oublier les horreurs imposées au cours de l'Histoire par les pires tyrans.

Une montée d'adrénaline traversa le corps de Léon. L'atmosphère de la chambre devenait soudain irrespirable. Il ressentait les battements de son cœur qui semblait tout à coup vouloir sortir de sa poitrine. Les idées se bousculaient dans sa tête. Il prit une grande respiration.

Léon avait l'impression que son crâne allait éclater, tellement la douleur était vive. Un solide mal de tête s'était ajouté à la fatigue. Sa détermination à rassembler toutes les informations pertinentes était si intense qu'il ne s'était pas rendu compte que les heures avaient filé à toute allure et que l'horloge du réveil indiquait maintenant plus de trois heures trente.

La fatigue qui le tenaillait faisait maintenant place à une remontée spectaculaire d'énergie. Il possédait dorénavant plus d'éléments intéressants qu'il n'aurait pu le souhaiter.

Une fois toutes les données rassemblées, Léon développa une méthode de travail pour obtenir des résultats clairs et précis. Tout d'abord, il prit une feuille blanche et retranscrivit en bref les deux cauchemars dont il se souvenait.

Le premier était celui du « guide » avec la moto qui arrivait devant une église en compagnie du pape. À l'intérieur, des démons étaient visibles à partir d'écrans vidéo accrochés au plafond. Dans son rêve, face aux rires et aux hurlements des créatures de l'Enfer, il était sorti en catastrophe de l'église avec le pape.

Dans son second cauchemar une vieille dame l'accompagnait dans un endroit qui ressemblait à un immense temple. Il parcourait un couloir jusqu'à une porte où le pape l'attendait. Léon avait en sa possession une lettre qu'il tenait dans sa main droite. Il l'avait remise au Souverain Pontife en lui disant qu'il s'agissait du troisième secret de Fatima. Le pape l'avait prise sans dire un mot et l'avait ouverte délicatement.

Léon s'arrêta soudainement d'écrire. Il ne voulait pas retranscrire sur la feuille de papier les détails de l'affreux message. Juste à y repenser, il en tremblait encore de terreur.

Il prit ensuite une seconde feuille blanche et y inscrivit dans le haut : « Explication des faits ».

Sa méthode de travail consistait à comparer ses cauchemars avec les quatrains de Nostradamus. Les points en commun devenaient alors des points de comparaison. Une fois ces étapes complétées, il ne resterait plus qu'à trouver une interprétation logique aux faits et à les retranscrire sur cette feuille « Explication des faits ».

Sans plus attendre, il commença avec son premier rêve. Après plusieurs minutes de recherches dans les célèbres quatrains, Léon ne trouva aucun indice susceptible de l'aider. Il n'avait malheureusement aucun point commun avec les écrits de Nostradamus. Il mit de côté les notes de son premier rêve pour passer au second. Le dénominateur commun entre le cauchemar de Léon et celui du livre de Nostradamus était le troisième secret de Fatima. Un soupir de satisfaction rompit le silence de la nuit.

— Enfin, une piste, peut-être !

Il saisit le livre et se rendit directement au chapitre relatant l'histoire des trois bergers de Fatima. Il relit les événements ainsi que les détails concernant les apparitions répétées de la Vierge Marie. Encore une fois, rien de tout cela ne lui apporta de résultats positifs, jusqu'au moment où il se rappela que l'on dit dans le livre que Victoria, l'amie à qui Lucia avait confié ses secrets, vivait encore, cloîtrée à Coimbra au Portugal, alors qu'on ne savait ce qu'il était advenu de Lucia. En refaisant le calcul, Léon constata à nouveau que Victoria devait avoir maintenant environ quatre-vingt douze ans. Selon la croyance populaire, on disait qu'elle demeurerait vivante jusqu'à ce que les événements annoncés ne surviennent.

Léon consulta la feuille où étaient inscrites ses notes sur le second rêve. Avec étonnement, il se rendit maintenant compte que la vieille dame qui l'accompagnait lors de sa visite au pape pourrait fort bien être Victoria.

« Pure coïncidence, sans aucun doute, mais tout de même troublant », se dit-il.

Il prit ensuite la feuille « Explication des faits » et y inscrivit ses premières notes sur les points en communs.

Il inscrivit : *Vieille Dame = Victoria.*

Visiblement soulagé mais en même temps inquiet, Léon poursuivit sa lecture avec les paragraphes suivants.

Un personnage du nom de Pierre le Romain devait se manifester et ce personnage serait en fait l'Antéchrist. Grâce à des complots et à de faux miracles, il parviendrait à se faire élire et à se faire adorer. Par la suite, l'auteur tirait des conclusions qui secouèrent Léon. Si le troisième secret de Fatima n'avait jamais été dévoilé, disait-il, c'est que personne ne voulait admettre et confirmer que l'Antéchrist se préparait à prendre place sur le trône du Vatican.

À la lumière de ces révélations, Léon se mordit les lèvres. Ces mots, désormais gravés dans sa mémoire, lui indiquaient un chemin. Les messages devenaient de plus en plus clairs. Il comprenait, grâce à son premier rêve, la logique des démons à l'intérieur de l'église. Pour lui, s'il était possible que l'Antéchrist puisse un jour gouverner l'Église, il était alors compréhensible que les démons soient déjà infiltrés à l'intérieur de la structure de l'Église, comme en faisait foi son cauchemar. Non seulement ils y étaient maintenant, mais ils les avaient chassés, lui et le pape, à l'extérieur du lieu saint. Cette idée le foudroya sur place. La fiction faisait place désormais à la réalité.

Quant au second rêve, celui où Sœur Victoria le suivait alors qu'il remettait le troisième message de Fatima au pape, sa signification était maintenant claire. Bouleversé, en se prenant la tête dans les mains, il venait de comprendre que le message à l'intérieur de l'enveloppe était une suite logique à la prophétie:

L'Antéchrist allait vraiment gouverner le Vatican!

17

— Tu dois lire trop de romans policiers, mon cher Yabelo. Ton imagination te joue de vilains tours. La silhouette que tu as vue était probablement causée par ce mauvais éclairage qui vient des vieux plafonniers.

Le jeudi matin neuf décembre, Yabelo accompagnait Charles pour le petit déjeuner. À la fin du repas, il avait raconté à Charles les événements du mardi soir alors qu'il regagnait sa chambre après l'avoir quitté. Il lui décrivait en détail la silhouette d'un homme qui tentait de le suivre sans se faire remarquer. D'un ton mi-moqueur, mi-sérieux, Charles le taquina sur son « présumé » espion.

— Non ! Je t'assure, Charles, il y avait vraiment quelqu'un qui me surveillait, ou alors qui se dirigeait vers ta chambre pour écouter à la porte.

— Tu ne trouves pas que tu exagères un peu ? Voyons, pourquoi quelqu'un qui demeure dans la Cité aurait-il intérêt à espionner l'un de ses confrères ? À moins que la sécurité du Vatican ne te soupçonne de faire partie d'un groupe de terroristes qui a l'intention de s'en prendre à l'un des membres du conclave ?

Charles s'esclaffa à l'évocation de cette dernière hypothèse. Décidément, il ne se souciait vraiment pas d'être pris en filature par un inconnu.

— Non ! répliqua Yabelo. Ne ris pas de la sorte. C'est très sérieux, tu peux me croire, je n'ai pas halluciné hier soir. Il y avait bel et bien quelqu'un qui m'observait, j'ai même entendu ses pas, et lorsque je me suis approché pour voir qui il était, l'ombre avait disparu, comme un fantôme.

Devant l'insistance de Yabelo, Charles changea tout de même d'attitude et tenta cette fois d'éclaircir cette affaire avec lui.

— Bon ! D'accord, supposons qu'une personne se trouvait là, il faudrait quand même déterminer les raisons pour lesquelles elle nous observait en cachette ?

Yabelo réfléchit un instant avant de se prononcer. C'était la première fois de sa vie qu'il était victime de tels agissements, ce qui lui procurait un sentiment d'impuissance qu'il ne pouvait contrôler.

— C'est peut-être relié au conclave, s'exclama-t-il.

— Au conclave ! Mais pourquoi ? répliqua Charles.

— L'enjeu ! L'importance d'élire un chef au sommet de l'Église catholique.

— Ma foi du bon Dieu ! Tu deviens paranoïaque.

— Non, mais quand on y pense sérieusement, d'être en candidature pour un tel poste devient un enjeu important pour une personne ambitieuse n'est-ce pas ? insista Yabelo.

— Parfaitement, mais je ne comprends toujours pas pourquoi un étranger nous espionnerait. Nous ne sommes tout de même pas dangereux au point d'être l'objet d'observations secrètes, à ce que je sache ?

— Ce n'est pas si sûr que cela...

Le visage de Charles commença à afficher quelques expressions interrogatives suite aux réponses rapides de Yabelo.

— Comment ça, « ce n'est pas si sûr que cela » ?

Yabelo, les mains sur les hanches, prit deux profondes inspirations avant de lui donner la réplique.

— C'est probablement un de tes rivaux à la course pour la succession au Saint-Siège. Il nous surveille peut-être de loin pour évaluer ta cote de popularité. Tu as sans aucun doute beaucoup plus d'alliés que tu ne le penses dans l'électorat. Cet adversaire veut sûrement s'organiser pour avoir toutes les chances de son côté, mettre en place une stratégie, te mettre des bâtons dans la roues, si jamais la situation devient délicate. Tout cela dans le but ultime de remporter l'élection.

— Si tel est le cas, poursuivit Charles, c'est que cet adversaire a peur de nous. Peur de perdre un poste qu'il veut absolument conquérir.

— Voilà. Mais n'oublions pas qu'il ne s'agit que d'une hypothèse. Il peut en exister d'autres, qui sait ?

Charles, le front plissé, semblait soudain plus soucieux. Ce qui l'étonnait le plus maintenant, c'était l'aspect plausible de l'affaire, qu'il n'avait pas voulu voir de prime abord.

— La suggestion que je me permets de faire, déclara-t-il, enfin très sérieux, c'est de nous tenir sur nos gardes. Évidemment, je ne crains pas d'être agressé physiquement, mais il nous faudra quand même être vigilants et ne pas commettre d'imprudence. Toute anicroche pourrait jouer contre nous. Tous soupçons sur des individus louches doivent être immédiatement signalés entre nous pour notre propre sécurité.

Yabelo acquiesça à cette suggestion d'un signe de la tête.

— Je crois maintenant qu'il serait sage de nous diriger vers la chapelle pour la réunion. Il nous reste à peine dix minutes avant le début de l'assemblée.

Yabelo et Charles quittèrent la table où ils étaient installés, à destination de la chapelle Sixtine.

près une nuit passablement mouvementée, Léon se réveilla après seulement quatre heures de sommeil. Contrairement à d'autres lendemains de veille, il n'eut aucune difficulté à bondir hors du lit. Encore sous l'effet de choc que lui avaient procuré les sensations fortes de ses découvertes de la nuit dernière, le corps de Léon réagissait vivement aux ordres que lui dictait son cerveau. Il agissait comme s'il avait avalé des comprimés d'amphétamine afin d'augmenter ses performances, tant au niveau intellectuel que physique.

En ouvrant les yeux, il n'avait eu aucune surprise à constater que Chantal avait déjà quitté la maison pour son travail, tout comme les enfants étaient partis pour l'école.

Chantal travaillait à l'entreprise familiale de ses parents, un centre de distribution laitier, situé à peine à dix minutes de la maison. Son travail consistait à prendre par téléphone les commandes de produits laitiers des détaillants pour les acheminer vers les distributeurs concernés.

Léon téléphona au bureau des ventes auquel il était rattaché pour indiquer que, ne se sentant pas bien, il serait absent pour la journée. Seul et tranquille, il pourrait continuer à faire avancer ses recherches. Pour se changer les idées, il décida d'aller acheter un journal au dépanneur du coin, Chantal ayant sans doute apporté avec elle celui livré par le camelot, puisqu'il n'était pas sur la table de la cuisine.

Sur le chemin du retour, Léon avait la ferme intention de s'offrir un copieux petit déjeuner avant d'entamer la journée qui s'annonçait fort occupée. Léon se fit donc cuire du bacon, des œufs et des fèves au lard accompagnés d'une tasse de café noir, savourant le tout en lisant son journal.

Selon son habitude, il commença à jeter un coup d'œil aux grands titres pendant qu'il mangeait. Parmi ceux-ci : *Des millions de fidèles rendent un dernier hommage au pape Jean-Paul III.* Il se promit de lire l'article plus tard.

Une fois son repas terminé et la cuisine rangée, il se remit à la lecture de son journal, à la recherche des nouvelles de l'heure, en débutant comme toujours par la section des sports. Ayant pratiqué plusieurs activités sportives dans sa jeunesse, il se contentait maintenant de suivre les résultats sportifs des clubs professionnels comme « gérant d'estrade ». L'excuse qu'il donnait à son entourage pour expliquer sa piètre condition physique était le manque de temps causé par ses nombreuses responsabilités parentales et professionnelles.

Consultant en détail les pages de l'actualité, Léon filtra rapidement les informations qu'il jugeait inintéressantes. Il tomba sur une nouvelle régionale qui relatait en détails, la destruction de plusieurs sépultures dans un cimetière juif de la métropole. Ce n'était pas l'incident proprement dit qui attira son attention, mais bien les graffitis que les vandales avaient dessinés sur les blocs de granit des tombes. Selon l'enquête policière, il s'agissait là de gestes d'un groupe d'individus fanatiques appartenant à une secte nazie, admirateurs inconditionnels d'Adolf Hitler. Il examina les photographies présentant les dessins de croix gammées. Léon porta une attention particulière à ce symbole qui avait terrorisé des millions de gens au cours de la Seconde Guerre mondiale. Ce signe exprimait, encore de nos jours, toute l'horreur qu'il avait représenté pour les soldats et les prisonniers des camps de concentration. Des bribes de sa lecture de la nuit dernière lui revenaient en mémoire. Il se souvint d'avoir lu qu'Adolf Hitler était considéré comme l'Antéchrist de son temps. Pourtant, ses fervents admirateurs l'adoraient comme un Dieu.

Il examina encore une fois la croix gammée avec intérêt. Il la regarda sous différents angles et finit par se rendre à l'évidence : il s'agissait malgré tout d'une croix.

Dorénavant, Léon allait associer l'image d'une croix avec le Mal.

19

La chaleur devenait suffocante à l'intérieur de la chapelle Sixtine au fur et à mesure que l'endroit se remplissait. On voyait déjà, ici et là, se former de petits groupes à l'approche de l'élection, ce qui présageait un début actif des « hostilités » entre les candidats. Une forte délégation de cardinaux des régions de l'Europe de l'Ouest accompagnait les trois candidats italiens les plus populaires soit : Agostino Bragalli, Sebastiano Floccari et Vincenzo Torelli. La rumeur au Vatican voulait qu'une lutte intense soit à prévoir entre les candidats italiens pour ce qu'on appelait « un retour à la normale », afin de remplacer les deux derniers papes, de nationalités polonaise et française.

Yabelo et Charles firent leur entrée dans l'enceinte aux mille couleurs, soigneusement peinte quatre-cent cinquante ans plus tôt. De 1534 à 1541, Michel-Ange peignit, étendu sur un échafaudage, derrière l'autel de la chapelle, *Le Jugement Dernier*, une immense fresque de génie. Pie IV fit plus tard « vêtir » plusieurs personnages, jugés impudiques, par le peintre Daniel de Volterra.

Selon les places choisies par les hommes d'Église, on pouvait en conclure qu'une certaine forme de stratégie était en place dans l'approche des candidats sérieux pour l'élection. Certains se regroupaient en grand nombre autour de cardinaux vedettes, laissant croire ainsi à leur entourage qu'ils seraient puissants et bien nantis, alors que d'autres au contraire, côtoyaient les électeurs indécis.

Charles et Yabelo prenaient place parmi la délégation des membres du clergé de l'Afrique, un continent regroupant vingt-cinq cardinaux, soit l'une des plus fortes délégations de toute l'assemblée, un groupe dont le poids n'était pas négligeable dans l'enjeu en cours. La rumeur fort discrète émanant de la foule composée de cent-quatorze participants, habitués à une discipline sévère et exigeante, n'était pas dérangeante.

À huit heures précises, Bucci entra dans la salle et salua au passage tous ceux qui le regardaient. En le voyant s'avancer vers l'autel, tout le monde se tut, prêt à écouter attentivement les consignes qui leur seraient fournies par la voix du secrétaire papal.

Après avoir pris le temps de boire une gorgée d'eau dans un verre de cristal, Bucci prit la parole.

« Bonjour à tous. Il est superflu de vous dire que nous venons de passer ensemble des moments extrêmement pénibles mais touchants, à la suite du départ de notre Saint Patron. Une page de l'histoire vient donc d'être tournée. Nous devrons faire face dans les années à venir à plusieurs conflits et difficultés qui ne seront pas toujours faciles à régler. Notre crédibilité sera encore une fois remise en question par l'opinion publique. La religion doit se rapprocher des gens et non pas les faire fuir comme cela a malheureusement été souvent le cas par le passé. Le prochain pape devra être accessible et à l'écoute des peuples. Sans que je veuille dicter votre choix, je me permets de vous rappeler qu'il serait souhaitable que le prochain pape soit relativement jeune, dynamique et en excellente condition physique, pour pouvoir accomplir ses nombreux engagements à travers le monde. C'est le défi qui nous attend pour le troisième millénaire. Faisons en sorte de bien l'entreprendre. Améliorons nos rapports avec tous les peuples de la terre. Les cardinaux doivent élire un homme suffisamment résolu pour conduire l'Église à travers la tourmente qui s'annonce. »

« Avant d'arriver au processus des élections, poursuivit-il, laissez-moi vous rappeler une politique importante de l'Église : peu importe le candidat qui sera élu pape, le Vatican endossera la décision de ses membres, votre décision. L'élection se fera d'une manière démocratique et le résultat le sera aussi. Mes frères, dans quelques heures, ce sera votre tour de laisser parler votre cœur. Écoutez-le. »

Enfin, Bucci fit une dernière recommandation en s'exprimant de la façon suivante : « Que le prochain pape soit blanc, jaune ou noir importe peu. Ce qui compte c'est qu'il soit à la hauteur de nos espérances. Élisez un pape catholique ! ».

« Maintenant, ajouta-t-il, voici la façon dont se déroulera l'élection : tous les cardinaux ont rendez-vous demain matin à huit heures, ici même. Vous recevrez à l'entrée, votre bulletin de vote pour le premier tour de scrutin. La boîte pour y déposer vos bulletins sera installée devant l'autel, à l'endroit même où je me trouve. Il est permis de vous asseoir où bon vous semble. Aucune place ne vous est assignée lors de l'élection. Vous pouvez former des groupes pour appuyer vos candidats favoris. Il y aura une pause d'une heure entre chaque tour de scrutin, le temps de faire le décompte des votes. Le résultat sera alors connu dans un court délai. Un total de soixante-quinze voix doit être obtenu pour proclamer un nouveau pape. Si, après le premier tour, aucun candidat n'est proclamé, nous débuterons un second tour, puis, un troisième si requis, et ce, jusqu'à ce qu'il y ait un vainqueur. La foule massée sur la place Saint-Pierre pourra suivre la période électorale par le truchement d'une fumée s'élevant dans le ciel. Celle-ci révélera au monde entier si un pape est élu. Une fumée noire indiquera qu'aucun membre n'aura été choisi à la majorité, tandis qu'une fumée blanche indiquera qu'un nouveau pape a été choisi. Pour toute la durée du conclave, il n'y aura aucune visite ni discussion permises avec le monde extérieur. Vous serez cloîtrés aussi longtemps que nécessaire. »

« Je vous invite maintenant, dit le secrétaire en terminant, à prier avec moi afin que le Ciel vous vienne en aide dans cette tâche si importante. Vous pourrez ensuite vous retirer dans vos cellules pour mieux réfléchir et vous préparer en toute tranquillité pour l'élection. »

Après cette courte prière, dans un élan général, tous les cardinaux de l'assemblée quittèrent les lieux en même temps. Le retour à la chapelle se ferait bientôt dans l'espoir qu'un « Sauveur » leur soit annoncé.

20

Penché au-dessus de ses notes, le crayon à la main, Léon tentait de déchiffrer les autres quatrains de Nostradamus concernant le Grand Monarque. Il avait déjà réalisé la signification des cauchemars qui le tourmentaient. Il lui devenait de plus en plus évident qu'il s'agissait de rêves prémonitoires annonçant la venue d'événements catastrophiques. Le plus difficile consistait toutefois à interpréter ces songes, comme si les messages étaient envoyés sous forme de codes dont il lui faudrait trouver la clé.

La démarche qu'il avait entreprise donnait de bons résultats. Il ne se décourageait donc pas et se félicitait même d'avoir orienté ses recherches sur l'ouvrage de Nostradamus, un prophète crédible et renommé.

À la lumière de ses découvertes, il avait classé les événements de la façon suivante :

Premier rêve:

Le Pape à bord d'un véhicule qui le suivait sur une moto en direction d'une église. Il inscrivit : *Guide*.

Les démons à l'intérieur de l'église sur plusieurs écrans. Il inscrivit : Le Mal déjà présent au sein de l'Église catholique.

Léon et le Pape se précipitant en trombe vers l'extérieur de l'église. Il inscrivit : Le Bien au service de Jésus-Christ est rejeté en dehors de ses propres murs.

Second rêve :

La vieille sœur à ses côtés. Il inscrivit : Victoria.

L'enveloppe qu'il remit au Pape avec le message du troisième secret de Fatima. Il inscrivit : *L'Antéchrist.*

Ce qui lui restait à comprendre, c'était la raison pour laquelle ces messages lui étaient destinés et, surtout, par qui ils lui étaient envoyés ? Pour y arriver, Léon consulta les quatrains qui impliquaient directement le Grand Monarque. Il travailla son nouveau sujet de la façon dont il avait procédé pour ses rêves, calmement et méthodiquement.

La Centurie IV, quatrain 93, présentait un passage intéressant. L'interprétation laissait croire que le Grand Monarque aurait pu venir au monde au début de janvier 1962. Il inscrivit cet indice sur son bloc-notes avant d'attaquer la centurie suivante. Il s'aperçut alors qu'il avait déjà inscrit une note à ce sujet : « Durant son sommeil [...], le Grand Monarque sera conseillé [...] ». Avant même d'avoir pris le temps d'examiner en profondeur les deux quatrains, Léon commençait déjà à deviner l'ampleur des messages et son implication dans cette incroyable histoire. Il poursuivit. La centurie V, quatrain 40, indiquait les origines du Grand Monarque. Il était venu au monde en France pour ensuite arriver dans un pays aux attaches françaises, en bas âge. Il serait, en plus, orphelin. Léon ne put s'empêcher d'inscrire le mot « Québec ». Il lui semblait maintenant évident qu'il n'y avait aucune autre hypothèse possible.

Par la suite, on disait que les hommes devront patienter jusqu'à ce que le Grand Monarque prenne l'inititiave et ne se mette à l'œuvre, probablement seul parce que trop de gens demeureraient incrédules face à ses révélations.

La dernière Centurie, numéro IV, quatrain 97, annonçait quant à elle que le Grand Monarque passerait par le Portugal. C'était l'un des rares quatrains dont Léon ne parvenait pas, sur le coup, à saisir l'importance. « Peut-être plus tard », pensa-t-il.

Une fois terminée la cueillette d'information de tous les quatrains, il leur donna une « explication des faits ».

Il commença par la Centurie IV, quatrain 93 : « Possibilité de la date de naissance du Grand Monarque : début janvier 1962 ». Il inscrivit : *4 Mars 1964.*

Léon ne put s'empêcher d'écrire sa propre date de naissance dans les « Explications des faits », étant donné la proximité de celle-ci avec celle du Grand Monarque.

Il passa ensuite à la Centurie I, quatrain 97 : « *Durant son sommeil...le Grand Monarque sera conseillé....* »

Il s'attarda longuement à cet énoncé avant d'y inscrire une explication qui lui semblait cohérente. La vérité, c'est qu'il avait peur de sa conclusion car elle le concernait directement. Finalement, sans avoir d'autre choix, il inscrivit avec beaucoup d'émotion : « *Les cauchemars de Léon* ».

Plus il avançait dans ses recherches, plus il y voyait clair. Chaque pièce rassemblée formait lentement un tout qui donnait l'illusion d'un immense puzzle. Il se pinça l'avant-bras pour être sûr qu'il n'était pas en train de faire un nouveau cauchemar.

À peine remis de ses émotions, il passa à la dernière énigme.

« Centurie IV, quatrain 97 : Le Grand Monarque passera par le Portugal. »

Léon chercha pour quelle raison un pays comme le Portugal pouvait susciter un intérêt particulier pour le Grand Monarque. Le seul lien qu'il avait en mémoire concernait le fait que l'apparition de la Vierge à Lucia, lors de la remise des secrets, avait eu lieu dans ce pays. Mais ...

« Oui ! C'est logique ! », s'écria-t-il.

Il inscrivit : *Le Grand Monarque entrera en contact avec Victoria, la confidente de Lucia, au couvent de Coimbra, au Portugal.*

Au terme de ce dernier énoncé, Léon alla chercher deux autres comprimés pour contrer son mal de tête. Sa courte nuit et ses recherches intensives étaient la cause d'affreuses céphalées.

Une fois de retour à sa table de travail, il regroupa toutes ses « explications des faits » et tenta de trouver un sens logique à tous ces morceaux de casse-tête. Il examina quatrain par-dessus quatrain, en particulier ceux concernant l'Antéchrist ainsi que le Grand Monarque. Il était persuadé d'être sur la bonne voie. Il travaillait comme un forcené. Soudain, ses yeux devinrent ronds comme des billes.

Au début, il avait cru que tous ces événements étaient dus à un concours de circonstances. Mais, le facteur « coïncidences » était trop souvent présent pour continuer à prétendre au hasard. Le choc de la vérité devenait de plus en plus difficile à accepter pour lui. Il s'agissait d'un scénario que personne ne pouvait imaginer tellement il fallait avoir l'esprit ouvert pour en comprendre toute la signification.

Léon se demandait s'il ne délirait pas. Peut-être avait-il trop pris de médicaments ? Jamais, il n'oserait parler à quiconque des découvertes qu'il venait de faire, car il se rappelait qu'il avait lu que le Grand Monarque, face à l'incrédulité des gens, devrait agir seul.

« Comment expliquer ces résultats à des gens sensés quand moi-même je ne suis même pas sûr de bien saisir toute la portée de ces déductions ? » Il tenta de regarder froidement les résultats de son hypothèse en espérant s'être fourvoyé sur son contenu. Ses cauchemars, l'Antéchrist, Victoria avec le troisième secret de Fatima, ainsi que le Grand Monarque, tous ces morceaux mis ensemble donnaient le message suivant:

« Un jour, quelque part au Québec, un homme (Grand Monarque) aurait des visions sur le futur durant son sommeil sur des événements qui devaient survenir dans un proche avenir. Il serait l'Élu pour venir en aide aux hommes sur terre, comme Jésus-Christ l'avait fait 2000 ans plus tôt. Le Mal tenterait d'établir sa Loi et son emprise démoniaque par l'entremise de l'un de ses disciples qui prendrait la direction de l'Église catholique. L'Élu irait rencontrer Victoria au Portugal pour prendre connaissance du troisième secret qu'il devrait, par la suite, divulguer au monde entier. Pour cela, il aurait très peu de soutien de la part des hommes car ceux-ci seraient méfiants à l'égard de ses révélations. Il agirait avec un minimum de personnes. Sa mission consisterait à anéantir les plans diaboliques de Satan. Il devrait tuer la Bête... ». Rien de moins.

À la lumière de cette incroyable conclusion, Léon crut pendant un instant qu'il était le soi-disant Élu. Tous les éléments concordaient parfaitement avec lui, sauf un. Il avait eu des rêves prémonitoires avec des visions d'Apocalypse entourant la venue de l'Antéchrist au Vatican au cours desquels, Victoria lui remettait le troisième secret de Fatima en présence du Pape. La seule chose qui n'était pas compatible avec toute cette hypothèse était le fait que le Grand Monarque soit venu au monde en France. Il serait ensuite, disait-on, arriver en bas âge, orphelin, au Québec, ce qui n'était pas le cas de Léon.

En analysant en profondeur cet élément, il eut soudain une idée qui lui traversa le crâne comme un éclair. Il se leva d'un bond et se précipita comme un enragé vers les escaliers en direction du sous-sol.

Il n'avait qu'une idée en tête, celle de regarder encore une fois tous les albums photos de sa famille.

21

La fièvre du conclave atteignait maintenant tous ses participants, en ce vendredi matin du dix décembre 1999. Il s'agissait d'un instant magique accordé aux seuls princes de l'Église. Pour plusieurs d'entre eux, la nuit avait été de courte durée. Tous avaient conscience que le geste qu'ils s'apprêtaient à poser revêtait une importance capitale, même si les anciens cardinaux démontraient moins de nervosité, bien sûr, que ceux récemment promus.

L'espoir d'un renouveau harmonieux hantait l'esprit de chacun. Comme dans les débats politiques civils entre les dirigeants de différents paliers gouvernementaux, la fébrilité du moment était palpable, le Vatican ne faisant pas exception à la règle. Tous les électeurs avaient, par contre, la particularité d'être en même temps des candidats potentiels au poste vacant.

Les recommandations du secrétaire Bucci faites la veille concernant le choix d'un candidat « jeune » et en santé, signifiaient, à toutes fins utiles, que plusieurs d'entre eux étaient éliminés, avant même le début de la course à l'investiture. La catégorie des vétérans, bien qu'aucun âge n'ait été spécifié, comptait implicitement les soixante-cinq ans et plus.

On remettait aux participants les bulletins de vote, tel que prévu, dès leur entrée dans la chapelle. Les membres se préparaient à se prévaloir de leur droit de vote après avoir été approchés par différents groupes qui sollicitaient leur appui en faveur d'un candidat. Yabelo resta près de Charles pour le premier tour de scrutin. Il se contenta d'effectuer quelques déplacements dans la salle pour tâter le pouls de l'électorat. Il savait que le choix d'un pape prenait habituellement plus d'un tour pour élire un vainqueur. En ayant suffisamment d'informations au début de la période électorale, il serait en mesure de déclencher une meilleure offensive lors des prochains tours de scrutin. Après un certain délai, Bucci annonça le début du vote à neuf heures trente. La session de vote dura environ quarante-cinq minutes. Une fois le vote complété, on invita tous les cardinaux à se retirer de la chapelle pour permettre le décompte officiel des bulletins. Certains allèrent se prélasser à l'extérieur, dans la cour Saint-Damase, pour respirer un peu d'air, tandis que d'autres prirent la direction de leur appartement afin de se reposer. Le rendez-vous du retour à la chapelle pour le dévoilement des résultats du premier tour avait été fixé à onze heures quinze.

***

Bien étendu sur son lit, Charles trouvait le temps long. Il avait un drôle de pressentiment à la suite des premières heures de ce conclave. Le nombre de personnes qui l'avaient ouvertement appuyé n'était pas élevé, mais il s'agissait de membres influents de la communauté. Il avait reçu publiquement l'appui de Bucci, qui était respecté de tous, ainsi que ceux de l'archevêque de Vienne, Schubert Heumarkt, et du père Christopher Adams. Les mains moites, Charles attendait maintenant avec impatience le résultat du vote.

De retour à la chapelle, les cardinaux discutaient discrètement entre eux, ce qui était monnaie courante dans ces circonstances. La tension atteignit son comble lorsque Bucci s'avança. Comme par enchantement, le secrétaire du Vatican retint immédiatement l'attention de tous.

— Messieurs, j'ai en ma possession, les résultats du premier tour de scrutin. Sans plus tarder, les voici :

Sebastiano Floccari : vingt-trois voix

Vincenzo Torelli : vingt-et-une voix

Agostino Bragalli : dix-huit voix

Charles Langlois : quinze voix

Antonio Marchiori : quatorze voix

Roberto Partenza : douze voix

Andrew Barnes : neuf voix

Yuan Koubilaï : deux voix

Comme prévu, la force des Italiens se faisait sentir dès le début du conclave. À côté des noms des quatre premiers candidats, dont les résultats ne créaient pas de surprise, les choix de Andrew Barnes, un Britannique aux allures conservatrices, ainsi que celui de Koubilaï, un cardinal natif de la Mongolie plutôt discret depuis son arrivée à la Cité, faisaient circuler des murmures interrogatifs. Quant à lui, Charles se considéra en bonne position, tout de suite après le trio italien. Bucci mentionna, bien sûr, qu'il y aurait un second tour de scrutin immédiatement après le dîner.

Yabelo s'approcha de Charles et lui glissa à l'oreille :

— Ne t'en fais pas, j'ai la situation bien en main. J'ai plusieurs contacts, des membres de la délégation africaine que je dois rencontrer durant l'heure du repas. Ils m'ont assuré qu'ils se rangeraient de notre côté pour tout le reste de la durée du conclave. J'ai confiance d'augmenter le nombre de tes appuis de façon substantielle.

Charles hocha la tête en signe d'approbation. Yabelo ajouta :

— Le « combat » ne fait que commencer.

De la cheminée de la chapelle Sixtine, d'où s'échappait une fumée noire, la foule rassemblée sur la place Saint-Pierre apprit qu'après ce premier vote aucun candidat n'avait encore été élu pape.

22

Toutes les lumières du sous-sol s'allumèrent d'un seul coup. La pièce, auparavant plongée dans les ténèbres, ressuscita de son enveloppe sinistre. Léon avait parcouru la distance depuis la cuisine en un temps record, comme si un incendie s'était déclaré dans la maison.

Il commençait à avoir des doutes sérieux sur sa véritable identité et il était persuadé que les albums photos de sa famille allaient lui être une fois de plus d'un précieux secours et peut-être lui révéler la clé de ce mystère. En cherchant dans l'armoire à souvenirs, il recensa plus d'une vingtaine d'albums de toutes sortes. À l'intérieur, des centaines de photos de toutes les époques tapissaient les pages : des vacances d'été sur le bord de la mer à Old Orchard alors qu'il était gamin, jusqu'aux plus récentes avec sa femme Chantal et ses trois enfants.

Contrairement à sa recherche précédente où il avait d'abord tenté de retracer la parenté éloignée et oubliée, après avoir mis de côté les albums qui faisaient référence à son adolescence, il se concentra uniquement sur une époque plus lointaine, celle où il était bébé. Avec le début des années 60, les photos noir et blanc faisaient progressivement place aux photos couleur. De revoir toutes ces photos ramenait de nombreux souvenirs à sa mémoire. Derrière chaque photo, il s'aperçut qu'une date était inscrite. La mère de Léon insistait beaucoup pour les identifier de cette façon afin de se remémorer plus facilement les agréables souvenirs de la vie.

Comme il le redoutait, il chercha en vain des photographies de son baptême ou celles d'un bébé dans une pouponnière. Le plus loin qu'il pouvait remonter grâce à ces souvenirs, c'est lorsqu'il avait deux ans. Il avait beau chercher, peine perdue. Sa vie aurait-elle débuté à l'âge de deux ans ? Pris d'un soudain désir de connaître l'explication à cette énigme, il décida d'en savoir davantage, et de se rendre sur-le-champ visiter ses parents à Saint-Sauveur-des-Monts, dans les Laurentides.

Il quitta la maison en apportant l'album avec lui.

23

En ce début de semaine, la vie coulait paisiblement dans le hameau de Saint-Sauveur-des-Monts, petit village pittoresque situé à environ une heure de route du centre-ville de Montréal.

Après avoir vécu pendant vingt-cinq ans dans la municipalité de Pierrefonds, en banlieue ouest de Montréal, les parents de Léon avaient déménagé à Saint-Sauveur, dans un semi-détaché où ils avaient trouvé la paix et la tranquillité. La retraite de Roger Demers avait entraîné ce changement de vie. Depuis, Roger Demers et son épouse, Janine, s'impliquaient activement dans la vie sociale du village en participant aux activités du Club de l'âge d'or de la région. Ainsi, Roger et Janine ne voyaient pas le temps passer.

Janine était installée dans la cuisine en train de préparer le repas du soir en attendant son mari, parti jouer une partie de quilles. Elle s'arrêta soudain de trancher les légumes qu'elle destinait au potage lorsqu'elle aperçut avec surprise la voiture de son fils se garer dans l'entrée. Elle lui fit un signe joyeux de la main à travers la fenêtre. Léon lui répondit de la même façon. Il s'avança près de la porte pour finalement pénétrer dans la maison sur l'invitation chaleureuse de sa mère.

— Bonjour, maman, comment allez-vous ?

Léon, contrairement aux jeunes de sa génération, vouvoyait encore ses parents. Non seulement c'était pour lui une forme de respect envers sa mère et son père, mais c'était aussi le résultat de l'éducation qu'il avait reçue, étant enfant.

— Quelle belle surprise de te voir Léon, mais que fais-tu ici en ce début de semaine ? Tu ne travailles donc pas aujourd'hui ?

Janine avait remarqué que Léon n'était pas vêtu d'un habit et d'une cravate, ce qu'il avait l'habitude de porter lors des visites quotidiennes à ses clients.

— Non, j'ai pris une journée de congé, j'ai accumulé un peu de fatigue ces derniers temps.

Effectivement, Janine remarqua le teint blafard de son fils.

— C'est vrai, tu es tout pâle ! Faudrait pas te surmener à l'approche de l'hiver, ce serait néfaste pour ta santé.

Léon faillit dévoiler sans hésitation et immédiatement le but de sa visite, mais il préféra attendre le bon moment pour lui faire part de la raison de sa visite.

— Je vais faire attention, c'est promis maman. Pour m'aider à passer au travers les longs mois d'hiver, je prends d'ailleurs tous les jours plusieurs comprimés de vitamine C.

Léon remarqua que son père était absent.

— Où est papa ?

— Il est à sa partie de *bowling* avec ses amis du Club de l'âge d'or, comme tous les mercredis. Il sera de retour bientôt.

« Parfait, se dit Léon, cette situation me facilitera la tâche ».

Il entretenait en général de bonnes relations avec ses parents, mais plus particulièrement avec sa mère. Les discussions délicates de Léon avaient toujours passé par Janine avant de se rendre aux oreilles de son père. C'était une complicité entre mère et fils qui avait débuté dans sa tendre enfance.

— Non seulement tu manques de couleur, mais tu m'as l'air préoccupé en plus, et soucieux, est-ce que je me trompe par hasard ? demanda Janine.

Cette phrase rendit Léon plus nerveux. Il ne se doutait pas à quel point son attitude pouvait trahir son angoisse. Puisque sa mère avait commencé à le questionner, il décida d'aborder le vif du sujet.

— Effectivement, il y a eu un tas d'événements et de circonstances qui ont pratiquement chambardé ma vie aux cours des dernières semaines. J'espère avoir trouvé réponse à mes tourments... mais il me reste une chose à éclaircir. C'est pourquoi je suis ici.

C'était au tour de Janine de ressentir une certaine angoisse. Les traits de son visage devinrent soudain interrogatifs.

— Ah oui ? Mais quel genre de tracas peux-tu bien avoir présentement ? risqua-t-elle.

— Ce serait trop long à vous expliquer, pour l'instant. Mais si l'information que vous allez me donner confirme mes doutes, je ne pourrai faire autrement qu'écouter ma raison qui, elle, me guidera vers mon destin.

Les paroles sibyllines de Léon n'étaient guère rassurantes pour Janine. Tout lui laissait croire que sa « réponse » aurait une importance capitale sur l'avenir de son fils. Le mot « destin » lui faisait particulièrement peur. Elle afficha une mine déconcertée.

— Tu me parais si étrange, j'ai de la difficulté à te reconnaître.

Sans trop comprendre, Janine comprit que l'heure était grave. Selon toute vraisemblance, elle serait fixée sous peu.

Léon regarda sa mère droit dans les yeux et lui demanda si elle avait en sa possession des photographies de son baptême à l'église.

— Sûrement, dans les albums photos de la famille, répondit-elle sans hésiter.

Janine avait redouté toute sa vie que Léon lui pose cette question. Depuis trente-six ans, elle partageait avec son mari le secret de l'origine de son fils.

D'un geste de la main, il lui tendit l'album qu'il avait apporté avec ses plus anciennes photos et lui dit doucement:

— C'est celui où se trouvent mes premières photographies. Il n'y en a aucune de prise avant l'âge de deux ans. Pourquoi?

Des sueurs froides perlèrent sur le front de Janine. Elle ne s'était pas vraiment faite à l'idée qu'un jour, elle devrait aborder le sujet. Elle fit une dernière tentative pour reculer encore ce moment.

— Tu as sans doute oublié un album chez toi? Mais pourquoi donc cet intérêt soudain pour ces photos? dit-elle en essayant de garder un air détaché.

Léon fit l'impossible pour minimiser l'impact de sa démarche auprès de sa mère. Il ne voulait pas la blesser en la forçant à avouer une vérité qu'il croyait avoir devinée.

— Maman, quoi qu'il ait pu arriver, je suis et resterai toujours votre fils bien-aimé. Vous êtes mes parents et personne ne pourra jamais prétendre le contraire, déclara-t-il après un court silence.

Il s'approcha de Janine et l'embrassa tendrement sur la joue. Elle essuya ses yeux humides et déposa ses deux mains de chaque côté de la tête de Léon en le serrant très fort contre elle comme on fait avec un petit enfant. D'une voix tremblante, Léon lui souffla ces quelques mots:

— Je connais la vérité maman... Je n'ai jamais cherché à savoir ni pourquoi ni comment, mais il semble que j'ai été choisi pour une mission de Paix.

Janine éprouva du mal à comprendre ce que Léon essayait de lui expliquer, tellement le chagrin était grand au fond de son cœur.

— Oui, tu as trouvé, c'est vrai. Ton père et moi... Elle hésita, se demandant si elles pouvaient encore utiliser ces mots.

- Nous t'avons adopté à l'âge de deux ans. À l'époque, nous voulions avoir un enfant. Après plusieurs échecs, nous sommes allés voir différents spécialistes. J'ai passé une batterie de tests et on m'a annoncé que j'étais infertile. La seule solution qui me restait était d'adopter un enfant. Les modalités n'étaient pas compliquées dans ce temps-là pour obtenir la garde d'un enfant. Il y avait le phénomène des filles-mères, très différent d'aujourd'hui. Avec une information déficiente et des moyens de contraception presque inexistants, la situation d'une fille-mère était considérée comme honteuse dans la société et elle devait se débarrasser de son rejeton dès sa naissance. Lorsque nous sommes allés te chercher, il n'y avait aucune date précise de ta venue au monde, ni lettre, ni papiers d'identité expliquant ton abandon. L'orphelinat estimait alors ton âge à environ deux mois. C'était en mars 1962. Tout ce que les religieuses avaient comme renseignements sur ton compte, c'était que tu avais été abandonné près du port de Montréal, dans un petit entrepôt de marchandise en provenance d'outre-mer. Tu étais dans un panier d'osier recouvert d'une épaisse couverture de laine pour te tenir au chaud. N'eût été l'intervention rapide d'un débardeur, tu aurais sûrement péri de froid. L'adoption a été effectuée en mars 1964, ce qui te donnait deux ans et quelques semaines. Nous t'avons fait baptiser le 4 mars 1964... Comme tu peux voir, tu viens de vieillir de deux années d'un seul coup.

Effectivement, Léon, stupéfait par les révélations de sa mère adoptive, constata que la date apparaissant sur son certificat de naissance (1964) était erronée puisqu'il avait déjà deux ans lorsqu'on l'amena à l'église pour la cérémonie de son baptême. Le calcul était simple : âgé de deux mois lors de sa découverte dans le hangar en mars 62, il était probablement né au début de janvier 62... tout comme le Grand Monarque.

— Bon Dieu ! s'exclama Léon. Je n'ose pas y croire...

— Je sais que c'est difficile à comprendre, mais c'est la pure vérité, répondit sa mère qui se méprenait sur la cause réelle de l'étonnement tragique de Léon.

Ce dernier s'abstint quand même d'exprimer les vraies raisons de sa surprise à Janine. Ce n'était pas pour les motifs qu'elle croyait qu'il réagissait de la sorte. Sans lui expliquer les véritables raisons de son étonnement, il la laissa poursuivre.

— Selon les religieuses de l'orphelinat, l'hypothèse la plus plausible... si jamais un jour tu tentais de retrouver ta mère biologique... Hé bien.. Une jeune femme aurait quitté clandestinement son pays d'origine pour entrer illégalement au Canada par bateau. Par contre, on n'avait aucune idée de quelle nationalité elle pouvait être...

Il laissa à peine terminer sa phrase à sa mère qu'il la prit dans ses bras et la réconforta.

— Jamais, au grand jamais, je n'essaierai d'entrer en contact avec elle. Cela a dû être extrêmement pénible pour une mère d'abandonner son enfant de la sorte, mais je pardonne son geste. Elle devait avoir de bonnes raisons pour agir ainsi. Je vous considère et vous considérerai toujours comme ma mère légitime, ainsi que papa comme mon père. Vous m'avez tout donné, éducation, enseignement, amour, je vous dois tout, tout. Soyez sans crainte, je vous aimerai toujours aussi fort qu'avant, tant et aussi longtemps que je vivrai.

Léon prit une légère pause. L'émotion qui l'étouffait accélérait les battements de son cœur. Il tenta de se ressaisir en pensant à son père.

— Si tu crois que cela peut lui donner un choc... Papa n'est pas obligé de savoir que nous avons discuté de tout ceci, n'est-ce pas ? Ce sera notre secret à nous deux, d'accord ?

Janine acquiesça d'un sourire, essuyant ses larmes avec un papier mouchoir. Elle lui fit un signe de la tête en guise d'approbation.

— À notre tour maintenant d'avoir un petit secret, ajouta Léon.

— D'accord, Léon. Je n'ai jamais caché quoi que ce soit à Roger.

Janine se sentit ridicule de parler de son mari en le nommant par son prénom devant Léon, comme si celui-ci était devenu un pur étranger.

— Heu... je veux dire à ton père, mais je crois qu'il est inutile de provoquer une seconde déchirure à un autre membre de la famille.

Léon aurait voulu expliquer pourquoi il avait cherché à en savoir autant mais il décida de se taire plutôt que de dévoiler les détails de sa véritable histoire.

— Si je vous ai posé des questions sur mon passé, ce n'est pas par vengeance ni par curiosité que je l'ai fait, mais plutôt par nécessité. Je ne peux pour l'instant vous en dire plus long. J'ai de la difficulté à comprendre moi-même ce qui m'arrive. Disons que c'est la confirmation d'une étape dans ma vie et que je dois poursuivre mon « travail ». Je vous demande seulement de me faire confiance et de ne pas tenter d'en apprendre davantage tout de suite. Vous l'apprendrez bien assez vite... Je dois y aller maintenant.

Avant de partir, Léon étreignit une dernière fois Janine. Il l'embrassa sur les deux joues.

— Dites bonjour à papa de ma part. N'oubliez jamais que je suis votre fils et que je vous aime plus que tout au monde. Au revoir, maman !

Il passa le seuil de la porte et se rendit rapidement à sa voiture. Après avoir fait marche arrière, il quitta la rue de ses parents pour se rendre dans le secteur commercial du village. Il s'arrêta devant un magasin de fournitures d'articles de bureau afin de s'approvisionner de quelques feuilles de papier et d'enveloppes pour écrire une lettre.

24

À la papeterie, Léon trouva tout ce dont il avait besoin pour rédiger une lettre.

Il traversa ensuite la rue pour s'installer dans un petit bistrot. Décoré à la manière campagnarde, « Le Croissant de lune » se mariait merveilleusement avec l'environnement des petits villages des Laurentides. Une ambiance chaleureuse et un service personnalisé lui valaient une bonne réputation.

Il prit place à une petite table près du foyer où une bûche d'érable faisait crépiter une flamme orangée, dégageant un parfum qui lui rappelait de belles soirées d'hiver.

En commandant un expresso à la serveuse, Léon sortit du sac le papier et le crayon et se mit à réfléchir. Comment devait-il débuter la rédaction de son message?

N'ayant pas l'habitude d'écrire, il dut se reprendre à plusieurs fois avant d'arriver à un résultat qu'il considéra « potable ». Il mit une heure et demie à écrire un texte d'une page.

Sœur Victoria Da Silva,

Bonjour, je m'appelle Léon Demers et je demeure à Rosemère, petite municipalité en banlieue nord de Montréal, au Canada. Si je vous écris cette lettre aujourd'hui, c'est que j'ai des raisons importantes de le faire. Malheureusement, je n'ai aucune idée de ce que je dois faire. J'ai besoin d'aide. En résumé, voici les faits :

J'ai eu récemment, de façon imprévisible, des cauchemars répétitifs concernant des confrontations entre Dieu et Satan. Dans ces rêves, je suis constamment en présence du pape ; même qu'un jour, vous étiez présente vous aussi. C'est peut-être complètement ridicule, mais la teneur des messages que j'ai reçus semble m'indiquer que le monde de l'Église catholique est en danger. Leur signification me laisse croire que les « forces du Mal » sont déjà en place en des endroits stratégiques de l'Église romaine et qu'elles sont sur le point de contrôler la destinée du Monde. Mais plus terrifiant encore, j'ai vu, en songe, le contenu du troisième secret de Fatima, au Vatican, alors que vous étiez présente, tout comme le pape. Peu de gens connaissent mon histoire.

Que Dieu ait pitié de moi si tout cela n'est qu'illusion. Je ne sais pas si cette lettre va se rendre jusqu'à vous, mais si c'est le cas, je vous laisse mes coordonnées si le besoin s'en fait sentir.

Merci.

Léon Demers

Léon termina sa lettre en signant au bas de la feuille et y inscrivant son adresse complète, ainsi que son numéro de téléphone. Ne connaissant pas l'adresse exacte de sœur Victoria, il saisit l'enveloppe et décida de l'adresser simplement à :

Sœur Victoria Da Silva
Coimbra, Portugal

« Si le destin veut que je communique avec Victoria, alors cette lettre se rendra à destination, sinon c'est que j'ai imaginé trop de choses qui n'ont rien à voir avec mes problèmes », conclut-il. Léon acheta un timbre-poste pour courrier aérien international et jeta l'enveloppe dans la boîte aux lettres, directement au bureau de poste de Saint-Sauveur.

Se disant alors qu'il n'y avait plus rien qu'il puisse faire, il était presque soulagé. Il s'agissait maintenant d'attendre un signe ou une réponse. Sans être pessimiste, il ne s'attendait pas à recevoir des nouvelles d'une inconnue qui, en plus, ne parlait peut-être que le portugais. D'ailleurs, le livre dans lequel Léon avait tiré toutes ses informations avait été publié huit ans plus tôt et il n'avait même aucune idée si Victoria était encore de ce monde. Ce qui importait, c'était qu'il ait fait tout en son possible pour découvrir la vérité...

25

Au Vatican, on se préparait au deuxième tour de scrutin. Selon l'avis de plusieurs électeurs, ce deuxième tour devrait révéler la tendance des prochains, s'il y en avait, car c'était celui qui dirait si un candidat avait réussi à se démarquer des autres. Certains, parmi ceux qui avaient récolté le moins de votes, décideraient sûrement de se rallier à quelques candidats susceptibles de l'emporter.

On procéda plus rapidement au déroulement de la seconde tentative d'élection. Une fois le vote effectué, Bucci demanda aux membres de l'électorat de quitter la chapelle pour n'y revenir qu'une soixantaine de minutes plus tard, alors qu'il serait en mesure de dévoiler les résultats finaux de la journée.

Le temps semblait devenir une éternité à l'approche des résultats de ce tour. Quand tous revinrent enfin à la chapelle pour réintégrer leur siège, le secrétaire donna, par ordre décroissant, les meneurs de la journée.

Sebastiano Floccari : quarante-et-une voix

Charles Langlois : trente-six voix

Vincenzo Torelli : seize voix

Roberto Partenza : douze voix

Yuan Koubilaï : neuf voix

La remontée de Floccari se poursuivait de façon constante, tandis que Charles, ayant reçu l'appui de la puissante délégation africaine, passait de la quatrième à la seconde position en l'espace d'un tour. Torelli avait perdu des votes au bénéfice des deux leaders. Partenza conservait le même nombre de voix, le dernier participant, Koubilaï passait de deux à neuf voix. Quant aux candidats Marchiori et Barnes, ils étaient maintenant éliminés de la course.

Yabelo accueillit avec un certain enthousiasme le résultat encourageant de son ami. Il expliqua à Charles qu'il avait appris que selon une règle non écrite dans un conclave, le ou les candidats qui ne pouvaient accroître leur avance lors d'un tour de scrutin, étaient par le fait même pratiquement éliminés des grands honneurs. Les participants s'attendaient à ce que les candidats Torelli et Partenza se rallient aux trois derniers candidats toujours en lice. Puisqu'ils étaient italiens, bon nombre d'entre eux concéderaient déjà plusieurs voix à Floccari. Le sort en déciderait au cours de la journée du lendemain.

***

Le samedi onze décembre 1999 s'avérerait une journée importante pour l'Église, car elle couronnerait peut-être le pape qui ferait entrer l'Église dans le troisième millénaire de son histoire. Yabelo signifia à Charles que la course était encore longue mais pas impossible à gagner. Il visita, clan après clan, les groupes réunis pour tenter d'augmenter la popularité de son « poulain ». Il vanta les qualités de son protégé, son ardeur au travail et sa capacité à résoudre les différents problèmes que pourraient occasionner certains dossiers dans les années à venir. Yabelo se dévouait corps et âme au succès de Charles. La conviction de son choix le rendait efficace lors des discussions à saveur électorale qu'il tenait avec ses confrères de travail. Il était un adjoint fiable, fidèle et dévoué à la cause de son protégé. Charles appréciait tout l'enthousiasme que mettait Yabelo à dorer sa propre image. « Avec un passé impeccable, le travail n'en est que plus facile », se justifiait Yabelo.

L'avenir s'annonçait plutôt bien pour le clan Langlois. On entreprit bientôt le troisième tour de scrutin. Le résultat était cependant toujours difficile à prévoir, compte tenu du va-et-vient continuel entre les électeurs et les candidats. Le résultat de l'avant-midi arriva peu avant onze heures. Il se lut comme suit.

Charles Langlois : soixante voix
Yuan Koubilaï : vingt-neuf voix
Sebastiano Floccari : vingt-cinq voix

Au dévoilement du vote, la salle resta stupéfaite des résultats présentés par Bucci. La solidarité entre Italiens en avait pris pour son rhume. La surprise était de taille et en étonnait plus d'un. Non seulement Torelli et Partenza n'étaient plus là, mais leurs supporters avaient voté pour des candidats autres qu'italiens. Les appuis de Floccari avaient chuté de façon spectaculaire au profit de Charles et de Koubilaï.

Il ne manquait plus que quinze voix pour proclamer Charles victorieux. Il se méfiait par contre de ce Yuan Koubilaï, qui sans être une menace pour l'instant, augmentait graduellement le nombre de ses partisans d'une façon constante et menaçante.

On attendit le quatrième tour avec impatience et inquiétude.

26

Trois semaines s'étaient écoulées depuis sa rencontre avec Janine, sa mère. Installé devant le téléviseur, Léon regardait attentivement une émission d'informations sur les résultats des élections de la veille au Vatican. La caméra donnait de gros plans sur l'impressionnante foule d'environ cent-cinquante mille personnes rassemblées à la place Saint-Pierre. La chaîne de télévision américaine CNN ne ratait pas une occasion de montrer en plan rapproché le signal émis par la cheminée de la chapelle Sixtine. Le suspense qui provoquait pareil déploiement du monde médiatique était étonnant. Les reporters obtenaient au compte-gouttes les détails de l'élection qui étaient tout d'abord filtrés par Radio-Vatican qui en possédait l'exclusivité.

Léon ne put savoir qui était le candidat en tête. Mises de côté durant les dernières semaines, il reprit ses notes concernant les prophéties de Nostradamus. Il voulait s'assurer que ses « fameuses » coïncidences se poursuivaient. Dans ses notes, il retrouva le passage parlant de l'Antéchrist. De nationalité asiatique, il devrait être élu pape selon la prophétie de Nostradamus. Pour l'instant, n'ayant pas de nouvelles sur l'identité des cardinaux en avance, Léon restait sur son appétit.

Après l'annonce négative du second tour, il éteignit le téléviseur pour se rendre à la cuisine. Il étendit toutes ses notes sur la table dans un geste d'impatience et de découragement. Léon prit un air las en regardant l'amoncellement de feuilles parsemées de mots gribouillés qui perdaient de leur pertinence avec le temps. Ses poings fermés écrasaient ses joues creuses. Les coudes appuyés sur la surface lisse et froide de la table, Léon semblait déprimé. Les yeux à demi-ouverts, il fixait au hasard une des nombreuses notes qui s'offrait à son regard. Sans se douter que ce geste était d'une importance capitale, il retourna machinalement une feuille placée à l'envers et qui avait attiré son attention. Il la prit et commença à l'étudier sérieusement. Il avala d'un trait sa salive.

« Pas encore ! Dire qu'il s'agit peut-être là d'un autre indice parmi ceux déjà nombreux qui confirmeraient les événements qui se produiront bientôt », se dit-il.

Léon se rendit immédiatement dans la chambre de Caroline pour emprunter *L'Ancien et le Nouveau Testaments* qu'elle avait reçu lors de sa première communion l'été précédent. Il tenta de retrouver la page dans laquelle il était fait mention du signe distinctif de la « Bête » dans *L'Apocalypse*, selon Saint-Jean. D'après l'histoire de la Bible, Jean, apôtre de Jésus-Christ, aurait eu une vision dans l'île de Patmos. Il reçut ordre d'écrire ce qu'il avait vu et d'envoyer le livre aux sept Églises d'Asie.

APOCALYPSE 13
LA BÊTE QUI MONTE DE LA TERRE

11 Puis je vis monter de la terre une autre bête, qui avait deux cornes semblables à celles d'un agneau, et qui parlait comme un dragon.

12 Elle exerçait toute l'autorité de la première bête en sa présence, et elle faisait que la terre et ses habitants adoraient la

13 première bête, dont la blessure mortelle avait guéri. Elle opérait de grands prodiges, même jusqu'à faire descendre du feu du ciel sur la terre, à la vue des hommes.

14 Et elle séduisait les habitants de la terre par les prodiges qu'il lui était donné d'opérer en présence de la bête, disant aux habitants de la terre de faire une image à la bête qui avait la

15 blessure de l'épée et qui vivait. Et il lui fut donné d'animer l'image de la bête, afin que l'image de la bête parlât, et qu'elle fît que tous ceux qui n'adoreraient pas l'image de la bête fussent tués.

16 Et elle fit que tous, petits et grands, riches et pauvres, libres et esclaves, reçussent une marque sur leur main droite ou sur le front,

17 et que personne ne pût acheter ni vendre, sans avoir la marque, le nom de la bête ou le nombre de son nom.

18   C'est ici la sagesse. Que celui qui a de l'intelligence calcule le nombre de la bête. Car c'est un nombre d'homme, et son nombre est six-cent soixante-six ».

Léon retenait ses larmes de rage. Des spasmes musculaires, causés par une tension nerveuse extrême, le faisaient presque tressauter sur sa chaise. Il reprit phrase par phrase le dernier paragraphe pour tenter de comprendre au maximum le message que Jean avait bien voulu dévoiler sur sa vision d'horreur de l'*Apocalypse*.

« C'est ainsi la sagesse. »

Léon interpréta cette phrase comme étant le signe d'un homme pacifique.

« Que celui qui a de l'intelligence calcule le nombre de la bête. »

Son interprétation de cette suggestion s'orientait vers la découverte d'un nombre indiquant un événement dans lequel la bête serait impliquée.

« Car c'est un nombre d'homme, et son nombre est six-cent soixante-six. »

Selon Léon, le « nombre d'homme » signifiait probablement que c'est un chiffre commun que les humains avons ou utilisons couramment. Et que son nombre est six cent soixante-six. C'est à ce moment précis que Léon découvrit sans aucun doute le mystère entourant cette énigme enfouie dans la mémoire de celui qui, jadis, marchait à côté du Christ. Il reprit la feuille qui avait suscité son intérêt et la plaça à l'endroit.

Il y avait inscrit : « *L'Antéchrist prendra contrôle de l'Église catholique au Vatican à la fin de l'année 1999* ».

Lorsqu'il la replaça à l'envers, il constata avec effroi que cette date donnait une tout autre signification : elle passait de 1999 à 6661. Il ne comprenait pas la présence du chiffre un à la fin du nombre, mais remarqua, horrifié, que les trois premiers donnaient le nombre six cent soixante-six, soit le même que celui mentionné par Jean. À la lumière de cette importante découverte, le chiffre, tant méprisé dans la Bible, indiquait fort probablement la date d'entrée du Malin au pouvoir.

27

L'élection papale entrait maintenant dans son sprint final, comme aimaient à le dire les observateurs du conclave. Avant la fin de ce jour du Seigneur, à moins d'un revirement imprévu, l'Église se serait donné un nouveau pape.

Contrairement aux tours de scrutin précédents, les alliances avec les candidats se faisaient beaucoup plus discrètes, comme si les jeux étaient déjà faits. Crispé, Yabelo sentait la victoire à portée de main. Charles, par contre, affichait un calme absolu à l'approche du quatrième et peut-être dernier vote.

Fidèle à lui-même depuis le début du conclave, le candidat Koubilaï restait muet dans un coin de la salle. Il ne provoquait aucune discorde au sein de son entourage. Aucune déclaration fracassante à l'emporte-pièce. Il était perçu par les participants comme étant un homme d'égale humeur qui acceptait les opinions des autres. On le comparait à Jean-Paul Ier, Albino Luciani, qu'on surnomma le « pape sourire », successeur de Paul VI qui mourut d'une façon mystérieuse après seulement trente-trois jours de pontificat dans ses appartements. Physiquement, ses traits étaient caractérisés par la couleur jaune pâle de sa peau, par ses cheveux noirs et raides, couronnant un visage plat aux pommettes saillantes et aux yeux bridés d'un brun foncé. Certains croyaient qu'il ferait un pape facilement influençable et vulnérable face à des individus au caractère solide.

L'heure était à la tension et à l'incertitude, lorsque les cardinaux se dirigèrent vers l'autel pour déposer leurs premiers bulletins de la journée sur la patène.

Le résultat fut donné avant le déjeuner :

Charles Langlois : cinquante-huit voix

Yuan Koubilaï : cinquante-deux voix

Sebastiano Floccari : quatre voix

L'inquiétude se lut sur le visage de Yabelo et de Charles.

— Mais que diable se passe-t-il ici, murmura Charles. C'est à n'y rien comprendre. Il y a quelque chose qui se produit sous nos yeux et que nous ne voyons pas. Mais qui est-ce, ce Koubilaï, qui ne cesse de me talonner de la sorte ?

Yabelo secoua la tête et répondit à Charles :

— Je me suis informé sur son compte. D'après ce que j'ai entendu dire, Yuan Koubilaï serait natif de l'Asie centrale, plus précisément de la Mongolie. Il a consacré la majeure partie de son temps comme personne-ressource entre les autorités chrétiennes et les citoyens de son peuple. Il a participé à plusieurs conférences sur l'aide financière des pays du tiers-monde à travers toute l'Asie, ce qui comprend, entre autres, la Chine, ainsi qu'en Hongrie et en Russie. Rien d'éclatant... Il s'agit d'un homme au passé modeste... Ah oui ! Et il est polyglotte, ce qui en fait un communicateur hors pair.

Charles resta perplexe devant ce revirement soudain des votes. Il ne comprenait tout simplement pas comment il pourrait augmenter substantiellement les votes en sa faveur. Yabelo avança une hypothèse quant à la stabilisation des voix en faveur de Charles.

— Tout ce que je peux offrir comme explication à ce stade-ci, c'est que tu serais probablement un candidat trop qualifié...

Charles fronça les sourcils en entendant la déclaration surprenante de Yabelo.

— Que veux-tu dire par candidat trop qualifié ? Explique-toi.

La question de Charles sembla embarrasser Yabelo. Son ton de voix avait légèrement augmenté, ce qui laissait présumer que Charles perdait peu à peu de son calme. Yabelo tenta de lui expliquer son point de vue.

— Bien que nous soyons tous des serviteurs de Dieu, cela n'empêche pas que nous sommes d'abord des êtres humains, avec nos qualités et nos défauts. Parmi ces défauts, il y a la jalousie... Ton curriculum vitæ est bien rempli, contrairement à celui d'autres qui n'ont pas été aussi actifs que toi dans leur dévouement pour la chrétienté. Tes missions pour venir en aide personnellement aux plus démunis de la terre en gênent sûrement plusieurs. En appuyant un candidat moins illustre, ces soi-disant apôtres de la paix se sentent probablement plus près d'une telle personne. De quelqu'un qui reflète la même image qu'eux...

— Si tel est le cas, je trouverais regrettable d'agir ainsi envers une personne qui en a fait un peu plus que les autres. Advenant que ce soit la vraie raison du changement de votes en faveur de Koubilaï, je préfère de loin demeurer cardinal et de continuer mes occupations d'entraide, répondit Charles, furieux, en mettant un terme à la conversation.

Bucci demanda à l'assemblée d'être de retour à la chapelle pour quatorze heures, afin de poursuivre le conclave avec le cinquième tour de scrutin.

Il n'y avait plus de cachette possible. La lutte était entre Charles et Koubilaï. Tous les participants en étaient conscients et se demandaient combien de tours encore il leur faudrait attendre pour couronner le vainqueur.

Comme les cardinaux se rassemblaient pour aller chercher leur bulletin de vote, il se produisit un événement imprévu qui étonna d'abord, puis mit en colère Yabelo et Charles.

Koubilaï se leva et lentement se dirigea vers la tribune. Il prit le micro et, pour être compris de tous, dit, en latin, en italien et en anglais : « Votre choix sera le mien. Il sera respecté de tous ceux qui auront participé à ce conclave et de Dieu aussi. Merci. »

Charles rageait en silence. La déclaration faite par Koubilaï enfreignait la légalité du processus du conclave. Selon le règlement, nul n'avait le droit de prendre la parole devant l'assemblée avant chaque tour de scrutin, pour ne pas influencer les électeurs. Charles ne voulait ni ne pouvait intervenir de crainte d'être perçu comme un homme qui cherchait à semer la discorde et qui avait des intérêts à défendre.

« L'intervention rapide de Koubilaï lui rapportera sans aucun doute des dividendes sur le résultat de l'élection », se dit-il. S'il avait eu une occasion de passer son message, c'est exactement le moment qu'il aurait choisi pour le faire. Il fulminait. « C'est un vulgaire tricheur », pensait-il.

Le déroulement du cinquième scrutin se passa sans aucun autre incident. Après une pause d'une heure, on invita tout le monde au dévoilement final des résultats. La fébrilité était à son paroxysme. Bucci attira l'attention de l'assemblée en confirmant qu'un pape avait été élu.

— J'ai le grand honneur et le plaisir, messieurs, de vous confirmer qu'un pape nous est donné. Voici donc le résultat final de l'aboutissement du travail et des efforts de tous durant cette période électorale :

Yuan Koubilaï : soixante-dix-neuf voix

Charles Langlois : trente-quatre voix

Sebastiano Floccari : une voix

— Je déclare donc Yuan Koubilaï pape, le deux-cent soixante-sixième depuis Saint-Pierre.

Un tonnerre d'applaudissements retentit immédiatement dans la chapelle Sixtine. Le visage impassible, Koubilaï se leva pour accueillir le verdict ainsi que l'ovation que lui réservaient les cardinaux qui brandissaient les bras vers le ciel en signe de victoire.

Charles regarda, sans aucune réaction, le nouveau vainqueur. Le geste de Koubilaï à la toute fin lui avait laissé un goût amer. Dès cet instant, Charles avait su qu'il devrait se méfier en tout temps de cet homme qui avait employé une tactique déloyale pour lui ravir le poste convoité. « Si cet individu est capable d'agir aussi sournoisement pour obtenir ce qu'il désire, c'est probablement qu'il est plus rusé qu'il ne veut le laisser croire. Et qui dit rusé, dit dangereux », pensa-t-il.

À l'extérieur, c'était l'euphorie parmi la foule sur la place Saint-Pierre. La fumée blanche confirma au monde entier qu'un pape venait d'être élu.

28

É tendu confortablement sur le divan du salon, seul dans la maison, les yeux mi-clos, Léon méditait sur son passé. Troublé d'avoir appris son abandon alors qu'il était bébé, il éprouvait une certaine curiosité à savoir quel genre de personne pouvait bien être sa mère biologique. Il se demandait comment elle était, physiquement et psychologiquement...

Quelles étaient la couleur de ses cheveux et de ses yeux ? Était-elle grande ou petite, de taille forte ou mince ? Était-elle seulement encore vivante ? Il s'agissait de questions auxquelles il aurait aimé avoir des réponses. Il était par contre hors de question pour lui d'essayer d'entreprendre des démarches pour connaître son identité. Plongé dans un état semi-conscient, il se demandait pour quelles raisons une mère abandonnait son enfant. « C'est comme se débarrasser d'une partie de soi », pensait-il. « Il faut vraiment n'avoir aucune alternative ou être sans cœur pour en arriver là. Les sacrifices, la santé de son corps qu'elle a dû en quelque sorte hypothéquée, n'auront finalement servi à rien pour cette femme », se dit-il. « C'est terrible », pensa Léon.

Sans avoir eu l'occasion de la connaître, il éprouvait quand même une certaine sympathie pour celle qui l'avait mis au monde. Chose certaine, Léon était sans rancœur, il ne ressentait aucune haine envers elle. Même en ne connaissant pas les véritables raisons qui l'avaient poussée à un tel geste de désespoir, il ne portait aucun jugement.

Au contraire, il aurait bien aimé lui venir en aide si cela lui avait été possible.

Toujours perdu dans ses pensées, il se demandait si elle avait enfanté dans un hôpital ou bien dans la rue. Il se torturait l'esprit avec tous ces détails mais tentait de se consoler avec l'idée qu'il avait eu, lui, contrairement à sa mère naturelle, une enfance heureuse. Ses parents adoptifs lui avaient donné amour et éducation.

Malgré toute la chance qu'il avait eue dans la vie, Léon broyait du noir. « J'ai assez de problèmes par les temps qui courent sans me soucier de ce qui est arrivé il y a trente-sept ans », se dit-il. Il mit un point final au dérapage de ses idées.

Tout arrivait en même temps et il était seul à affronter la réalité. Il aurait tellement souhaité que tous les événements ne se bousculent pas de la sorte mais il était persuadé qu'il n'avait aucun contrôle sur sa destinée. Il se disait que sa situation ressemblait étrangement à la période des Fêtes : la parenté festoie durant une semaine entière entre Noël et le jour de l'An, on se visite à tous les jours pour ensuite s'ignorer le reste de l'année. Ce qui le dérangeait le plus, c'était qu'il était seul à affronter toute cette série de problèmes, qu'il n'avait aucune personne fiable à qui se confier et qui pourrait le guider à travers ces embûches.

« C'est peut-être de cette façon qu'on devient cinglé, car après tout, je ne connais pas le bagage génétique que j'ai reçu de mes vrais parents. Il y avait peut-être des cas de maladie mentale dans une des deux familles dont je suis issu », se dit-il, presque traumatisé.

Enfant unique, marié à une épouse merveilleuse et père de trois belles filles, Léon avait tout pour être heureux. Il ne voulait surtout pas ennuyer Chantal avec ses problèmes car elle avait déjà suffisamment de responsabilités avec son travail et les enfants à s'occuper, sans lui ajouter davantage de soucis. Il ne lui avait pas encore parlé de sa rencontre avec Janine et de sa confession sur sa réelle identité. « Lorsque le moment le permettra, je lui annoncerai la vérité », se promit-il.

Chantal étant en visite chez ses parents avec les filles, Léon profita d'un rare instant de repos pour se laisser envahir par les souvenirs d'un petit garçon qui aimait se trouver seul l'été ou après les heures de classe, à marcher dans les champs et les bois près de la maison familiale. Les chants des oiseaux et de la cigale pendant les journées chaudes de juillet enivraient ses oreilles lors de ces randonnées à travers les sentiers de terre battue. Son comportement, qui à l'époque, pouvait sembler étrange pour un petit garçon de neuf ans, lui paraissait tout à fait normal aujourd'hui. Tout en se baladant, il fredonnait des airs religieux qu'il avait appris à la messe du dimanche à laquelle il assistait avec ses parents. Il ne faisait pas seulement que chanter, mais il « discutait » aussi avec le bon Dieu. Il n'aurait jamais agi de la sorte en compagnie de copains de classe, mais seul, tout lui était permis.

Quand il atteignit l'âge de l'adolescence, il crut que sa venue sur terre n'était pas qu'une simple question de hasard. Il demandait souvent à Dieu, lors de ses prières, de lui émettre un signe concret sur sa « fameuse » mission imaginaire. Plus tard, il avait accusé la période de sa puberté d'être la cause de ses croyances hors du commun. Quand il repensait maintenant à tous ces souvenirs, il ne considérait plus comme étranges ou farfelues les questions qu'il se posait alors. Il s'agissait plutôt de signes prémonitoires qui se manifestaient déjà.

Il s'endormait tranquillement quand la sonnerie du téléphone le sortit brusquement de sa torpeur.

Sur le fait, Léon crut que le bruit émanait de son imagination. À la seconde sonnerie, par réflexe, il ouvrit subitement les yeux et roula sur le côté jusqu'à ce que son pied droit touche le sol. Une fois debout, titubant, il se rendit rapidement à la cuisine en passant par le hall d'entrée.

— Oui ! Allo !

— Suis-je bien à la demeure de M. Léon Demers ?

Léon ne reconnut pas la voix à l'accent étranger. « Espagnol peut-être, à cause du roulement des

« r » », se dit-il. Au son faible de la voix, il lui sembla qu'il s'agissait d'une dame âgée.

— Oui, c'est moi, à qui ai-je l'honneur de parler ?

Léon avait l'impression qu'il se produisait un léger décalage de communication entre les deux interlocuteurs, comme si la communication provenait de très loin.

— Je suis sœur Victoria Da Silva, je vous appelle directement de Coimbra, au Portugal.

Léon retint son souffle, pris au dépourvu. Il ne s'était jamais imaginé qu'une telle situation puisse survenir. Sous le coup de l'émotion, il se sentit soudain coupable que sa lettre soit effectivement parvenue jusqu'aux mains de sœur Victoria. Il se sentait coupable d'avoir dérangé une personne à cause de ses ridicules cauchemars et se sentit tout à coup mal à l'aise. Mais il était désormais trop tard pour reculer, maintenant que Victoria était là, au bout du fil, prête à lui parler.

— M. Demers, êtes-vous toujours là ?

— Heu ! Oui, oui, excusez-moi, je suis simplement très surpris de vous parler.

Qu'il soit étonné de sa conversation avec Victoria était peu dire, en fait, puisque Léon n'était même pas certain que sœur Victoria fût encore vivante lorsqu'il lui avait expédié sa lettre. Il venait de trouver, du moins, une réponse à cette question.

— Je suis consciente de la surprise que je provoque en communiquant avec vous ! Soyez indulgent pour la conversation que j'aurai avec vous en français. Je dois vous dire que je n'ai malheureusement pas souvent l'occasion de parler votre langue.

À l'exception du fort accent portugais de Victoria, Léon comprenait clairement chaque phrase.

— Ne vous en faites pas, je vous comprends sans difficulté.

— M. Demers, je vous téléphone pour vous dire que je viens de recevoir votre lettre. C'est d'ailleurs un véritable miracle qu'elle soit arrivée jusqu'à moi avec le peu d'informations inscrites sur l'enveloppe...

— J'ai pris en effet le pari qu'elle puisse se rendre sachant que vous êtes une personne très connue dans votre pays.

— Bien pensé ! répliqua sœur Victoria. Le but de mon appel est de m'informer sur l'authenticité des rêves que vous avez faits à mon sujet ainsi que sur les autres détails pertinents de ce que vous appelez vos cauchemars.

Léon hésita avant de répondre. Il se demanda encore une fois s'il n'avait pas été trop loin dans toute cette histoire.

— Je sais que vous allez rire de moi, mais en effet, c'est ce qui m'est réellement arrivé. En signe de détresse, j'ai finalement décidé de communiquer avec vous car vous êtes sans doute le dernier maillon de la chaîne au sujet des événements tragiques qui pourraient avoir lieu.

— Loin de moi l'intention de rire de vous, surtout lorsqu'il s'agit de choses aussi sérieuses que celles-ci, lui répondit son interlocutrice. Laissez-moi vous rassurer, Léon, les faits que vous m'avez énumérés sont véridiques. Vous avez ma bénédiction.

Sœur Victoria utilisait son prénom comme si un lien les unissait.

Pour la première fois, Léon avait l'impression d'avoir trouvé un complice. Désormais, il pouvait compter sur l'existence d'une personne qui connaissait sa situation. La compréhension de Sœur Victoria lui donnait des ailes et la force de poursuivre le combat pour lequel il se sentait prédestiné. Il lui sembla qu'il pouvait désormais faire face aux obstacles auxquels il serait confronté.

— Alors, vous me croyez? demanda-t-il.

— N'ayez crainte. Vous n'êtes pas fou, si c'est cela que vous voulez dire.

— Enfin, quelqu'un qui me prend au sérieux... Je me demande si tout cela n'est pas un autre de mes nombreux cauchemars.

Malgré l'intensité du moment, Sœur Victoria ne put s'empêcher de rire.

— Ce n'est pas très flatteur pour moi que vous preniez ma voix pour un cauchemar...

— Heu! Non, ce n'est pas ce que j'ai voulu dire...

Victoria ne lui laissa pas la chance de terminer sa phrase.

— Ne vous en faites pas, je plaisantais.

Rapidement, la conversation reprit de plus belle sur une note sérieuse.

— Léon, il faut absolument nous rencontrer. Ce que j'ai à vous dire est d'une importance capitale. Croyez-moi, nous n'avons plus beaucoup de temps pour réparer une terrible injustice qui s'est infiltrée dans le cours de l'histoire.

— J'aimerais bien, mais en quoi suis-je concerné ?

— Vous êtes l'Élu, dit sœur Victoria en détachant chaque syllabe.

Léon semblait nager dans l'irréel. Il se demanda même à quelques reprises, lors de son dialogue avec Victoria, si tout cela n'était pas qu'une attrape de mauvais goût planifiée par des collègues de travail. « Non ! personne n'est au courant de mes histoires... », raisonna-t-il.

— Vous avez dit « l'Élu », mais qu'est-ce que ça signifie ? répliqua-t-il.

— Simplement que vous avez été choisi par la Sainte Famille de Dieu pour accomplir une mission, afin d'éviter la pire catastrophe que le monde ait jamais vécue depuis la Création.

— Mais comment expliquer votre certitude que je sois le véritable « Élu », comme vous dites ? s'informa Léon.

— Grâce à plusieurs signes qui m'ont été communiqués par Lucia après ses rencontres avec la Vierge Marie.

Léon jugea qu'il était temps de questionner Victoria sur la signification de ces signes auxquels elle faisait allusion. Il était encore méfiant et sceptique sur le contenu de son récit.

— Expliquez-moi en détail certains signes qui me concernent spécialement.

« C'est une réaction tout à fait normale », pensa Victoria. Il lui fallait offrir le plus de crédibilité possible sur sa personne pour qu'il puisse la croire.

— Disons que je ne vous en mentionnerai que quelques-uns. Ça vous va ? demanda Sœur Victoria.

— D'accord.

— Vous êtes venu au monde sans connaître vos parents, donc vous êtes en quelque sorte devenu orphelin à votre naissance. Par la suite, vos signes se sont manifestés pendant votre sommeil et vous ont guidé vers moi. À présent, la prochaine étape, c'est que je dois vous remettre toutes les informations dont je dispose pour que vous puissiez entreprendre la mission qui vous a été confiée par Dieu le Père. Au début, tout vous semblera flou et énigmatique, mais plus le temps passera, mieux vous comprendrez les signes qui deviendront alors aussi clairs que de l'eau de source. Ils seront Lumière et vous dicteront dans quelle voie vous devrez vous engager.

Léon était littéralement abasourdi d'entendre ces révélations de la part d'une étrangère. Elle était au courant pour ses parents, alors que lui-même ne l'avait appris que trois semaines plus tôt.

— Je dois admettre que vous avez raison à mon sujet. Je ne suis pas un fanatique religieux, mais durant les nombreuses années à attendre la venue de... cet... homme, il dut y avoir plusieurs faux prophètes qui se sont pointés chez vous. Comment êtes-vous certaine que je ne fasse pas partie de ce groupe d'imposteurs qui ne demanderaient qu'à découvrir les secrets que vous possédez?

Sans attendre, Victoria lui répondit:

— Lucia m'avait mise en garde contre ce genre d'individus. En plus de m'avoir donné les renseignements que je viens de vous dévoiler sur vos parents, elle me raconta qu'un jour, un jeune homme prendrait contact avec moi. Lucia ne m'a pas expliqué de quelle façon il se manifesterait, mais elle m'a dit comment reconnaître le vrai parmi les faux. Elle m'a dit: « Lorsque tu lui parleras, tu remarqueras son nom. Il possédera un nom qui, dans sa langue, une fois inversé, invoquera la naissance du Christ sur la terre. Prends-en bien note », m'a-t-elle dit.

Léon n'était pas sûr d'avoir bien saisi ce que Victoria tentait de lui expliquer.

— Pardonnez-moi, Sœur Victoria, mais je ne vois pas comment mon nom puisse remplir cette condition.

— C'est que vous n'avez pas regardé la question sous différents angles. Vous devrez à votre tour agir de la même façon lorsque vous serez seul, comme je l'ai fait pour comprendre les signes qui m'ont été remis.

Léon y allait d'une première tentative.

— Si j'inverse mon nom, il en résulte le mot suivant: DEMERS - SREMED. Je crois, ma Sœur, qu'il y a malentendu sur le code.

— Oh ! Pardon, répliqua sœur Victoria, lorsqu'il est question de nom, ce n'est pas celui de votre
famille, mais plutôt votre prénom.

Lorsqu'il recommença l'exercice, il réalisa avec
stupeur que Sœur Victoria avait raison. Léon, inversé,
donnait Noël.

Il en eut le souffle coupé. Il n'y avait plus
aucun doute, il devait croire Victoria. À compter de
cet instant, il allait écouter attentivement les conseils
que lui dictait la religieuse.

— Je pense aussi que nous devons nous rencontrer, lui dit enfin Léon, la voix engourdie par
l'émotion. Mais où et quand ?

— Vous devrez vous rendre ici, à Coimbra le
plus tôt possible, répondit Sœur Victoria.

— Très bien. Si je bouscule mon horaire en
fonction d'un départ prématuré, je pourrais prendre
l'avion au cours de la semaine prochaine.

— Mercredi soir, lui déclara Victoria, d'une
façon que Léon jugea plutôt impérative.

— Je vous demande pardon ? lui dit-il.

— J'ai dit mercredi soir à vingt heures, heure
de Montréal. Je me suis permis de prendre un peu
d'avance sur votre emploi du temps. J'ai réservé une
place pour vous sur le vol 704 de la compagnie Iberia
pour Lisbonne. Vous arriverez jeudi matin à neuf
heures, heure du Portugal. Une voiture de ma communauté vous attendra avec un chauffeur qui vous
conduira au couvent, où vous serez hébergé dans
l'une des chambres réservées dans l'aile destinée aux

visiteurs. Elle sera à votre disposition pour toute la durée de votre séjour parmi nous.

L'initiative dont Victoria avait fait preuve pour planifier son voyage étonna Léon au plus haut point. Il la trouva drôlement débrouillarde pour une dame qui avait dépassé l'âge vénérable de quatre-vingt-dix ans. « Elle doit avoir une force incroyable de caractère », se dit-il.

— Je vous remercie pour tout, Sœur Victoria. Je suis conscient que cela a dû vous causer énormément de soucis. Laissez-moi poursuivre les prochaines étapes seul. Il n'y a plus de raisons maintenant pour que vous vous épuisiez de la sorte, vous en avez déjà beaucoup fait. À compter d'aujourd'hui, je veux partager le poids de ces années où vous avez assumé seule toutes les responsabilités. Nous formons une équipe dorénavant et je suis sûr que d'autres personnes s'y joindront. Tout ce temps à nager dans le mystère et voilà que je découvre enfin ma vraie identité. Le choc a été terrible à accepter, vous savez, mais je comprends maintenant. Il n'y plus aucun doute dans mon esprit. Qu'on m'appelle le Grand Monarque ou bien l'Élu, ma destinée demeurera la même, soit de combattre tout ce qui pourrait entraver la vie paisible des fidèles.

— Je sais que cela a dû être douloureux pour vous d'apprendre vos réelles fonctions dans un si court délai, mais il faut être fort et poursuivre votre destinée, lui confia Victoria.

Léon laissa échapper un soupir.

— Oui, en effet.

— Alors, on se voit tel que prévu, jeudi matin ? termina Sœur Victoria.

— D'accord.

— Bon voyage et reposez-vous bien au cours du vol, car nous nous mettrons au travail dès votre descente d'avion.

— Très bien, et merci encore une fois.

Léon raccrocha le récepteur.

En reprenant place au salon, maintenant dans la pénombre, il avait encore peine à croire à ce qui venait de se produire. Pour se remettre de ses émotions et se replonger dans la réalité, il ouvrit le téléviseur et commença à faire le tour des chaînes. Il était encore sous l'effet du choc quand survint un bulletin spécial en provenance de Rome. Le commentateur de la chaîne de télévision annonçait en primeur la nouvelle concernant l'identité du nouveau pape. En même temps, la caméra montrait la fumée blanche s'échappant du haut de la cheminée. La foule rassemblée sur la place Saint-Pierre scandait déjà son nom : « Pierre Ier..., Pierre Ier..., Pierre Ier ».

D'après la dépêche, le nouveau pape avait en effet choisi un tout nouveau nom. On mentionna qu'il y eut par le passé des Pie, des Jean et des Jean-Paul. Désormais, il serait question d'une série de Pierre dans les années futures, paraissait-il. L'opinion publique, selon le lecteur, accepterait avec enthousiasme cette initiative.

Léon observa avec intérêt le déroulement des

cérémonies protocolaires. Sur le balcon surplombant la place Saint-Pierre emplie de dévots, il vit s'avancer le pape, vêtu de ses plus beaux atours. Le menton légèrement surélevé, il marchait tranquillement vers le micro installé sur un trépied pour effectuer son premier discours.

Les yeux de Léon ne quittaient pas l'image du pape. Les traits particuliers de son visage étaient sources de préoccupation dans l'esprit de Léon.

Sans en connaître davantage sur cet homme, Léon reconnut tout de suite son ennemi. « C'est donc toi que je devrai affronter », se dit-il.

Se rappelant les conseils de Victoria, il reconnut les signes qui lui étaient envoyés par les Cieux. Tout d'abord, il était en présence d'un homme venant du continent asiatique, tel que prévu dans la prophétie de Nostradamus. Le deuxième signe était aussi concluant que le premier : il s'agissait du nom que s'était attribué le nouveau pape, Pierre Ier. Plusieurs écrits, que ce soit la Bible ou les œuvres de différents prophètes, étaient unanimes à employer le même nom pour identifier l'imposteur qu'on l'appelait « Pierre le Romain ».

Par la même occasion, Léon comprit d'un coup la signification du chiffre un dans le nombre désignant la « Bête » : 6661.

Le chiffre 666 désigne la Bête, en l'occurrence Pierre, et le 1 correspond à I (dans Pierre Ier). En inversant les chiffres, Léon obtenait le nombre 1999, soit la date d'entrée au pouvoir de la Bête.

29

Pendant que Charles et Yabelo se regardaient silencieusement, toujours incrédules, les applaudissements fusaient encore de la part des cardinaux devenus hystériques pendant quelques minutes. Dans la chapelle Sixtine, l'atmosphère était surréaliste.

Debout, seul, Koubilaï souriait à peine. La satisfaction de la victoire ne se manifestait pas à l'extérieur de son enveloppe charnelle. Il hochait la tête en la basculant de gauche à droite comme pour remercier tous ceux qui l'avaient appuyé. Lorsqu'il regarda en direction de Charles, ses yeux devinrent sans vie mais il le dévisagea à un point tel que Charles crut à une provocation de sa part. Le geste discret passa inaperçu aux yeux des autres participants qui célébraient encore l'étonnante odyssée d'un homme qui, selon l'avis de plusieurs, n'avait aucune chance de l'emporter au début du conclave. Bucci se trouvait au centre de cette manifestation de joie. En levant les bras, les paumes tournées vers l'assistance, il requérait un arrêt provisoire des manifestations de joie.

— Je demanderais un instant de silence, s.v.p... C'est avec un immense plaisir que nous savourons ensemble cet instant historique. En effet, nous allons démontrer au monde entier l'ouverture d'esprit dont ont fait preuve les membres de l'Église en élisant non seulement un pape, mais aussi une personnalité qui contraste avec le stéréotype que les gens ont toujours imaginé. Devant le fait accompli, on ne pourra qu'approuver l'ouverture d'esprit de notre décision. Le poste pontifical n'est pas une affaire réservée strictement aux Blancs ou aux Italiens mais bien ouvert au monde entier.

Le discours improvisé de Bucci dut s'interrompre sous un nouveau tonnerre d'applaudissements qui éclata comme une explosion dans la salle.

Le secrétaire papal n'avait pas tort de faire remarquer qu'il s'agissait d'un événement historique : depuis l'année 1522, année de l'élection d'Adrien VI, Koubilaï était seulement le troisième pape élu à ne pas être d'origine italienne.

— Avant de poursuivre... Avant de poursuivre, répéta-t-il une fois le calme revenu, j'aimerais demander à Notre Sainteté, quel nom elle voudrait porter lors de son accession au pouvoir.

D'un pas autoritaire, Sa Sainteté se dirigea vers Bucci en saluant les gens qui l'entouraient d'un mouvement de la main. Rendu à la hauteur de Bucci, Koubilaï devait publiquement informer l'assistance du nom qu'il avait choisi.

— Mes très chers frères, pardonnez-moi si je semble quelque peu nerveux. Mais tout ce qui m'arrive aujourd'hui m'émeut beaucoup. J'aimerais tout d'abord remercier tous ceux qui ont eu confiance en moi et les autres qui, j'en suis sûr, auront à partager nos efforts pour accomplir ce qui est nécessaire à la nouvelle vocation de l'Église. Ceux qui ne me connaissent pas beaucoup s'apercevront que je sais reconnaître leurs loyaux services à l'égard du Maître. D'ici une semaine, nous nous réunirons dans le palais pontifical afin que je vous fasse part de l'orientation que prendra dorénavant l'Église catholique ainsi que de ma vision à long terme des devoirs de l'Église. Lors des derniers tours de scrutin, il m'a été permis de croire en mes chances de remporter l'élection. C'est pourquoi j'ai effectivement pris l'initiative de me choisir un nom. Ce nom sera le symbole d'un renouveau pour nous tous. Je vous annonce qu'à partir de ce moment, vous m'appellerez Pierre Ier.

Bien que les cardinaux aient été généralement d'un naturel conservateur, ils accueillirent avec satisfaction la décision d'utiliser un nouveau nom. Ce qui, par contre, retint le plus l'attention des membres fut le contenu du message véhiculé dans le premier discours de Koubilaï. Des expressions comme « loyaux services à l'égard du Maître » ainsi que « nouvelle orientation de l'Église » laissaient entrevoir une sorte d'emprise sur ses sujets de la part du nouveau pape, un sentiment envers le monde apostolique qui ne s'était jamais manifesté auparavant. On nota aussi un net changement d'attitude de la part de Koubilaï, en tant que personne. D'un genre timide et effacé qu'il semblait être, il donnait maintenant l'image d'un homme solide et sûr de lui. La métamorphose était complète et se réalisait subitement, comme par enchantement. Charles eut le sentiment que la prise du pouvoir avait changé l'homme du tout au tout.

Bucci remarqua cette transformation lui aussi. Ce n'était pas la première fois qu'il participait à une élection papale, mais cette fois-ci, il voyait d'un mauvais œil le comportement du successeur de Jean-Paul III. Mais le processus électoral étant terminé, rien ni personne ne pouvait maintenant contester le résultat.

Prenant la parole, Bucci posa la première question traditionnelle en latin.

« Très Révérend Cardinal, acceptez-vous votre élection de Souverain Pontife, conformément aux canons de l'Église ? »

Koubilaï jubilait en son for intérieur. Une sorte de jouissance physique parcourut tous les membres de son corps. Il savourait enfin son triomphe sur « les minables qui l'entouraient », pensa-t-il.

— C'est un honneur pour moi que d'accepter les commandes de l'Église catholique pour faire tout ce qui est en mon possible afin de servir Dieu le Père, notre Seigneur.

À la fin de cet énoncé, à la surprise de tous puisque le moment ne se prêtait nullement à cette manifestation, il éclata de rire, d'un rire malsain, presque diabolique. Dès lors, plusieurs cardinaux commencèrent à craindre leur nouveau patron.

***

Comme souvent en Italie, le soleil était au rendez-vous. Pas un seul nuage n'obstruait le ciel bleu azur au-dessus de la Cité. Une atmosphère de fête régnait sur la place Saint-Pierre. La foule acclamait le nouveau pontife en scandant *Viva il papa...*

Dans un local adjacent au balcon de la basilique, Gordini s'apprêtait à faire les dernières retouches à la soutane d'apparat de Koubilaï. Le tailleur papal prit le temps nécessaire pour ajuster le tissu souple du vêtement qui serait, dans les minutes suivantes, le plus vu à travers le monde par le truchement de la télévision. Bucci ouvrit les portes vitrées et avança sur le tapis rouge qu'on avait déposé pour l'occasion sur le plancher. La vue du balcon était grandiose. On ne pouvait y voir le sol tellement la foule était dense. La population ne connaissait encore ni l'identité ni l'origine du vainqueur. Pour les préparer « doucement » à la surprise, Bucci alla sensibiliser l'assistance par la présentation graduelle du Saint-Père.

Lorsque la foule immense vit s'avancer Bucci vers le microphone, le délire s'empara de celle-ci.

***

Les portes ouvertes, une douce brise soulevait légèrement la cape rouge ornant l'habit des grands jours du pape. La rumeur de l'extérieur s'amplifia, alors que Koubilaï fit son entrée triomphale sous les réflecteurs de milliers de caméras. Prise d'euphorie, la foule scanda son nom aux quatre vents : « Pierre Ier... Pierre Ier... Pierre Ier... ». L'heure était à l'allégresse.

Soudain, le temps ensoleillé qui prévalait depuis le début de la journée s'assombrit brusquement. De gros nuages noirs menaçaient maintenant de se décharger sur la foule rassemblée soixante mètres en contrebas. Le vent s'éleva avec une intensité surprenante. C'était comme si les ténèbres prenaient le dessus sur la lumière.

Tout en regardant Koubilaï donner *urbi et orbi* sa première bénédiction pontificale, Charles se demanda combien de temps tout cela allait durer.

30

Comme tous les lundis soirs, Chantal préparait un repas vite fait. Terminant de travailler à dix-huit heures, elle avait tout juste le temps de mettre au four les plats qu'elle avait cuisinés et congelés le week-end précédent. Une succulente sauce à la viande servie sur des fettuccini était au menu de ce soir-là. Les enfants mangèrent toute leur portion tandis que Léon en redemanda une deuxième assiettée. Ayant terminé leur dessert, Caroline, Laurence et Claudine s'éclipsèrent dans leur chambre afin de terminer leurs travaux scolaires. Profitant de ce moment privilégié, Léon prit doucement le bras de Chantal et l'invita à s'asseoir au salon, loin des oreilles des enfants.

— Tu veux me parler ? s'informa-t-elle avec un sourire.

— En effet, j'ai quelque chose d'important à te dire.

— Bon, alors vas-y, je t'écoute.

Il en avait tellement à lui dire qu'il ne savait par quel bout commencer. « Pourquoi pas par le début... », pensa-t-il, tout en s'asseyant.

— Je sais que durant les dernières semaines, je n'ai pas été un mari idéal. Comme tu le sais, j'ai passé plusieurs heures à tenter de découvrir le pourquoi de toutes ces choses bizarres qui ont fait basculer mon existence. Ce que je peux te dire aujourd'hui, c'est que j'ai finalement trouvé à quoi rime tout cela.

Chantal allait ouvrir la bouche quand Léon lui déposa tendrement un index sur ses lèvres.

— Chut..., lui dit-il. Attends un instant, mon amour, je n'ai pas terminé.

Chantal lui prit alors la main et la serra contre elle, sur son cœur.

— Avec acharnement et beaucoup de travail, j'ai découvert plein de trucs dont je comprends maintenant la signification. C'est comme si on libérait un prisonnier enfermé trop longtemps dans sa cellule. En cours de route, il m'est même arrivé de douter de moi, de l'état de ma santé mentale. Mais grâce à Dieu, ça va bien de ce côté. Je voudrais par contre te demander de me faire confiance et de m'appuyer comme tu l'as toujours fait. Un jour, je pourrai te donner les réponses à toutes les questions que tu voudras bien me poser, mais d'ici à ce moment-là, promets-moi d'être compréhensive à mon égard.

Chantal connaissait les difficultés que traversait Léon. Elle lui promit de garder le silence jusqu'au jour où son mari pourrait lui expliquer tous ces mystères. Elle ne voulait rien précipiter inutilement. « Le temps finira par arranger les choses », se dit-elle. Elle le rassura du mieux qu'elle put.

— Je suis heureuse que tu aies trouvé les réponses aux questions qui t'embêtaient. J'attendrai le moment que tu auras choisi pour m'en parler.

Léon réalisa pleinement la chance d'avoir une épouse comme Chantal. Elle lui simplifiait énormément la tâche, tout de même pénible, qu'il devait affronter. Il se sentit prêt à lui faire part de la principale nouvelle.

— Je dois vous quitter mercredi soir pour un voyage au Portugal.

Chantal écarquilla les yeux. Elle ne s'attendait certes pas à pareille annonce de la part de Léon.

— J'ai dit que je ne poserais aucune question, mais tout de même, pour l'amour du ciel, que vas-tu faire là-bas?

— Je vais rencontrer une religieuse qui s'appelle Victoria Da Silva et qui demeure dans un couvent, à Coimbra. C'est elle qui connaît les réponses aux questions que je me pose.

— Mais comment as-tu fait pour remonter jusqu'à cette nonne?

— Par divers indices.

— Oui, mais...

Léon l'interrompit à nouveau:

— Tu m'avais promis d'attendre que je t'en parle, alors s'il te plaît, respecte notre entente, lui dit-il doucement.

— Très bien. Si je ne te connaissais pas, je dirais que tu es fêlé. Tu dois avoir de fichues de bonnes raisons pour te démener de la sorte. Pour combien de jours crois-tu être absent?

— À vrai dire, je n'en ai pas la moindre idée.

— Comme cela, tu pars à l'improviste, sans

nous dire la date de ton retour?

— Je m'excuse, mais il le faut. Crois-moi, ce n'est pas de gaieté de cœur que je dois partir.

Léon caressa de ses mains douces la joue de Chantal. Lorsque ses doigts passèrent près de sa bouche, elle les embrassa tout doucement.

— Et ton travail?

— J'ai trouvé un terrain d'entente avec la direction de la compagnie. J'ai réduit mon nombre de semaines de vacances pour l'été prochain.

— Pour ce qui est de l'argent?

— J'apporte avec moi cinq mille dollars en argent liquide. Advenant la nécessité d'en retirer davantage, je communiquerai avec toi pour te donner mes coordonnées.

Elle s'approcha et l'embrassa longuement sachant qu'elle n'était pas près de connaître le fond de l'histoire.

***

Léon terminait de déposer ses valises dans le coffre de la voiture. Sa montre indiquait dix-huit heures et il se rendit compte qu'il était presque en retard. Lorsque les enfants arrivèrent à la porte d'entrée, Chantal derrière elles, Léon eut un pincement au cœur. Il ne savait pas s'il serait de retour pour Noël. Il évita d'en parler devant elles pour ne pas les blesser davantage.

— Où tu vas comme ça, papa ? demandèrent les filles.

— C'est mon travail qui m'oblige à partir quelques jours. Je dois rencontrer des personnes importantes qui demeurent dans un autre pays. Et je dois m'y rendre par avion.

— Comme cela, tu vas voler haut dans les nuages ? demanda Claudine.

— Oui, c'est cela, ma chérie.

— Si tu vois un ange dans le ciel, tu pourras lui faire un signe de la main par la petite fenêtre ?

— Oui et je te le promets. À mon retour, je te dirai combien j'en aurai salué durant le voyage.

Il la souleva de terre par les mains et lui fit faire des voltiges à bout de bras comme s'il s'agissait d'un tour d'avion. Claudine s'esclaffa.

— Est-ce que tu vois des anges là-haut, mon amour ?

— Non, mais c'est amusant, papa.

Par la suite, il se pencha vers Laurence et Caroline et leur demanda d'être bien sages en son absence et d'obéir à leur mère bien gentiment.

Les yeux humides, Chantal regarda, impuissante, le spectacle qui s'offrait à elle. Lorsque Léon se releva, il demanda aux enfants de les laisser seuls pour un instant.

En tête à tête avec son épouse, Léon lui dit ressentir la même émotion que dans le film *Field of Dreams* quand l'acteur principal, Kevin Costner, quittait sa femme pour sillonner les États-Unis à la recherche d'une réponse à une énigme.

— C'est toujours pénible de laisser ceux qu'on aime derrière soi. Vous me manquerez beaucoup, lui murmura Léon.

Léon s'efforçait de ne pas laisser trop paraître le chagrin qui lui rongeait l'intérieur du corps comme un cancer. La douleur lui fendait presque l'âme en deux.

— Sois prudent, Léon. Reviens-nous le plus vite possible, nous comptons beaucoup sur toi.

Chantal éclata en sanglots. La tête posée sur l'épaule de son mari, elle tentait d'imprimer son visage dans sa mémoire. Elle ignorait quand elle pourrait se blottir à nouveau dans ses bras.

Léon quitta la maison sans se retourner comme le fait un soldat qui part au combat, ne sachant pas si, un jour, il sera de retour.

31

La journée s'annonçait fertile en émotions. Après le discours de Koubilaï devant ses fidèles, plusieurs cardinaux étaient pourchassés par des reporters du monde entier qui voulaient connaître leurs premières impressions sur le pape Pierre Ier.

Parmi les représentants présents des journaux nationaux et internationaux les plus populaires, il y avait ceux du *Monde*, du *Figaro*, de l'*International Herald Tribune* et du *Rome Daily American*.

Charles mentionna à Yabelo son intention de quitter la chapelle à la recherche d'un endroit moins bruyant pour se reposer de tout ce brouhaha. Il voulait éviter ainsi de répondre aux nombreuses questions des médias d'information constamment à la recherche de nouvelles croustillantes sur le déroulement du conclave.

Yabelo lui suggéra alors de se rendre à la bibliothèque de la Cité. Selon lui, c'était l'endroit parfait pour trouver le calme. Charles approuva l'idée et l'invita à le suivre.

— Si tu permets Charles, j'ai encore à faire ici. Contrairement à toi, je veux pouvoir exprimer mes idées ainsi que mes opinions à la presse sur le choix du nouveau Souverain Pontife.

Charles le mit en garde contre les pièges que pourraient lui tendre les plus rusés des reporters, qui, disait-il, « sont comme de véritables vautours qui attendent que leurs victimes se commettent pour transformer leurs paroles en révélations incendiaires. »

— Donnons au nouveau pape la chance de développer ses idées lors de la réunion à la fin de la semaine, avant d'émettre une quelconque opinion sur la personne, suggéra Charles.

— Ne t'en fais pas, Charles, je serai prudent dans mes déclarations. Si je termine rapidement mon interview, je passerai te voir à la bibliothèque.

— Alors, il ne me reste plus qu'à te souhaiter bonne chance et... fais gaffe.

Charles sortit de la chapelle en empruntant un couloir où le seul bruit qu'il entendait était l'écho de ses pas résonnant sur les dalles de marbre. Il constata que ses jambes, engourdies par le manque d'exercice des derniers jours, commençaient tranquillement à retrouver la forme. « Cela fait du bien de se retrouver seul, loin de tout le monde », pensa-t-il.

Il traversa la cour du Triangle pour ensuite poursuivre son trajet à travers la cour du Belvédère. Au bout de celle-ci, il arriva devant d'immenses portes de chêne massif au-dessus desquelles était écrit en latin « Bibliothèque du Vatican ». Charles fut surpris de la facilité avec laquelle elles s'ouvraient.

Il s'aperçut que l'endroit était désert ; seul un préposé montait la garde au bureau d'enregistrement au cas où quelqu'un voudrait emprunter quelques ouvrages. Charles ne put s'empêcher de remarquer le luxe du mobilier, principalement constitué de petits bureaux d'un acajou raffiné, recouverts de cuir noir sur toute leur surface. Une trentaine de ces petites tables de travail remplissaient la salle de lecture. Une lampe électrique surmontée d'un abat-jour de couleur verte agrémentait le décor de la pièce. Les chaises étaient à dos droits, recouvertes confortablement pour de longues sessions de lecture. Dans un coin de la salle, on pouvait avoir accès à quatre photocopieuses. Elles étaient utilisées pour éviter, dans certains cas, d'emprunter inutilement des livres de grande valeur afin d'effectuer des travaux de recherches. Les rayons où étaient entreposés sur une cinquantaine de kilomètres d'étagères, les livres, parchemins et manuscrits de la plus haute importance historique, étaient d'une beauté inouïe. Les bois précieux des étagères sur lesquels les ouvrages d'auteurs célèbres étaient rangés rehaussaient le cachet de l'endroit. Hautes de douze mètres, les dernières tablettes n'étaient accessibles que par des échelles aux pattes munies d'un système de roulement à billes installé sur un ensemble de rails en métal. Au-delà de la salle de lecture se trouvaient plusieurs autres pièces, telle la salle des Parchemins, où étaient empilés dans un ordre déterminé des dizaines de milliers de documents sur les droits de l'État pontifical. Un peu plus loin, on retrouvait la salle réservée aux théologiens de renom.

Charles s'installa dans un coin isolé. Il n'avait

aucune envie de lire. Il voulait avant tout la tranquillité d'esprit et la trouva, à son grand bonheur, dans le silence impressionnant des lieux. Fatigué des journées stressantes qu'il venait de vivre, il ferma tout doucement les yeux et commença à réfléchir au déroulement complet du conclave.

Tout d'abord, les Italiens avaient pris la tête. Par la suite, ce fut son tour d'être le premier sur la liste. Finalement, Koubilaï s'était faufilé pour remporter la victoire..

Ce n'était pas la défaite qui lui faisait le plus mal mais bien la façon dont elle s'était produite.

Il n'acceptait toujours pas l'opportunisme que son adversaire avait utilisé pour subtiliser les précieux votes des indécis en intervenant sur la tribune d'honneur, au moment critique de l'élection. Ce qui l'inquiétait davantage, c'était les paroles dures à l'endroit des membres du conclave qu'avait employées Koubilaï. Elles laissaient entrevoir un Souverain Pontife intransigeant, semblable à un dictateur devant les troupes de son armée. « Non, se dit Charles, il n'y a rien de très bon augure dans tout ce remue-ménage ». Il revit aussi la réaction de ses confrères lorsque Koubilaï s'était esclaffé après avoir prononcé son serment d'accession au pouvoir.

Il tentait de trouver ce qui n'allait pas, jusqu'à ce que ses années d'études religieuses lui reviennent à l'esprit. Il y avait longtemps qu'il ne s'était attardé à la question du troisième secret de Fatima. En fouillant dans sa mémoire, Charles se rappelait, lors-

qu'il était étudiant en théologie, la multitude d'hypothèses qui avaient été émises relativement au contenu
de ce message. Il se souvint notamment de certaines
théories avancées par plusieurs auteurs d'œuvres
littéraires importantes. Charles sentit le besoin de se
replonger dans le débat entourant cette énigme. Il
décida de se rendre dans la salle des théologiens pour
compulser des livres traitant du sujet.

Après avoir consulté le système de classement
des ouvrages, il arriva à la première allée et dirigea
ses recherches dans les sections de droite pour avoir
accès à ceux traduits en français et en anglais, les
sections de gauche contenant surtout des livres écrits
en italien et en d'autres langues étrangères. Des
milliers de livres de différentes dimensions garnissaient les tablettes. Il n'avait que l'embarras du choix
devant cette orgie de connaissances intellectuelles.

Parcourant les titres, volume par volume, sur
une distance de dix mètres, il arrêta son choix sur un
certain « James Harold Smith Jr », un Américain de
renommée internationale, connu pour ses travaux
sérieux sur les grands mystères qui comprenaient
l'Histoire biblique d'hier à aujourd'hui. Son livre, *La
vérité sur Jésus*, remporta dans les années soixante-
dix un succès fou, même si des fanatiques religieux
avaient déclenché à cette époque un mouvement de
protestation et de boycottage, brûlant par milliers ses
bouquins sur la place publique. Ayant déjà étudié
cette œuvre, Charles se rappela la controverse
suscitée par l'affirmation de l'auteur qui soutenait

que le Christ n'était pas mort sur la croix. Smith affirmait que le Christ avait été laissé pour mort par ses ennemis. Selon sa thèse, une fois son corps placé dans un tombeau, Jésus fut aidé par des apôtres qui prirent soin de lui et le guérirent. Par la suite, toujours selon cet auteur, le Christ aurait quitté Jérusalem pour entreprendre un long périple à travers le Moyen-Orient, répandant la Bonne Nouvelle jusqu'aux frontières de l'Inde où l'on trouva plus tard des signes de sa présence.

Cette façon de voir les choses avait valu à son auteur plusieurs menaces de mort. On l'avait traité de renégat, et ses hypothèses, de mensonges blasphématoires à l'endroit du Dieu Tout-Puissant.

« Il n'est pas facile de contredire ou de modifier les écrits de la Bible », pensa Charles.

Il prit le livre et alla s'asseoir. Il le feuilleta pendant quelques instants jusqu'à ce qu'il arrive à la théorie de Smith concernant le secret de Fatima.

Smith écrivait qu'à l'ouverture du coffret renfermant ledit message par Jean XXIII en 1960, le pape avait tremblé de peur au point de défaillir.

Des croyants affirmèrent à cette époque que cette prophétie annonçait une troisième guerre mondiale, laquelle, parce qu'elle serait nucléaire, se traduirait par un véritable massacre dans lequel périraient plusieurs nations. Cette hypothèse découlait de ce que l'on avait fait des liens entre les deux premiers secrets et deux guerres mondiales. Smith mentionnait avoir appris de source sûre le nombre exact de personnes qui auraient, à ce jour, pris connaissance du troisième secret de Fatima. Selon l'auteur, il y aurait eu Lucia, son amie Victoria et les papes Jean XXIII, Paul VI, Jean-Paul Ier et le secrétaire Villot, Jean-Paul II et Jean-Paul III.

L'auteur écrivait que Paul VI, ayant pris connaissance du secret, avait éprouvé à cette occasion de graves malaises et avait mis plusieurs jours à s'en remettre. Plus tard, lorsqu'on trouva Jean-Paul Ier mort dans sa chambre, le 28 septembre 1978, il avait en sa possession le document et c'est l'ex-secrétaire du pape, Villot, qui lui avait retiré des mains ce qu'il appelait la « Terrible révélation ».

Charles analysa chaque point pour éclaircir certaines données de ce qu'on pouvait dorénavant appeler « La saga de Fatima ». Il remarqua un point commun à toutes ces péripéties. La terreur ressentie par tous les gens ayant pris connaissance du document semblait si abominable qu'il était possible de croire que Jean-Paul Ier en ait été mort d'horreur.

« Mais quel message peut bien avoir une influence dévastatrice au point de rendre fou un homme ou le conduire directement à la mort ? », se demanda Charles. De toutes les hypothèses plausibles, il étudia celle de l'éventualité d'une troisième guerre mondiale. « Bien sûr, songea-t-il, l'idée d'avoir à subir un holocauste nucléaire n'était pas rassurant. Le spectre d'un monde intoxiqué par des gaz nocifs ainsi que par des émissions hautement radioactives, n'était guère compatible avec la vision d'un monde meilleur. » Charles pensa néanmoins qu'il ne pouvait s'agir d'une telle annonce. La menace d'une guerre nucléaire était présente depuis des décennies et tout le monde, depuis la bombe larguée sur Hiroshima en 1945, en connaissait bien les conséquences.

L'année où aurait dû être dévoilé le message au monde comportait aussi sa part de mystère. Le secret aurait dû être connu en 1960. Pour des raisons inconnues, le pape Jean XXIII n'avait rien fait. Encore une fois, Charles s'obstina à croire qu'il y avait certainement une raison valable pour attendre de 1917 à 1960, soit 43 années de délai, pour en dévoiler le contenu. « Mais quelle est-elle cette raison ? » se questionnait-il.

En appliquant un raisonnement simple et logique, il se dit qu'il était plausible que l'on ait cru que le monde saurait mieux saisir en 1960 plutôt qu'en 1917 le sens véritable d'une attaque nucléaire , compte tenu que le bombardement de 1945 à Hiroshima serait encore bien présent dans l'esprit des gens. Malgré tout, Charles ne se sentait pas à l'aise avec cette réponse. « Pourquoi attendre quinze ans pour dévoiler le secret d'une situation similaire à celle que le monde avait déjà connue ? » Dans ce cas-ci, se dit-il, 1946 aurait été le moment tout désigné pour faire part d'un tel message. Il se dit qu'il s'agissait probablement de quelque chose de complètement différent, et, si possible, de plus affreux encore. Mais qu'est-ce donc qui peut être plus effrayant qu'une fin du monde nucléaire », se demanda-t-il.

Charles éprouvait beaucoup de difficultés à imaginer un sort pire que celui-là. Il mit pourtant de côté le scénario d'une guerre encore plus meurtrière que celle qu'avait connue l'Europe.

Son instinct l'orientait vers une autre idée, bien différente. « Il doit y avoir un rapport direct avec la religion », croyait-il. Charles constatait qu'aujourd'hui, les fidèles faisaient baptiser leurs enfants sans savoir réellement pourquoi. Pour lui, être pratiquant ne voulait pas nécessairement dire aller à la messe même tous les dimanches. « C'est bien plus que cela, réfléchit-il. Les circonstances résultant du manque de foi en Dieu entraînent l'indifférence envers son prochain, l'absence de respect des autres, l'augmentation des crimes et de la violence dans nos sociétés. Le sort de l'humanité va de mal en pis depuis que la civilisation évolue. Pourquoi ? »

Charles rougit presque à l'idée qu'il passerait pour un « sexiste » quand il traça un bilan parallèle entre l'ancien temps et le temps présent. Mais il ne put s'empêcher de penser qu'autrefois, selon lui, une famille unie était constituée d'un père pourvoyeur, d'une mère de famille attentionnée à ses enfants, lesquels se pliaient à une discipline de bon aloi, parfois sévère. Par dessus tout, une caractéristique de cette époque pas si éloignée était celle de l'amour prodigué par les parents. Pas de l'amour matériel, mais de l'amour véritable, intangible ; un amour si fort, si intense, si altruiste, qu'il se jouait de n'importe quel obstacle. Un amour si puissant qu'il pouvait triompher du péché, tel un bouclier contre lequel se heurte l'arme d'un ennemi. « Depuis les années soixante 60, se dit-il, on assiste, impuissants, à l'éclatement du noyau familial. Entre les querelles des parents divorcés, les pauvres victimes innocentes que sont devenus les enfants sont maintenant déchirées d'un côté et de l'autre des deux familles. Ils deviennent alors des êtres traumatisés, marqués, aux prises avec des problèmes qui les suivront dans les générations futures. La religion qui enseigne l'amour gratuit, le respect et l'entraide entre tous, est aujourd'hui bafouée, ridiculisée et oubliée. De nos jours, les gens se servent du vocabulaire de l'Église non plus pour prier, mais bien pour le profaner en blasphémant contre leur Créateur. Le matérialisme a pris le dessus sur le spirituel. Le monde a évolué et va droit vers sa destruction. »

Après un certain moment de méditation, il en conclut que le message de Fatima était peut-être relié directement à la religion. « Dire, pensa-t-il, que la réponse est ici même à l'intérieur de ces murs, plus précisément dans le coffre-fort secret de la chambre privée du pape. »

32

L'avion valsait doucement de gauche à droite, le pilote corrigeant la position de son appareil pour l'atterrissage. Vu d'en haut, les immeubles de la capitale portugaise commençaient à prendre forme. Un soleil radieux bénissait de ses feux, depuis l'horizon, cette région au climat méditerranéen.

Le vol avait duré près de six heures et avait été agréable pour tous les passagers. L'horaire était respecté. Tous les passagers affichaient le sourire à la sortie de l'Airbus, sauf Léon. Il avait bien tenté de dormir sur son siège en classe économique, mais le bruit des réacteurs lui avaient bouché les oreilles, ce qui lui avait causé encore une fois un pénible mal de tête.

En franchissant les portes automatiques de l'aéroport, on pouvait lire une pancarte où les mots « Bienvenue à Lisbonne » étaient inscrits en différentes langues pour accueillir les voyageurs.

Malgré la fatigue du voyage jumelée au décalage horaire, il rassembla ses esprits du mieux qu'il put pour s'orienter dans l'aéroport qu'il ne connaissait pas. Il se dirigea vers le carrousel à bagages pour récupérer les siens. Une fois ses valises en mains, Léon s'enregistra au comptoir douanier. Les formalités complétées, il remisa son passeport dans son sac de voyage et entra dans le hall de l'aéroport où des proches et des amis attendaient les voyageurs en provenance d'outre-mer. Des rires et des cris de joies envahissaient l'endroit. « L'arrivée de ceux qu'on aime est beaucoup plus agréable que leur départ », songea-t-il.

Derrière les portes vitrées, les taxis, en file, attendaient les clients.

Parmi la foule, Léon remarqua une pancarte blanche surélevée semblable à celles brandies par les manifestants lors d'une grève. Il y était inscrit en caractères gras : « M. Demers ».

Léon marcha jusqu'à celui qui tenait la pancarte et l'homme lui indiqua, en anglais, qu'une camionnette grise Westfalia l'attendait à la sortie de la quatrième porte.

Tout en suivant les directives pour se rendre à l'endroit désigné, il réalisa soudain qu'une chaleur écrasante lui pesait sur les épaules. N'étant pas habitué à une température oscillant autour de 32 degrés Celsius en décembre, Léon détacha le premier bouton de sa chemise afin de mieux respirer. Il aperçut bientôt un homme vêtu d'une soutane marine et d'un col romain. L'individu se tenait debout, près de la porte côté passager de la camionnette. En le voyant se diriger vers lui, le prêtre s'avança de quelques pas pour l'accueillir.

— M. Demers, je présume, dit-il.

— Oui, c'est moi.

— Laissez-moi me présenter, je suis le père Ramirez, délégué au Couvent du Silence des sœurs catholiques de Fatima. C'est moi en quelque sorte qui reçoit les invités du couvent. J'accomplis aussi différentes besognes pour la communauté.

Malgré son accent portugais plus prononcé que celui de sœur Victoria, Léon le trouva fort sympathique. Ramirez ouvrit la portière avant et l'invita poliment à prendre place.

Il chargea, par la suite, les bagages de Léon en ouvrant la porte coulissante sur le côté droit du véhicule.

— Vous êtes confortablement assis, j'espère ? s'informa Ramirez.

Léon lui fit signe que oui en hochant la tête.

— Je ne savais pas que l'on parlait le français au Portugal, ajout-t-il, souriant.

Ramirez le regarda fièrement en bombant le torse.

— C'est à cause de Sœur Victoria.

— Ah! Vraiment ? s'exclama Léon.

— Oui. Aussi longtemps que je me souvienne, Sœur Victoria a toujours suivi des cours de français car elle disait qu'un jour, elle en aurait besoin pour communiquer avec quelqu'un d'important. Elle n'a jamais voulu me dire qui, mais c'est peut-être vous ?

Ramirez sourit à pleines dents.

— Et puis m'intéressant aussi à cette langue, je lui ai demandé si elle voyait un inconvénient à ce que je prenne des leçons avec elle. Sœur Victoria a accepté et pour nous améliorer, nous pratiquons fréquemment nos conversations lors de discussions amusantes sur des sujets légers.

— Félicitations ! c'est du bon travail que vous avez accompli tous les deux.

— Comme vous pouvez le constater, mes cours sont utiles en ce moment...

Léon et Ramirez s'esclaffèrent.

Le père mit la clé dans le contact et démarra la camionnette.

— Nous avons deux heures et demie de route à faire, M. Demers.

— Nous allons nous simplifier la tâche. Appelez-moi Léon, lui répondit ce dernier.

— D'accord. Alors moi, c'est Carlos.

— O.K. ! Carlos, je suis prêt, en route.

Le père Ramirez évita de passer par le centre-ville à cause, expliqua-t-il, de la circulation intense à cette heure d'affluence. Il emprunta plutôt les rues secondaires, ce qui plut d'ailleurs à son passager. Léon pouvait mieux voir ainsi les habitudes de vie des citadins. Les rues étroites et pittoresques de la ville ainsi que ses petits marchés ambulants donnaient un charme fou à la ville.

Chemin faisant, Carlos, à la manière d'un guide touristique, décrivait à Léon l'histoire des sites qu'ils croisaient. Léon admirait le panorama et sa flore quasi tropicale. Elle lui était jusqu'alors totalement inconnue. Il avait en quelque sorte l'impression d'être un explorateur qui venait de poser le pied sur une île vierge. Tantôt des palmiers majestueux se pointaient à l'horizon, tantôt des fleurs multicolores, qu'on aurait dit sorties directement de la palette de couleurs d'un artiste-peintre, apparaissaient comme une magnifique illusion dans toutes leurs splendeurs.

Les deux hommes se parlèrent de choses plus ou moins sérieuses, des discussions aux sujets variés qu'apprécia Léon.

Après un moment de silence, le père Ramirez lui demanda s'il connaissait Sœur Victoria depuis longtemps. Léon lui répondit qu'il s'agissait d'une rencontre récente et hors de l'ordinaire.

De toute évidence, Ramirez brûlait d'envie d'en apprendre davantage sur leur relation. Il se retint cependant de questionner son interlocuteur à ce sujet. Il se dit sans doute qu'après tout, ce n'était pas de ses affaires.

— Sœur Victoria est une femme extraordinaire, évoqua-t-il. Je ne vous apprends rien en vous disant qu'elle est très populaire ici, compte tenu de sa relation passée avec Lucia dos Santos et des apparitions de la Vierge Marie, dont vous avez probablement entendu parler.

— Oui, je connais un peu l'histoire de Fatima et des trois bergers.

Léon ne voulait souffler mot à Carlos que le but de sa visite concernait précisément ces événements.

Après avoir roulé pendant plus d'une heure trente, Ramirez informa Léon qu'ils n'étaient pas très loin du site des apparitions.

Peu de temps après, ils arrivèrent à Fatima, une petite ville de six mille habitants. De loin, on pouvait apercevoir une énorme tour blanche dont l'immense couronne dorée surplombait le clocher de l'église. Alors que leur véhicule s'approchait, Léon vit que l'église s'élevait sur une vaste esplanade, située à 800 mètres d'altitude, selon Ramirez. On pouvait y voir des hommes et des femmes prosternés devant le monument.

— C'est le sanctuaire de Notre-Dame-de-la-Paix, lui dit Carlos. Fatima attire chaque année des centaines de milliers de pèlerins depuis 1917. Les pèlerinages ont lieu les douze et treize de chaque mois de mai à octobre, comme au temps des apparitions.

Léon regardait le spectacle avec grand intérêt. Incroyable mais vrai, il était précisément à l'endroit où la Vierge avait apparu aux petits bergers, un phénomène qui avait fait le tour de la planète.

Après qu'ils se furent arrêtés et recueillis quelques instants, Ramirez reprit le volant et ils quittèrent ensemble les lieux saints en direction de leur destination, Coimbra. Ramirez l'informa qu'ils devaient encore faire une heure de route. Le paysage changeait constamment au fil du temps et des kilomètres. Ce furent tout d'abord des plaines et des prairies verdoyantes destinées au pâturage de milliers de moutons puis des pics désertiques et rocailleux de la couleur de l'argile, contrastant avec le relief inégal du terrain. Les courbes de la route devenaient de plus en plus nombreuses et « dangereuses à négocier », pensa Léon. L'escalade à travers les montagnes de la Sierra da Estrela demandait une certaine habileté pour la conduite automobile en terrain accidenté. Des élévations jusqu'à près de deux mille mètres d'altitude étaient fréquentes dans les environs.

Filant à vive allure, la camionnette ralentit soudainement sur le sommet d'une montagne. On pouvait alors distinguer au loin, une ville qui donnait l'illusion d'être infiniment petite.

— Nous y sommes, s'écria Ramirez.

Avant d'entrer dans la ville, Ramirez quitta la route principale pour emprunter un petit chemin de gravier. Les véhicules soulevaient une poussière dense. « Heureusement que les fenêtres sont fermées à cause de la climatisation », se dit Léon. Le chemin étroit bordé de feuillus débouchait sur une immense aire de stationnement, près du Couvent. Une entrée en demi-cercle permettait à ceux qui l'empruntaient de s'approcher suffisamment du balcon pour accéder facilement à l'entrée principale.

— Bienvenue au Couvent du Silence, lui dit Ramirez.

Le vieux couvent, datant du XVIe siècle se dressait maintenant devant eux comme une forteresse du Moyen Âge.

Le bâtiment, construit de blocs de pierre brunâtre, était flanqué de grandes colonnes de chaque côté de la porte. N'eût été des automobiles stationnées dans le parking de l'établissement, anachronisme flagrant, Léon aurait eu l'impression que le temps s'était arrêté dans ces lieux paisibles.

Ramirez invita Léon à quitter la camionnette pour l'attendre à l'extérieur du véhicule.

— Maintenant, suivez-moi, je vais transporter vos bagages jusqu'à votre chambre. Après cela, j'informerai Sœur Victoria de votre présence. Elle nous dira alors quand et à quel endroit elle souhaite vous rencontrer.

— Parfait!

Léon aida le père à transporter ses valises. En traversant le seuil de la porte, il remarqua la propreté impeccable de l'endroit. Les planchers brillaient, et aucune toile d'araignée ne pendait des murs ou des plafonds. « On pourrait manger par terre », apprécia-t-il.

Le silence était total. « À cette heure-ci, toutes les religieuses de la communautés sont assignées à leurs tâches routinières », expliqua Carlos.

— Par-ici, Léon, ce n'est plus très loin.

Utilisant le premier couloir à gauche, Ramirez poussa une seconde porte qui donnait sur une allée remplie de magnifiques fenêtres, comme on en voit sur les photos d'anciens châteaux. L'allée baignait dans une superbe lumière florentine qui aurait sûrement fait le bonheur de plusieurs artistes ou écrivains en mal d'inspiration.

À peine à quelques mètres de là, Carlos sortit une clé de sa poche et la tendit à Léon.

— Voilà, vous êtes chez vous.

— Merci pour tout, Carlos.

— Le plaisir a été pour moi. Mettez-vous à l'aise, je reviendrai un peu plus tard vous avertir de l'heure et du lieu de votre rendez-vous.

Léon lui serra la main avant de le quitter.

***

Après avoir déposé ses bagages dans un coin, Léon contempla sa suite qui lui fit d'abord penser étrangement à une vilaine chambre de tortures, comme il devait en exister du temps des chevaliers de l'époque de Lancelot. Léon se compara à un voyageur du temps, échoué dans un univers qui ne lui appartenait pas. Le froid dégagé par les murs de pierre et l'absence totale de ventilation donnaient à la chambre un aspect sans âme, presque sans vie. C'est probablement d'ailleurs pourquoi, même s'il n'y avait aucun air conditionné, Léon ressentit une fraîcheur légèrement humide. La pièce paraissait beaucoup plus grande qu'elle ne l'était en réalité, à cause de l'effet optique produit par la hauteur impressionnante du plafond.

Il s'y trouvait tout de même bien installé. Ignorant le délai d'attente avant le retour de Carlos, il prit la décision de retirer d'une de ses deux valises quelques chemises ainsi qu'une paire de jeans qu'il rangea dans le tiroir de la commode. S'il devait rester un moment il aurait toujours le loisir de retirer d'autres vêtements. Il déposa ses articles de toilette dans la petite salle de bain attenante munie d'un lavabo sur pied avec miroir mural, d'une toilette et d'une douche. Comme il n'était pas dans une colonie de vacances ni en voyage d'affaires il pouvait composer facilement avec l'environnement et les services qu'on lui offrait.

Une fois ses vêtements soigneusement rangés, il patienta, étendu sur le lit, en attendant le moment de sa rencontre avec Victoria.

33

En ce mardi quatorze décembre, les activités des touristes n'avaient pas encore débuté dans la Cité. L'heure étant matinale, le calme régnait dans l'enceinte de la basilique.

À l'approche de Noël, l'équipe dirigée par Octavio Rainaldi, chargée des opérations pour les décorations des Fêtes, mettait la dernière touche à la crèche traditionnelle, principal centre d'attraction de cette période de réjouissances. La disposition des personnages restait sensiblement la même, année après année. On retrouvait l'Enfant-Jésus au milieu de l'étable, entouré de Marie et de Joseph près de la mangeoire. En fond de scène, les animaux habituels, le bœuf, le mouton et l'âne, réchauffaient l'Enfant-Dieu de leurs souffles et de leur chaleur.

Les trois rois mages, les bras remplis de présents, se prosternaient devant le Messie.

« Tout est en place, ou presque », se dit Rainaldi, pas mécontent de son travail. Il espérait toutefois que la horde des visiteurs ne s'aperçoive pas de l'absence, si discrète soit-elle, d'un élément jadis déterminant sur les circonstances de la Nativité du Christ. En effet, le nouveau pape, Pierre Ier, avait donné des ordres très stricts sur les procédures à suivre en vue d'une modification à la crèche de Noël. Un élément devait être enlevé de la scène, au plus grand regret de Rainaldi, qui souhaitait ne pas recevoir de critiques à cet effet. Il n'avait aucune réponse valable à donner pour justifier le changement majeur de dernière minute qu'on lui avait imposé.

***

Charles quitta sa chambre à six heures quarante-cinq pour se rendre tranquillement prendre son premier repas de la journée. Sans appétit, il se dit qu'il était encore tôt et il décida donc de marcher un peu dans les innombrables passages que renferme le Vatican, histoire de se creuser l'appétit.

Il se remémorait comme une obsession les instants surprenants du dimanche. L'élection de Koubilaï était encore fraîchement présente à son esprit. Il était incapable de chasser les idées noires que lui rappelait cette triste journée. Sa prise de conscience à la bibliothèque sur le troisième secret de Fatima le hantait également. Son humeur était encore morose, lui qui, à l'habitude, incarnait la joie de vivre. Tout ce que Charles souhaitait désormais, c'était de connaître les plus rapidement possible les projets du Souverain Pontife pour enfin rentrer à Montréal.

En pensant à Koubilaï, Charles passait en revue la conversation qu'il avait eue la veille avec Bucci au sujet des habitudes étranges du pape. Bucci lui avait dit que Pierre Ier s'était enfermé depuis dimanche soir, jour de sa victoire, dans les appartements adjacents à ceux qui lui sont assignés afin de permettre à l'équipe de nettoyage d'aménager ses nouveaux locaux selon ses exigences. « Le plus curieux dans tout cela, lui avait expliqué Bucci, c'est qu'il n'en est pas encore sorti, préférant prendre tous ses repas dans sa chambre. »

« Bizarre attitude, en effet », se dit Charles. Bucci lui avait aussi mentionné qu'il s'était présenté une seule fois devant sa porte pour lui demander si tout allait bien. Koubilaï lui avait simplement répondu « oui », avant d'ajouter qu'il voulait ne pas être dérangé, car il travaillait « avec acharnement » sur les projets qu'il voulait annoncer.

« En temps normal, c'est justement ma responsabilité d'aider le pape à rédiger les textes pour un discours. Cela fait partie de mes fonctions », lui avait confié Bucci, la mine un peu défaite.

— J'ai une drôle d'impression, avait-il ajouté. C'est comme si Pierre Ier ne voulait pas que je puisse être au courant de ses décisions avant tout le monde. On dirait qu'il veut « cacher » des choses jusqu'au dernier moment de crainte qu'une fuite se produise.

Charles, à son tour, lui avait confié être étonné et choqué des agissements de leur patron. Il se demandait ce que le pape pouvait bien cacher de si compromettant pour ne pas avoir confiance en son propre secrétaire et confident.

Continuant sa promenade, Charles croisa Yabelo.

— Bonjour, lui dit Yabelo, quelle belle surprise de te voir de si grand matin !

Yabelo avait, entre les mains, la dernière édition du *Rome Daily* où l'on avait glissé pour l'occasion, un cahier spécial sur les événements entourant l'élection de Pierre Ier. Il exhiba fièrement à Charles un article que le journaliste Ricardo Dimonte avait rédigé en l'interviewant le dimanche précédent. Le contenu de l'article mentionnait qu'un incident inhabituel s'était produit lors du déroulement des élections, au dernier tour de scrutin, permettant ainsi à Yuan Koubilaï de remporter la faveur des indécis. Yabelo avait catégoriquement refusé cependant de donner plus de détails sur l'incident, malgré l'acharnement du journaliste à vouloir obtenir la vérité.

— J'ai l'impression que Koubilaï ne te portera pas dans son cœur lorsqu'il prendra connaissance de tes propos, se risqua Charles.

— Que veux-tu, je suis incapable de mentir et l'occasion était trop belle pour la laisser filer.

Charles le regarda et lui fit un clin d'œil:

— Je suis aussi de ton avis.

Yabelo avait le sentiment d'être encouragé et supporté par son ami.

— Où allais-tu d'un si bon pas ? lui demanda-t-il.

Charles lui proposa de passer par la basilique Saint-Pierre, avant de se rendre à la salle à manger, pour admirer la crèche de Noël. Dans un communiqué remis à tous les membres de la Cité la veille, on mentionnait en effet que la crèche serait érigée durant la nuit afin qu'elle puisse être prête dès le début des visites guidées.

— Comme cela, lui dit Charles, nous serons les premiers à avoir le privilège de l'admirer.

— Excellente idée !

À partir du palais pontifical où logeaient les cardinaux, Charles et Yabelo devaient passer par de nombreuses avenues telles que la cour de Sixte-Quint dans laquelle se trouvait l'entrée de l'Institut des œuvres de religion. Elle constituait en fait un établissement bancaire international dont les bureaux étaient installés dans la tour de Nicolas V.

Ils traversèrent ensuite la cour St-Damase, du nom du pape qui, de 366 à 384, entreprit d'importants travaux pour protéger les fondations de la basilique des infiltrations d'eau provenant de la colline vaticane.

De là, ils gagnèrent l'escalier de Pie IX qui donnait accès directement à la basilique.

Le coup d'œil en pénétrant dans la plus grande église du monde demeurait toujours un instant magique pour Yabelo. La basilique compte huit chapelles, seize autels ainsi que de nombreuses statues, monuments et œuvres d'art à l'intérieur de l'édifice.

En se dirigeant vers le Baldaquin, au centre, ils aperçurent la crèche dans toute sa splendeur, illuminée par plusieurs projecteurs. Elle était érigée entre le Pilier de la statue de Sainte Véronique et le Pilier de la statue de Sainte Hélène.

Comme des enfants admirant pour la première fois la maison de Dieu, ils s'avançaient, éblouis par la magnificence du spectacle qu'offrait la reproduction de la première demeure de Jésus.

Charles scrutait dans ses moindres détails les personnages de cire à l'aspect presque vivant.

— Ils semblent si réels, lui murmura Yabelo.

Les ouvriers avaient mis en place, derrière le décor, un dispositif automatique permettant à de l'encens de brûler lentement pendant toute la durée des Fêtes.

Tout en vantant les mérites du travail des ouvriers attitrés au décor, Yabelo regardait Charles qui sembla tout à coup inquiet.

— Y a-t-il quelque chose qui ne te plaît pas ? chuchota-t-il.

— Un détail m'échappe. Il y a quelque chose de différent, comme si on avait oublié un objet important sur la scène de la Nativité.

Yabelo pensa que le surmenage des derniers jours commençait peut-être à affecter le comportement de son compagnon.

Charles répéta avec conviction qu'il avait le sentiment qu'une erreur s'était glissée, mais il ne parvenait pas à la définir.

— Ça y est, dit-il, j'ai trouvé...

Yabelo le regarda à la fois étonné et impatient de connaître sa découverte.

— Ah oui ? répondit Yabelo. Alors aide-moi, car je n'ai pas encore trouvé l'erreur.

Charles agrippa l'avant-bras de Yabelo et recula avec lui de quelques pas pour qu'ils puissent avoir une vue d'ensemble de la scène.

— Les rois mages... lui murmura-t-il.

— Bien quoi, les rois mages, répliqua Yabelo, leur nombre est exact, ils sont trois.

— Non, lui dit Charles, ce ne sont pas eux mais bien leur guide qui manque à l'appel.

— Leur guide! Mais de quoi parles-tu?

Yabelo ne comprenait pas où Charles voulait en venir.

Celui-ci questionna Yabelo à savoir quel objet avait guidé les rois mages jusqu'à l'étable où Marie et Joseph les attendaient avec l'Enfant-Dieu.

— Quelle question! C'est l'étoile des mages.

— Et alors, tu ne vois donc pas qu'elle est absente du site de la Nativité?

Yabelo constata l'évidence même des propos que venait de formuler Charles. Aucune trace de l'étoile dans le décor.

— C'est sûrement un oubli des ouvriers, se risqua-t-il.

Mais la mauvaise humeur de Charles, déjà passablement irrité, ne fit qu'augmenter.

— Je veux en avoir le cœur net. Viens avec moi, nous allons nous rendre au bureau du responsable des installations afin de faire corriger la situation avant l'arrivée des touristes.

Les deux hommes quittèrent rapidement l'endroit, bien déterminées à se faire expliquer ce qui était arrivé.

34

La pièce était plongée dans une obscurité presque totale, à l'exception de la lueur d'une petite lampe qui éclairait la table de travail sur laquelle l'auteur rédigeait ses notes. Le visage hérissé d'une barbe de deux jours, celui-ci ne portait que de simples sous-vêtements souillés, eux aussi de quelques jours. L'odeur qui se dégageait de son corps ne reflétait pas son rang social. Son apparence était à ce point négligée qu'on aurait pu le confondre sans hésitation avec l'un de ces nombreux vagabonds sans abri qui jonchent les rues des quartiers délabrés des grandes villes.

Koubilaï suspendit un instant la rédaction de son texte débuté deux jours plus tôt pour prendre quelques minutes de repos. Repoussant son cahier, il prit le temps de se remémorer sa récente victoire contre celui qu'il considérait comme son ennemi, Charles Langlois. Il jubilait de plaisir lorsqu'il revoyait le découragement qui s'était dessiné sur son visage, le jour de l'élection.

En fait, Charles n'était pas la seule personne que Koubilaï redoutait, il y avait également son ami, « aussi fidèle qu'un chien de poche », pensait-il. En se rappelant de son nom, Yabelo Sékota, il se souvint que c'était ce même personnage qui avait osé confier à un journaliste d'un hebdomadaire de Rome, « la façon injuste » qu'avait utilisée le candidat asiatique pour se faire élire. Koubilaï se répéta intérieurement que quiconque tenterait de se rebeller contre lui périrait.

Son idée était déjà faite à ce sujet et il attendait seulement le bon moment pour exécuter son plan.

***

Profitant de la pause du dîner, l'équipe de nettoyage chargée de repeindre les murs et les plafonds des locaux pontificaux, avaient quitté les lieux. Koubilaï en profita pour introduire la clé dans la serrure de la porte qui communiquait avec ses locaux temporaires.

Koubilaï longea discrètement les murs. Il avait l'intention de récupérer ce qu'il considérait comme son butin, ce jour même. Après s'être faufilé jusqu'au coffret dans lequel étaient remisés les documents strictement confidentiels, destinés au pape en fonction, il en composa les numéros formant la combinaison que seuls Bucci et lui connaissaient.

Il déclencha le mécanisme de sécurité en tirant vers le haut la poignée de cuivre située sous la roulette. La porte du coffre-fort s'ouvrit. L'espace alloué à tous ces documents n'était guère spacieux. Il introduisit sa main à l'intérieur et tâta le contenu. Il arrêta son choix sur une vieille enveloppe jaunie dotée d'un sceau rouge, sur laquelle on pouvait lire l'inscription suivante :

« Le pape Jean XXIII a pris connaissance de ce document. »

Koubilaï saisit l'enveloppe et retourna dans sa chambre après avoir pris soin de refermer la porte du coffre.

Debout devant le foyer, il contempla une dernière fois le message que contenait l'enveloppe.

« Il ne restera plus qu'une copie du message disponible et c'est cette salope de Victoria qui la possède », grommela-t-il. « Lorsqu'elle crèvera, et j'espère que c'est pour bientôt, le danger sera alors chose du passé, mais d'ici là, le risque demeure. »

Koubilaï était au courant de l'existence de l'Élu, son Maître l'avait prévenu.

— Je l'attends de pied ferme, avait-il répondu. Le combat pour le pouvoir suprême contre le Christ et ses apôtres se terminera quand je triompherai de l'Élu. Il viendra ici, sur mon terrain, pour m'affronter, me dénoncer et me détruire. Je suis prêt à le recevoir et je l'humilierai devant le monde entier avant de l'écraser comme une vulgaire punaise, comme un ver de terre. »

Du revers de la main, il jeta dans les braises ardentes du foyer, l'enveloppe qui dévoilait son identité.

35

Profitant du temps dont il disposait avant de rencontrer Victoria, Léon visita les installations du complexe, guidé par Ramirez. Sœur Victoria avait avisé Carlos qu'elle rencontrerait son hôte à treize heures pile dans le jardin de la résidence.

Le décor champêtre rehaussait l'étonnante beauté du site. L'herbe tendre et fraîche absorbait le bruit de la marche des deux intrus.

Le couvent se divisait en trois sections. La première partie, celle dite « centrale », à cause de sa position névralgique, comprenait le poste d'accueil jumelé à celui de l'information ainsi que le bureau de la Mère supérieure. La seconde section était composée de deux bâtiments qui formaient un « U ». Dans la section est, on trouvait, au rez-de-chaussée, les appartements des visiteurs, dont la superficie occupait près du tiers de l'espace. Le pavillon adjacent abritait la cuisine avec la cafétéria, une boulangerie ainsi qu'une petite laiterie. Dans la section ouest, l'infirmerie, un centre de couture, la chapelle et le parloir occupaient le premier étage. La troisième section se trouvait au second étage, exclusivement consacré au dortoir des religieuses sur toute sa surface. Une passerelle surélevée et vitrée, située à l'extrémité du couvent, permettait de passer d'un bâtiment à l'autre. Au centre, un somptueux jardin favorisait la méditation.

Du côté sud, l'écurie et l'étable avec ses vaches laitières, ses poules et plusieurs autres animaux de ferme, étaient complètement isolés du reste du complexe.

Un potager, bien orienté, profitait de la présence du soleil tout au long de la journée et fournissait des légumes frais en abondance.

Une fois le tour du propriétaire terminé, Léon fut étonné du degré d'autosuffisance des religieuses du Couvent du Silence. Elles n'avaient pratiquement pas besoin d'aide de l'extérieur. Que ce soit pour la nourriture ou les vêtements, les religieuses se suffisaient.

— Je crois qu'il est l'heure de vous raccompagner au jardin pour votre entretien avec Sœur Victoria, lui souffla Carlos.

Léon avait de la difficulté à se contenir en pensant au moment qu'il s'apprêtait à vivre. En lui-même, il qualifia « d'événement historique » sa rencontre avec la religieuse.

— Très bien, répondit Léon un peu nerveusement, je suis prêt.

Carlos l'entraîna vers une porte en forme d'arche qui débouchait sur un magnifique jardin orné de fleurs et de plantes vertes de toutes sortes.

Une agréable odeur d'orangers embaumait l'air et flattait les narines.

Une immense fontaine dont les jets brisaient le silence en retombant dans un bassin se trouvait au centre du jardin. Des oiseaux aux couleurs flamboyantes s'étaient rassemblés par dizaines pour s'abreuver d'eau fraîche ou y prendre un bain.

« L'endroit est paradisiaque » remarqua Léon. Des pierres blanches formaient un trottoir et, plus loin, sur un treillis de bois, un lierre anglais avait trouvé refuge dans les centaines de trous formés par les lattes entrecroisées. Sous cet arrangement floral exceptionnel, se trouvait un petit banc de fer forgé noir qui donnait au lieu une touche de romantisme à la Roméo et Juliette. C'est à cet endroit que certaines religieuses, livres en main, s'évadaient pendant des heures.

Léon y prit place en espérant que l'attente ne soit pas très longue car il avait des fourmis dans les jambes. Il était nerveux et tremblait déjà de tous ses membres.

***

Cela ne faisait que cinq minutes qu'il patientait que déjà il trouvait le temps long. Il entendit des pas provenant de l'arrière. Sans faire de geste brusque, Léon se retourna. Il vit une forme humaine, en tunique noire et voile blanc s'avancer vers lui.

Il se leva et tenta de distinguer les traits du visage de l'inconnue.

Dès qu'elle fut rendue à quinze mètres de lui, Léon « reconnut » Victoria. Il ne l'avait jamais rencontrée auparavant ni même vue en photo, mais la ressemblance avec la religieuse de son cauchemar était frappante. Il la regardait marcher d'un pas lourd et pénible comme si cela lui demandait un effort surhumain chaque fois qu'elle mettait un pied devant l'autre. Elle tenait dans sa main délicate un livre assez volumineux qui semblait compliquer davantage ses mouvements saccadés.

— Sœur Victoria ? demanda poliment Léon.

— C'est moi.

Quelques mètres les séparaient encore lorsque Léon trouva qu'elle était différente des autres religieuses particulièrement à cause du rosaire qu'elle portait autour du cou. Normalement, les rosaires sont fabriqués de petites billes foncées qui permettaient de compter les *Je vous salue Marie...* avec, comme pendentif, une petite croix qui complétait le tout. À son grand étonnement, la croix avait été remplacée par une étoile.

Respectueux, sans établir de lien avec ce qu'il venait de voir, Léon commença mécaniquement à exécuter le signe de la croix avec sa main.

D'un mouvement brusque, Victoria agrippa nerveusement le poignet de Léon et lui dit en le tutoyant:

— Jamais plus, tu ne répéteras ce signe, jamais...

Léon fut tellement stupéfait de la réaction de

Victoria qu'il en perdit ses mots. Trop surpris, il ne demanda même pas pourquoi un geste aussi banal, répété des millions de fois tous les jours, partout dans le monde, énervait la religieuse à ce point.

Après un court moment d'hésitation, Victoria détendit l'atmosphère en embrassant Léon sur les deux joues.

— Cela fait si longtemps que j'attends cet instant, lui dit-elle en le regardant. Toutes ces années à patienter et à espérer le moment de votre venue. Mon cœur, aujourd'hui, est rempli de joie et d'espoir alors que vous êtes là, en chair et en os devant moi.

Une singulière complicité entre Léon et Victoria s'installa dès lors.

— Sœur Victoria, c'est un immense plaisir que de vous rencontrer. Je suis venu ici pour comprendre et apprendre des choses sur lesquelles je me questionne. Si c'est le destin et la volonté de Dieu qui m'ont conduit jusqu'à vous, alors guidez-moi dans la bonne direction.

Sœur Victoria l'invita à s'asseoir près d'elle.

— Je vais vous apprendre tout ce que vous devez savoir. Je me dois, par ailleurs, de vous avertir que vous subirez un terrible choc émotionnel lorsque je vous ferai part de plusieurs révélations particulièrement cruelles. Malheureusement, elles sont véridiques. J'ai dû conserver le dernier message de la Vierge qu'elle avait confiée à Lucia lors de sa dernière apparition, le treize octobre 1917. Aujourd'hui, le moment est venu pour moi de partager avec vous ce secret afin de pouvoir, par la suite, réparer la plus effroyable injustice que l'humanité ait commise à l'endroit du Christ. »

Léon était sur le point de craquer tellement la pression était lourde et difficile à supporter. Ouvrant la Bible à la première page, Victoria en sortit une enveloppe jaunie par le temps, scellée à l'arrière par « un sceau de cire rouge. Elle lui tendit l'enveloppe en récitant le *Notre Père.*

Léon resta estomaqué par la mise en scène de la religieuse. « Il ne manque plus que la musique d'ambiance avec le son d'une orgue comme dans les films d'horreur », se dit-il. Il était non seulement nerveux mais aussi terrifié à l'idée de retrouver le message dont il avait pris connaissance au préalable dans ses cauchemars. Comme dans un monde parallèle, il se vit simultanément dans deux endroits différents. Le premier était le cauchemar dans lequel la vieille religieuse marchait à ses côtés avec le pape qui se tenait devant eux en examinant la fameuse enveloppe que Léon venait de lui remettre. En même temps, il se voyait au jardin du couvent, tenant également une enveloppe qui renfermait le troisième secret de Fatima. Pendant ce temps, sœur Victoria lui adressait une dernière recommandation.

— Vous êtes l'Élu, celui qui doit sauver le monde. Marie, mère de Dieu, vous envoie son message. Regardez-le bien, il vous est destiné.

D'une main tremblante, Léon brisa le sceau et ouvrit l'enveloppe. Au même instant, son rêve lui revint en mémoire. Le pape ouvrait aussi l'enveloppe. Il redouta une seconde fois le choc qu'il devrait encore absorber face à la dure réalité. Il souhaitait que tout ceci ne fût que fiction. Il souleva la languette et glissa doucement les doigts à l'intérieur.

Le visage crispé, il sortit délicatement un morceau de papier plié en deux. Lorsqu'il le déplia, Victoria lut sur le visage blême de Léon toute l'horreur que recelait le secret.

Il vit le dessin d'un être moitié humain, moitié animal, crucifié. La « Bête » possédait une tête dif-forme avec des cornes et de longues dents jaunes qui lui sortaient de la bouche. Une langue ressemblant à celle d'une vipère pendait sous sa lèvre inférieure. Le résultat d'une mort lente et affreuse l'avait rendue bleutée et enflée. Le bas du corps était recouvert de poils semblables à une fourrure. De longues jambes aux genoux blessés laissaient couler du sang sur le sol. Les pieds, allongés de longues griffes redoutables étaient cloués au bas de la croix. Le corps de la « Bête » était maintenu sur la croix par des clous enfoncés dans ses mains, ses avant-bras, ainsi que ses pieds.

Léon tomba à genoux, s'efforçant de ne pas hurler.

— Noonnnnn… c'est impossible ! Comment une telle chose est-elle arrivée ? Seigneur, aidez-moi, supplia-t-il.

Il comprit pourquoi il redoutait tant les crucifix et les croix depuis son plus lointain souvenir.

Léon apprit aussi le sens profond du message envoyé par Marie au peuple de la terre. Depuis deux mille ans, les chrétiens, en vénérant la croix, rendaient grâce à Satan, le Maître incontesté des Ténèbres.

36

Les yeux rivés sur ses notes, Koubilaï mettait la touche finale à l'élaboration de ses projets destructeurs. « Ma stratégie devra être respectée à la lettre et mise en application dans les plus brefs délais », se dit-il. Avec les propos qu'il se préparait à tenir lors de son discours inaugural, Koubilaï savait qu'il ne ferait pas l'unanimité au sein des membres de l'Église. Il donnerait son accord et son encouragement aux « faibles » qui formeraient le groupe de ses alliés. Quant aux autres, il les mépriserait avant de les éliminer. Il se tortillait déjà de plaisir en pensant à la possibilité de se débarrasser des « indésirables ».

Il s'arrêta subitement d'écrire. Son visage qui reflétait plus tôt la joie changea et devint dur, soucieux et maussade. Il fronça les sourcils et plissa le front. La colère gagnait peu à peu son âme. Il froissa les dernières feuilles sur le dessus de la pile en crispant volontairement les doigts.

— Je vais vous tuer, répéta-t-il. Je vous hais ! Mon Maître vous hait ! Vous n'êtes pas digne de me recevoir, dit-il en serrant les dents.

Il prit la lampe sur sa table de travail et la lança à bout de bras de l'autre côté de la pièce. Dans un fracas infernal, elle s'écrasa contre le mur de béton et éclata en mille morceaux. La chambre était maintenant plongée dans une obscurité totale.

Les yeux luisants comme ceux d'un fauve dans la nuit, un rugissement comparable à celui d'un lion sortit de sa gorge. En colère, Koubilaï renversa la table et fit voler aux quatre coins de la chambre ses « précieuses » recommandations.

Comme un animal enragé, l'écume et la bave lui sortaient de la bouche. Il venait de recevoir le message télépathique de son maître qui lui disait que l'Élu avait maintenant en sa possession le fameux secret de Fatima.

— Je t'attends, sale connard. Arrive au plus vite que je t'envoie brûler dans les feux de l'Enfer, hurla-t-il. Avant de te mettre à mort, je te ferai souffrir et tu serviras d'exemple à tous ceux qui voudront me défier.

37

Les genoux au sol, la tête inclinée vers l'arrière, Léon était encore sous l'effet du choc. Les messages reçus durant son sommeil s'avéraient des signes qu'il ne pouvait plus nier. La douleur le torturait comme si un étau lui serrait les entrailles. Il souhaitait pouvoir se réveiller en pleine nuit, comme avant, assis dans son lit et hurler de peur comme il l'avait déjà fait plusieurs fois lors de ses horribles cauchemars à la maison. Il se pinça la peau du bras au point de se faire mal, pour être sûr qu'il n'était pas en train de rêver de nouveau. Malheureusement, il se rendit compte avec dépit que ce n'était pas un mauvais rêve comme il l'eut souhaité, mais bien la triste réalité.

— Pourquoi est-ce comme cela ? Que s'est-il passé pour qu'on en arrive là ? demanda Léon en levant les yeux vers Victoria.

Sans dire un mot elle lui passa la main dans les cheveux.

— C'est une grotesque erreur qu'il faut à tout prix corriger dès maintenant avant qu'il ne soit trop tard. La responsabilité de rétablir les faits est désormais entre vos mains. Nous tous, nous comptons sur vous pour que la Vérité soit enfin révélée au monde entier. Les gens doivent dorénavant prier Dieu.

— Sœur Victoria, j'ai tellement de questions à vous poser que je ne sais par où commencer.

Victoria tendit les mains à Léon, qui était toujours agenouillé, pour l'inviter à se rasseoir.

— Vous avez le droit de connaître tout ce que vous devez savoir. Je répondrai à toutes vos questions.

Il prit deux profondes inspirations pour tenter de chasser la nervosité qui l'accaparait.

— Tout d'abord, expliquez-moi comment une telle erreur a pu se produire. On ne change pas le Christ mort supposément sur la Croix pour le remplacer par Satan du jour au lendemain. Il a dû se produire une erreur lors de l'écriture de la Bible par les apôtres...

— Effectivement, il s'est passé un événement misérable qui a changé le cours de l'histoire de Notre Seigneur.

Victoria prit dans ses mains la Bible qu'elle avait apportée avec elle et la remit à Léon.

— Vous allez ouvrir la Bible à l'Évangile de l'apôtre Luc, chapitre 22, versets 3, 4, 5 et 6.

Tel que demandé par Victoria, Léon exécuta maladroitement ses directives. Rendu aux versets désignés, il lut:

Histoire de la passion. Complot contre Jésus.
Trahison de Judas.

3   Or Satan entra dans Judas, surnommé Iscariot,

4   qui était du nombre des douze. Et Judas alla s'entendre avec les principaux sacrificateurs et les chefs des gardes, sur la manière de le

5   leur livrer. Ils furent dans la joie, et ils convinrent de lui donner

6   de l'argent. Après s'être engagé, il cherchait une occasion favorable pour leur livrer Jésus à l'insu de la foule.

Léon interrogea du regard Victoria sur les versets qu'il venait de lire à haute voix.

— Avec tout le respect que je vous dois, je ne vois vraiment rien d'anormal ou de dérangeant dans ces paroles.

— Il faut bien interpréter chacun des mots utilisés dans les versets, lui dit Victoria. Luc fait mention dans le verset 3 du fait que « Satan entra dans Judas », comme le Christ laissait entrer dans son cœur son Père tout-Puissant.

— Si je vous suis bien, vous êtes sur le point de me dire que si le Christ est le fils de Dieu, Judas est, quant à lui, fils de Satan ?

— Vous avez bien compris, Léon. Satan avait lui aussi un fils pour contrarier les plans de Jésus.

— Un Antéchrist, suggéra Léon.

— C'est cela.

Il s'étonna d'apprendre qu'il y avait à cette époque éloignée autant de rivalité entre le Bien et le Mal, mais n'en souffla mot à Victoria.

— J'accepte que Satan ait eu un fils présent sur terre en même temps que le Christ mais je ne vois toujours pas où se produit l'erreur lors de la crucifixion.

— Continuez à lire, insista Victoria. Prenez les versets 47 et 48.

Léon tourna la page pour arriver aux versets titrés :

Arrestation de Jésus

47 Comme il parlait encore, voici une foule arriver ; et celui qui s'appelait Judas, l'un des douze, marchait devant elle. Il s'approcha de

48 Jésus, pour le baiser. Et Jésus lui dit : « Judas, c'est par un baiser que tu livres le Fils de l'homme ! »

Quand Léon eut fini de lire, il se tourna vers Victoria toujours d'un air interrogateur.

— Et après, ma Sœur ?

— Voici les faits, lui dit-elle. Judas était considéré comme un criminel dangereux qui avait posé des gestes horribles. C'était un individu recherché par les autorités. Il devait donc constamment se cacher pour ne pas aboutir en prison, ou pire encore, ne pas être mis à mort. Il est faux de prétendre qu'il était complice avec les chefs des gardes pour livrer Jésus alors que lui-même était recherché partout.

— Vous insinuez que Jésus n'a jamais été livré d'une façon quelconque par Judas ?

— Jamais !

— Mais alors comment... ?

Victoria l'interrompit.

— Laissez-moi poursuivre.

« Après le dernier repas, reprit Victoria, Jésus et ses disciples quittèrent la maison pour se rendre à la montagne des Oliviers. L'attroupement que formaient les douze apôtres et Jésus attira la curiosité des gardes qui patrouillaient dans les environs. Tout comme les policiers d'aujourd'hui, les gardes se sont approchés et ont demandé aux gens de s'identifier. À leur grande surprise, ils ont trouvé Judas qu'ils ont arrêté sur-le-champ avant de l'amener en prison et de lui faire subir un procès pour ses actes criminels. Le gouverneur romain d'alors, Pilate, le condamna au pire supplice, la crucifixion, pour l'atrocité des crimes qu'il avait commis. La sentence fut exécutée. »

Léon essayait de suivre le récit de Victoria du mieux qu'il pouvait, mais certains détails lui échappaient toujours.

— Mais alors, qu'advint-il de Jésus ?

— C'est simple, répliqua Victoria. Je vais vous répondre par une question. Vous avez sûrement entendu parler de « faux prophètes » qui se prennent pour le Christ, et aussi du fait que certains d'entre eux fondent des sectes religieuses ?

Léon lui répondit par l'affirmative.

— Alors, Léon, s'ils ne commettent aucune infraction à la loi, ils sont libres de se prendre pour n'importe qui, non ?

— S'ils ne font rien de mal, je vois pas comment empêcher des cinglés de se prétendre extraterrestres, s'ils le veulent.

— Vous venez de répondre à une partie de la question.

— Ah oui ! Et comment ?

— Vous venez de dire que vous ne portez aucune attention à ce genre d'individus qui prétendent être le Messie ou je ne sais qui d'autre, répondit Victoria.

— Parfaitement. Il s'agit de personnes qui, à mon avis, ne sont pas une menace pour la société. Le manque de sérieux de leurs affirmations fait qu'ils ne sont pas dangereux. Ce sont plutôt des « illuminés » qui veulent tout simplement attirer l'attention.

— C'est exactement ce qu'on a pensé de Jésus à son époque, enchaîna Sœur Victoria. Il était perçu comme un simple d'esprit inoffensif qu'on laissait raconter tout ce qu'il voulait. Ses disciples n'étaient guère mieux perçus par la population. Prétendre être le fils de Dieu n'engendrait aucune punition de la part des autorités, car les fous n'étaient pas plus enfermés à cette époque qu'ils ne le sont aujourd'hui. Chaque ville ou village possédait ses cancres et le Christ en faisait partie, aux yeux d'une bonne proportion de la population d'alors. Après l'exécution de Judas, Jésus quitta Jérusalem en demandant à ses apôtres d'en faire autant et d'annoncer la Bonne Nouvelle à tous les peuples qui voudraient bien les écouter.

— Mais alors, Sœur Victoria, comment se fait-il qu'on ait pu écrire dans la Bible un tel mensonge concernant l'arrestation supposée du Christ lors du repas pascal.

— Parce qu'il y avait quatre traîtres parmi les douze apôtres. Des complices involontaires de Judas.

— Les connaissez-vous, ma Sœur?

— Oui, répondit-elle doucement.

— Qui sont-ils?

— Ceux-là mêmes qui ont décrit la crucifixion dans les évangiles.

— Vous voulez dire les évangélistes eux-mêmes? demanda Léon, éberlué.

— Vous l'avez dit.

38

Furieux, Charles sortit du bureau de Rainaldi en claquant la porte, même s'il savait maintenant que ce dernier n'avait rien à se reprocher.

— Il faudra bien qu'un jour, Koubilaï rende des comptes sur ses agissements, ses méthodes peu orthodoxes et certaines décisions douteuses qu'il prend à l'endroit de l'Église, dit-il à Yabelo.

Rainaldi venait de lui expliquer que l'absence de l'étoile des mages sur la crèche de Noël résultait des directives du pape et, en aucune façon, ne constituait un oubli ou une distraction de sa part. « Pierre Ier, avait dit Rainaldi, a ordonné dans une note interne, de ne pas tenir compte de l'emblème qui, prétendument, a guidé les rois à travers l'immensité du désert. Il n'a fourni aucune autre explication à ce sujet. » Rainaldi avait même ajouté qu'il partageait le même sentiment de tristesse que Charles face à cette initiative du Souverain Pontife. Il n'avait pas d'autre choix que d'exécuter les ordres, sans quoi des représailles extrêmement sévères à son endroit étaient prévisibles.

Sa colère avait cédé la place à la curiosité et Charles se demandait pour quelles raisons Koubilaï avait agi de la sorte.

— Il doit assurément avoir une raison pour expliquer ce geste. C'est tellement étrange, cette affaire. Il y a une énigme qui se trouve sous notre nez et nous sommes incapables de trouver la solution. Nous nageons dans l'absurdité et l'incompréhension. Pourtant, quels sont les motifs pour envoyer une directive aussi ridicule que celle-là, comme si l'étoile pouvait être source d'un malheur... Il agit comme s'il craignait quelque chose de ce symbole. Mais quoi, au juste ?

Charles se promit de rencontrer Koubilaï en privé dans les plus brefs délais, une fois libéré de ses nombreux rendez-vous.

— De toute manière, remarqua Yabelo, nous n'aurons aucune réponse à ces questions tant et aussi longtemps que Koubilaï sera terré dans ses appartements comme un ermite. Il faut attendre la convocation de l'assemblée dans quelques jours. La seule chose que je puisse faire en ce moment est de t'inviter à déjeuner car j'ai des papillons dans l'estomac. Pas question d'attendre une minute de plus.

— Non merci, Yabelo, vas-y sans moi, répondit Charles. Je préfère prendre l'air frais du matin en marchant un peu dans les jardins du Vatican. Ces derniers événements m'ont malheureusement coupé l'appétit.

— Tu t'en fais trop, Charles, tu vas finir par te rendre malade avec tous les problèmes qu'il y a ici.

— Que veux-tu, lorsque quelque chose ne tourne pas rond, j'essaie d'en trouver la raison et pour l'instant, je cherche toujours.

— D'accord, je te laisse, mais on se retrouve un plus peu plus tard.

***

Ordonnés avec art, remarquablement entretenus, dotés d'un réseau hydraulique souterrain permettant à la végétation d'échapper aux ardeurs impitoyables de la canicule romaine, les jardins du Vatican ne se décrivent pas. Il suffit de porter le regard sur les frondaisons d'arbres d'essences parfois inattendues, sur les fleurs dont les teintes tantôt humbles et tendres, tantôt orgueilleuses et éclatantes, captivent ou déconcertent, sur le gazon d'un vert plus britannique que romain, sur la coupole de Michel-Ange qu'on aperçoit de temps à autres de l'écrin de verdure qui souligne la majesté du Vatican, sur les quelques miroirs d'eau aux reflets mouvants, pour saisir la grandeur et la splendeur des lieux.

L'enchantement de l'endroit recelait une telle impression de paix que Charles éprouva le regret de ne pouvoir s'attarder très longtemps dans la contemplation d'une nature qui portait incontestablement la marque du Créateur.

Il prit malgré tout quelques minutes pour s'allonger sur le tapis de Dame nature, près de la fontaine de l'Aquilon. La douce musique produite par les petites chutes d'eau l'emporta dans un état de transe spirituelle. Les yeux fermés, il humait les odeurs agréables que le vent transportait au gré de ses fantaisies.

« Il n'y a rien de tel que se reposer dans un endroit aussi enchanteur que celui-ci », pensa-t-il.

Le soleil dardait maintenant ses chauds rayons sur son visage. Il y eut cependant un moment de répit soudain à cette sensation, comme si un « obstacle » cachait brusquement l'astre solaire et étendait de l'ombre sur son corps. Même les yeux complètement fermés, Charles eut l'intuition d'une présence. Par réflexe, il posa sa main près des yeux avant de les ouvrir. Il distingua alors une forme humaine debout devant lui, une silhouette à contre-jour dans la lumière bleue.

— Tout va bien Charles, entendit-il ?

Il reconnut la voix de Bucci.

— Oui, très bien, répondit Charles en se redressant.

— Yabelo m'a dit que je pouvais vous trouver dans les parages. N'ayez crainte, je ne vous dérangerai pas très longtemps.

— Vous savez très bien que vous ne me dérangez jamais, mon cher Giacomo.

— C'est gentil. Si je vous ai cherché dans la Cité, c'est pour vous informer qu'il y aura réunion vendredi matin, le dix-sept décembre à huit heures, dans la salle du palais pontifical pour la présentation des projets de Pierre Ier.

Charles voulait l'entretenir de la suppression de l'étoile des mages à la crèche mais il décida d'attendre une autre occasion de le faire, jugeant qu'il ne servirait à rien de précipiter inutilement les choses.

— Très bien, j'y serai.

Charles remarqua les traits creusés de fatigue du visage de Bucci.

— Dormez-vous bien ces temps-ci, Giacomo, lui demanda poliment Charles.

— Non, pas très bien, répondit Bucci, après un soupir.

— Je m'excuse d'insister, mais vous avez mauvaise mine aujourd'hui.

— Hélas ! Vous avez entièrement raison, Charles. Mais je dois vous avouer que je m'en fais bien plus pour la santé du pape que pour la mienne.

— Ah oui, s'exclama Charles. Et pourquoi donc ?

— Par exemple, la façon dont j'ai reçu le communiqué général m'intrigue. Normalement, le pape m'invite dans ses locaux et nous discutons ensemble des procédures à suivre en ce qui a trait à de tels événements d'envergure. Cette fois-ci, c'est par une conversation téléphonique que j'ai été mis au courant des intentions du Souverain Pontife. Il m'a ordonné d'aviser tous les « bonzes » apostoliques de la tenue de la réunion. Je n'y comprends absolument rien... Personne ne l'a encore croisé depuis dimanche dernier. Il refuse même à la femme de ménage de pénétrer à l'intérieur de sa chambre afin de nettoyer ses appartements. Non, je vous le dis, je ne crois pas que nous soyons confrontés à une situation normale présentement. Je me demande si sa victoire ne lui aurait pas fait perdre la raison...

Jamais Charles n'a vu Bucci troublé à ce point. Il ressemblait à un enfant égaré, ne sachant de quel côté se diriger pour trouver aide et sécurité.

— Écoutez-moi bien, Giacomo, j'ai aussi des doutes concernant les problèmes de comportement de Koubilaï. Laissons-le prononcer son discours inaugural de vendredi prochain. Si nous ne constatons aucune amélioration dans les jours qui suivent, nous arrêterons les procédures de sa nomination.

— Mais, ciel, comment procéderiez-vous ?

— Laissez-moi cela entre les mains, j'ai aussi un plan d'attaque.

39

Si la Bible est truffée de mensonges à cause d'écritures incorrectes de certains disciples de Jésus, à quoi nous, pauvres mortels, peut-on croire », se demanda Léon.

Il vit défiler dans sa tête, des images où les tribunaux faisaient jurer les témoins en leur faisant placer la main droite sur la Bible.

— J'aurais aussi une autre question à vous poser, Sœur Victoria.

— Allez-y !

— Pourquoi m'avoir choisi, moi ? Je ne suis qu'un homme ordinaire qui a ses qualités et ses défauts, et Dieu sait combien ils sont nombreux. Je suis loin d'être parfait. Je ne corresponds pas à l'image stéréotypée d'un messager de Dieu. Il en va tout autrement lorsque je vous regarde. La comparaison entre vous et moi ne peut être faite. Vous avez passé la majeure partie de votre vie à servir et à écouter le Seigneur, ce qui a été loin de mes préoccupations jusqu'à ce jour. Les nombreux sacrifices qu'il a fallu que vous vous imposiez, c'est tout simplement remarquable. Je ne peux pas me considérer comme votre égal devant la quantité d'efforts que vous avez déployés à la réussite d'un idéal. Je suis un chrétien non pratiquant, n'allant maintenant à l'église qu'à deux ou trois occasions par année. Vraiment, je ne comprends pas...

— Écoutez-moi bien, Léon. Aucun homme sur terre n'est parfait. Regardez l'exemple des évangélistes, ils étaient humains, comme nous tous. Ils ont été victimes d'une mystification de Satan. Ils ont été mal influencés et ont ainsi rapporté des faussetés dans leurs écritures. Nul n'est à l'abri de profiteurs ou de personnes corrompues dans notre société. Dites-vous bien qu'il s'agissait de simples mortels comme vous et moi. Le Christ lui-même était entouré de pauvres pécheurs, comme nous sommes, mais à des degrés différents. Jésus était loin d'être parfait lui aussi. Il demandait régulièrement des conseils à son Père Tout-Puissant pour le guider sur la bonne voie. Vous n'y échappez pas non plus, Léon. Sans être une personne sans reproches, vous aidez beaucoup plus votre prochain que vous ne le pensez. Votre cœur est rempli d'amour et vous faites tout ce qui est en votre pouvoir pour aider ceux qui en ont véritablement besoin. C'est là votre plus grande qualité : la grandeur de votre cœur, chose de plus en plus rare de nos jours. Malheureusement, l'argent et l'égoïsme des êtres humains ont changé et même tué leurs valeurs personnelles et spirituelles.

Léon l'écoutait attentivement. Sa voix parvenait à ses oreilles comme une douce mélodie. Son timbre sonore était régulier. Victoria paraissait calme et sereine malgré la gravité des circonstances.

Elle continua son récit.

— En 1917, certaines conversations entre Marie et Lucia sont restées confidentielles. Elle était la seule à entendre les propos que la Vierge lui racontait. Lors de la révélation du troisième secret, Marie lui avait demandé de divulguer le message au pape qui serait en poste en 1960. Il s'agissait pour lui, par la suite, d'en informer l'humanité afin de faire détruire tous les objets qui se rattachaient au culte de Satan, en l'occurrence les croix et les crucifix.

Léon coupa la parole de Victoria pour lui poser une autre question.

— Pourquoi avoir attendu jusqu'en 1960 pour tenter de réparer l'erreur ?

— L'année 1960 était celle attribuée au début du déclin de la foi. Les églises se vidaient alors et Satan se manifestait partout, même au plus haut niveau de l'Église de Rome. Lors de sa dernière apparition, la Vierge avait averti Lucia que si le secret n'était pas dévoilé par le pape, Dieu alors enverrait l'Élu comme il a déjà envoyé son Fils sur terre, afin qu'il accomplisse à terme la mission céleste pour le salut du monde.

« En 1930, j'ai donc pris la précaution de faire deux exemplaires du message sous forme de dessins faciles à interpréter au cas où il m'arriverait quelque chose de grave. La première copie était destinée au pape Jean XXIII et la seconde était pour l'Élu.

« Ma rencontre fut brève avec Jean XXIII. Lorsqu'il prit connaissance du document, il était hors de question pour lui d'en dévoiler le moindre détail, jugeant blasphématoires et non crédibles les affirmations de la lettre. Il m'a même menacée.

« Comme la première tentative avait échoué, je devais attendre le moment précis où l'Élu prendrait contact avec moi. Je ne savais pas où ni quand cela devait arriver, mais j'ai toujours gardé espoir.

« Puis, j'ai reçu votre lettre. C'était le signal qu'on me faisait, celui de la dernière chance, car si rien ne change, la colère de Dieu s'abattra sur son peuple. La Vierge avait expliqué à Lucia qu'elle avait de la difficulté à retenir le bras de son Fils qui réclamait justice. Il semble que l'épisode de Noé et le déluge n'est rien à côté de ce que veut faire Jésus. Pour l'instant, il écoute sa Mère mais sa patience est presque rendue à son terme. Satan a pris possession des corps et des esprits des plus grands savants et dirigeants des pays de ce monde. De terribles massacres sont à prévoir. Voilà, Léon, ce qui nous attend si rien n'est fait pour améliorer l'amour des hommes. »

Le rythme infernal auquel était soumis Léon était hallucinant. Il n'y avait pas si longtemps, il vivait paisiblement avec sa famille comme des millions de citoyens. Puis un jour, il avait commencé à faire des rêves bizarres qui s'étaient transformés graduellement en cauchemars. Il apprenait plus tard qu'il était orphelin de naissance et qu'il devait quitter femme et enfants pour aller rencontrer une religieuse qui lui révélerait qu'il avait été choisi comme l'Élu pour combattre les forces du Mal. S'il ne réussissait pas, c'était la destruction assurée du monde tel qu'on le connaissait qui risquait de survenir. Rien de moins.

— Sœur Victoria, que savez-vous au juste des hommes du Vatican ?

— Ce que j'en sais, c'est qu'il y a de gros changements à prévoir dans la structure même de la direction des guides de l'Église catholique à Rome. Les cardinaux s'opposeront aux cardinaux, les évêques s'opposeront aux évêques. Ces hommes de Dieu se lanceront des injures, comploteront et se livreront à des manœuvres et des tractations dont rougirait le moins scrupuleux des maquignons.

— Comprenez-vous le sens profond de ces événements ? demanda Léon.

— Ce que j'ai cru comprendre, c'est qu'il y aura, si ce n'est déjà fait, de la bisbille au Vatican.

— Il y aura beaucoup plus que de la mésentente, Sœur Victoria, ajouta Léon.

— Ah oui ! Alors, vous savez sans doute des choses que j'ignore, Léon...

— Possible.

— Mais quelles sont-elles, insista la religieuse.

— Le loup est déjà entré dans la bergerie...

— Pardon ?

— Serait-ce mon tour de vous surprendre avec une révélation aussi percutante que les vôtres ?

Victoria se préparait au pire et elle déclara à Léon qu'elle se sentait suffisamment forte pour encaisser la nouvelle.

— L'Antéchrist est sur le point de diriger la destinée de l'Église catholique.

40

Léon eut tout juste le temps de rattraper sœur Victoria qui vacillait à cause de la révélation qu'il venait de lui faire.

Il la déposa avec délicatesse sur le banc. Un sentiment d'irresponsabilité l'envahit. Il venait d'ébranler une pauvre dame âgée et sensible avec d'horribles histoires. Pourtant, Léon ne pouvait plus revenir en arrière. « C'est le point de non retour », se dit-il. Les choses étaient allées trop loin pour qu'il puisse tout laisser tomber. « Nous ne devons avoir aucun secret l'un pour l'autre maintenant, même si cela peut être difficile à accepter pour l'un de nous », songea-t-il.

— Je m'excuse d'avoir été trop direct, ma Sœur, mais je dois maintenant vous dire quelles épreuves j'ai dû traverser pour vous trouver.

Encore secouée par les paroles de Léon, Victoria retrouvait lentement ses esprits.

— Bien sûr. Je suis là à vous raconter mes secrets , à vous parler de ce qu'il faut faire pour aider le monde à survivre et je ne sais rien de vous. À mon tour de savoir comment vous avez fait pour remonter jusqu'à moi. Dites-moi ce j'ignore.

Léon décrivit, étape par étape, les événements auxquels il avait été confronté, passant des cauchemars aux démarches entreprises pour connaître sa véritable identité.

— Si je vous comprends bien, c'est en interprétant les quatrains du prophète Nostradamus que vous en êtes arrivé à me contacter.

— Oui, répondit Léon.

— Dans le bouquin que vous avez lu, on mentionne l'histoire de Fatima avec Francisco, Jacinta et Lucia quand il gardaient les brebis ?

— Non seulement cet épisode, mais aussi plusieurs autres prophéties qui se sont révélées exactes dans le passé. Elles sont aussi d'une précision remarquable dans les textes du devin. Ce qui doit se produire à la fin de 1999 est la prophétie la plus affreuse. L'Antéchrist prendra le pouvoir au Vatican. Des cardinaux l'éliront pape. Il commettra des atrocités et causera des torts irréparables à la race humaine. C'est pourquoi nous devons à tout prix l'empêcher d'accomplir ses projets sataniques qui pourraient détruire l'unité fragile des hommes. Si nous le laissons faire, la barrière sera mince entre vivre et mourir.

« Comme vous le savez, ajouta Léon, un nouveau pape vient d'être nommé au Saint-Siège. D'après les bulletins de nouvelles télévisés, son nom sera Pierre Ier. Injure par-dessus insulte, la Bête aura humilié le peuple de Dieu et la religion catholique dans son ensemble par son entrée triomphale au pouvoir. »

Il rappela à Victoria que la Bête a été élue un dimanche, jour du Seigneur, qu'elle avait emprunté le nom du bâtisseur de l'Église romaine, Saint-Pierre, et qu'elle occupait dorénavant la plus haute fonction au sein de l'Église. Sans aucune pitié ni aucun remords, disait Léon, le nouveau « pape » se débarrasserait de tous ceux qui s'opposeraient à lui.

« Comme vous voyez, conclut Léon, je n'ai plus le choix, je dois combattre la Bête avant qu'elle puisse s'emparer de ce qui nous est le plus cher : notre dignité, notre vie même. »

— Dans ce livre sur Nostradamus, donne-t-on le résultat du combat entre l'Élu et la Bête ? demanda Victoria.

L'air penaud, Léon se gratta la tête de ses doigts courts, en faisant une moue qui en disait long sur le contenu de sa réponse.

— Non. Les quatrains se terminent malencontreusement avec la date d'arrivée de la Bête au pouvoir. Aucun détail sur une quelconque victoire ou défaite n'est mentionné, ce qui me rend naturellement très inquiet face à l'éventualité d'un tel affrontement.

— J'aimerais tellement pouvoir vous aider à accomplir avec succès votre mission, mais hélas, je ne vois pas ce que je pourrais faire. Je ne suis malheureusement plus qu'une vieille dame vulnérable à toute forme d'attaque. Je ne quitte presque plus ma chambre tellement je me fatigue rapidement.

— Loin de moi l'intention de vous faire participer à cette chasse à l'homme. Vous m'avez donné suffisamment de renseignements pour que je puisse m'organiser seul. Si Dieu est de mon côté, et je sais qu'il l'est, il m'indiquera le chemin à suivre tout comme il l'a fait en me guidant jusqu'à vous. S'il y a des gens qui doivent m'aider à combattre la Bête, je saurai en temps et lieu où les trouver. Vous en avez déjà beaucoup fait, Sœur Victoria. Il est temps pour vous de vous reposer. Je saurai guider ma destinée à bon port.

Les craintes de Victoria se dissipèrent lorsqu'elle entendit Léon s'exprimer de la sorte. Un lourd fardeau venait soudainement d'être retiré de ses épaules. Pour un des rares moments de son existence, elle eut la nette impression d'être une femme libre, transparente, sans aucun secret à cacher ou à dissimuler. Cette nouvelle sensation épuisa une partie de son énergie. Victoria constata que la fin était proche pour elle. Son devoir était sur le point d'être accompli.

— Avant de vous laisser vous reposer, Sœur Victoria, j'aurais une toute dernière question à vous poser. J'ai remarqué tout à l'heure que vous aviez une étoile suspendue au bout de votre rosaire à la place de la croix. Connaissant maintenant la signification de la croix et des crucifix, pourquoi les avoir remplacés par ce symbole?

Léon eut l'impression d'immortaliser dans sa mémoire le dernier sourire de Victoria.

— Pour plusieurs raisons, voyez-vous. L'étoile est source de lumière et de chaleur. Vous n'avez qu'à penser au soleil. Sans lui, aucune forme de vie n'est possible sur terre. Elle se transforme en guide dans les ténèbres. Les capitaines de navire se servent bien de l'étoile polaire et on n'a qu'à s'imaginer les rois mages suivant l'étoile du berger pour les conduire vers l'Enfant-Jésus. Finalement, chacune des cinq pointes de l'étoile représente un membre de la Sainte Famille. La première pointe symbolise Dieu tout-puissant, celle du centre à gauche désigne l'Esprit Saint tandis qu'à sa droite, c'est Jésus le Fils, en bas à gauche, Marie et à sa droite, Joseph.

— Tout s'explique alors.

Dans une accolade, comme un fils l'aurait fait avec sa mère, il colla sa joue contre la sienne.

— Merci, Victoria, murmura-t-il. Je vous aime de tout mon cœur. Dommage que nous ne nous soyons pas rencontrés avant.

Victoria sentit une larme provenant des yeux de Léon couler sur sa joue.

Tremblante, elle le rassura.

— Mon esprit est avec vous, là où vous irez. Je vais prier pour votre âme et pour la réussite de votre mission périlleuse.

Puis, comme si elle devinait que sa propre mort approchait à grands pas, elle ajouta « nous nous reverrons un jour au Paradis... »

Il l'embrassa affectueusement sur le front et ils se séparèrent. Léon regarda s'éloigner cette petite silhouette fragile, au dos courbé, qui se dirigeait vers le couvent. Il resta longuement immobile, à contempler ces dernières images de sœur Victoria, qu'il ne reverrait probablement pas vivante.

41

L'accès à la salle d'audience était réservé exclusivement aux personnes choisies par le pape. Les représentants des médias étaient exclus à l'exception du père Andrew Barnes, le commentateur de Radio-Vatican.

Le vendredi dix-sept décembre, Pierre Ier avait convoqué à une réunion au palais pontifical les cardinaux, le secrétaire d'État, les hauts prélats de la curie et les autres dignitaires de l'Église catholique pour leur faire connaître ses positions.

La salle du palais était constituée d'une immense pièce, décorée de magnifiques tableaux et fresques du quatorzième siècle peintes directement sur les murs et les plafonds. La richesse était partout dans ce lieu. Aucune surface n'avait été oubliée pour embellir l'endroit.

Un chevalet de bois avec d'immenses feuilles de papier blanc avait été placé directement à l'endroit où allait se tenir le Pape lors de son discours. Dans l'attente de Sa Sainteté, les conversations allaient bon train sur ses étranges habitudes alimentaires ainsi que sur les rumeurs voulant que celui-ci n'aurait plus tout à fait sa raison. Les jeunes cardinaux, plus radicaux, dénonçaient ouvertement le comportement du Souverain Pontife.

Charles s'était assis avec Yabelo et Giacomo Bucci dans une des premières rangées. Tous trois attendaient avec impatience cette première conférence du pape. Charles avait prévenu ses deux confrères que si jamais la direction que Koubilaï entendait imposer à l'Église était radicale, il les convoquerait à une réunion spéciale, dans ses appartements, pour mettre en place son plan de redressement.

Avec trente minutes de retard sur l'horaire, Koubilaï se présenta enfin à la tribune d'honneur, textes en main.

Le silence enveloppa d'un seul coup toute l'assemblée avant que des applaudissements polis ne retentissent dans la pièce pour accueillir Pierre Ier. Koubilaï attendit que le calme revienne avant de prononcer ses premières paroles.

— Bonjour à tous. Comme vous le savez, j'ai pris la semaine pour rédiger les idées que je vais vous exposer dans les minutes qui suivent. Auparavant, je voudrais m'excuser de la façon, qui a pu être jugée cavalière, dont j'ai travaillé ces derniers jours. Je sais très bien que je n'aurais pas dû être absent aussi longtemps. Si je l'ai fait, c'était pour me présenter devant cette assemblée le plus tôt possible, avec des positions politiques qui prendront effet dès le premier janvier 2000, date à laquelle j'entrerai officiellement en fonction.

« Voici donc les éléments sur lesquels nous allons devoir travailler aux cours des prochaines années. Il s'agit d'un projet à long terme.

« Je sais que certains d'entre vous ne seront pas d'accord avec ma vision des choses. Je dois mentionner tout de suite à ces personnes qu'elles auront à prendre une décision importante dans l'orientation de leur carrière. Ou elles continuent à servir le Seigneur selon le changement proposé ou elles se dissocient à l'amiable de notre grande famille. Je dois demander à tous d'avoir constamment à l'esprit qu'il s'agit de décisions avant-gardistes, capables de nous propulser de façon efficace dans le troisième millénaire. Au tout début, certains éléments pourront vous paraître provocateurs et risqués. Mais faites confiance à votre humble serviteur, car c'est Dieu qui me conseille et qui dicte mes décisions pour le plus grand bien de l'Humanité. »

On pouvait déjà entendre parmi l'assemblée plusieurs murmures d'inquiétude. Charles écouta l'introduction de son ex-homologue sans broncher. Il s'était déjà fait à l'idée que Koubilaï voulait chambarder l'ordre établi. Ses premières impressions étaient que le pape semblait un être vicieux et dérangé. Il attendait la suite, en craignant le pire.

— Si vous me permettez, Messieurs, voici la procédure que je vous propose. Afin d'accélérer la présentation de mon plan d'action, je vous invite à ne poser vos questions qu'à la toute fin de la réunion. Ainsi, nous gagnerons en efficacité et je pourrai calmer les inquiétudes que certains ne manqueront pas de manifester.

Il n'y eut aucun commentaire, comme si les participants étaient hypnotisés par un maître presti-digitateur.

— Parfait. Maintenant regardons de plus près ce que seront vos futures tâches lors de votre retour dans vos foyers, en janvier prochain.

Koubilaï se retourna sur lui-même et arracha la première feuille, vierge, qui se trouvait sur le chevalet. Sur la page suivante, apparaissaient six thèmes écrits en caractères gras:

RELIGION CATHOLIQUE
CONFLITS MONDIAUX
RÔLE DE LA FEMME DANS L'ÉGLISE
AVORTEMENT
CONTRACEPTION
ARGENT

— Voici les thèmes sur lesquels l'Église s'appuiera pour assurer son épanouissement, sa grandeur et sa force au début du troisième millénaire. Sans plus tarder, je vais vous parler du premier sujet, la religion catholique.

— Désormais, le Vatican ne reconnaîtra plus aucune autre religion à cause de leur comportement passé envers notre Église. Nous rayerons jusqu'à leur nom de notre vocabulaire. Cependant, l'Église acceptera ceux qui voudront se convertir à la seule et authentique religion. Sans leur conversion au christianisme, nous les ignorerons totalement. Il est temps d'adopter certaines positions radicales si nous voulons augmenter notre effectif dans la population. Ceux et celles qui ne voudront pas se convertir n'auront qu'à continuer à prier des statues de plâtre et de faux dieux, jusqu'au jour où ils agoniseront et sombreront dans l'oubli. Nous serons impassibles face à leur situation et nous ne leur tendrons nullement la main pour les aider.

« Le Vatican aura son mot à dire lors de conflits entre États. Plus question de faire de simples commentaires. Les opinions seront émises sur-le-champ lors de guerres ou de toutes autres altercations impliquant les intérêts de l'Église. Nous prendrons position rapidement au risque de nous attirer les foudres des dirigeants politiques engagés dans ces conflits. Ils verront que nous n'avons pas peur de nos opinions et ils respecteront davantage les valeurs de l'Église catholique. »

Prenant à peine son souffle, le futur pape enchaîna.

« Le rôle de la femme dans l'Église demeurera extrêmement limité. En d'autres mots, les femmes au service de l'Église catholique continueront à servir Dieu et leurs congrégations. Elles apporteront l'aide nécessaire aux malades et aux pauvres, comme c'est le cas présentement. Si Jésus avait voulu des femmes au sein de son équipe, il en aurait recruté comme apôtres, mais hélas, aucune d'entre elles n'a été choisie. Ce qui nous démontre qu'il n'y a pas de place pour ces créatures parmi ceux qui doivent transmettre la parole de Dieu.

« Pour ce qui est de l'avortement, l'Église en acceptera la légalisation. Arrêter une grossesse avant terme ne sera plus perçu par l'Église comme un crime mais bien comme une aide à rétablir la situation sociale des parents en difficulté, qu'elle soit financière ou psychologique. Le principe est simple : tant et aussi longtemps qu'un enfant ne sera pas venu au monde par voie naturelle, les médecins pourront, avec notre bénédiction, procéder à un avortement si la demande en est formulée. Le stade de l'évolution de la grossesse ne constituera plus un obstacle à la pratique d'une telle activité. »

Yabelo regarda Charles du coin de l'œil. Il grimaçait d'horreur à l'image d'une boucherie sur un enfant déjà entièrement formé à l'intérieur du sein de sa mère.

« La contraception sera bannie du vocabulaire chrétien. En aucun temps, elle ne fera partie de nos mœurs. Le plaisir de la chair ne devrait pas être confondu avec le geste de la conception d'une vie humaine. Dieu a créé l'homme et la femme pour qu'ils s'unissent et aient des enfants, pas pour les voir obtenir un plaisir charnel qui engendre des jouissances vicieuses. Le risque de maladies qui pourraient être contractées par des relations extra-conjugales sera la pénitence de Dieu, tout comme ont été punis Adam et Ève en étant chassés du Paradis terrestre. Cette faute a eu des conséquences graves pour leurs descendants et nous payons encore aujourd'hui le prix de quelques instants de vulgaires plaisirs. Que ceux et celles qui enfreignent la Loi divine paient de leur vie pour leur péché.

« Enfin, le thème de l'argent fait ici allusion aux sommes investies inutilement dans les pays du tiers-monde pour subvenir à leurs besoins. Si nous continuons de faire la charité de cette façon aux pays pauvres, ils en prendront l'habitude et n'essayeront jamais de trouver des solutions à leurs problèmes chroniques. À partir de maintenant, nous leur coupons les vivres afin qu'ils prennent conscience qu'ils devront redoubler d'effort pour s'en sortir eux-mêmes, au lieu de continuer de se faire entretenir par les pays industrialisés. Ils sont pour nous des boulets qui nous empêchent de fonctionner normalement, des sangsues qui s'accrochent à notre peau. Je vous le dis, et je parle en connaissance de cause, étant originaire d'un pays en développement, ils méritent d'avoir une leçon de débrouillardise et d'envisager un retour au travail manuel. Voilà comment on règle des cas épineux comme celui-ci.

« Ceci complète la liste des priorités de l'Église catholique à l'aube du nouveau millénaire.

« Une dernière chose… Mon intronisation étant le premier janvier, il n'y aura aucune cérémonie commémorant la fête de Noël cette année au Vatican.

« Si, maintenant, vous avez des questions, vous pouvez les poser après vous être levé. »

Aussitôt la dernière phrase de Koubilaï terminée, sans hésitation, Charles repoussa bruyamment sa chaise à l'aide de ses jambes et se leva avec détermination, démontrant ainsi son indignation totale face aux politiques qui venaient d'être énoncées. Jetant à peine un coup d'œil aux notes qu'il avait griffonnées en vitesse, rassemblant souffle et courage, et faisant fi des conséquences possibles de sa réaction, il y alla d'une déclaration ferme, et enflammée.

— J'ai écouté vos propos avec intérêt et je dois vous signaler que je suis absolument et totalement en désaccord avec les idées que vous tentez d'imposer à cette institution. Je ne peux même pas croire un instant que vous êtes sérieux en soutenant de pareilles stupidités. C'est tout simplement inacceptable et dégueulasse de votre part que de tenir des propos racistes aussi méprisants. Je redoutais le jour où un cinglé de votre espèce puisse bénéficier d'une autorité qui lui permettrait d'exécuter des plans monstrueux, comme un véritable terroriste. J'ignore pour qui vous travaillez, mais chose certaine, il faut qu'il y ait d'autres personnes derrière vous pour que vous puissiez envisager brasser tant de merde et augmenter la confusion et l'incertitude du climat politique partout dans le monde. Si votre but est d'anéantir la race humaine, et bien bravo, car c'est ce qui risque sans aucun doute d'arriver si vous mettez en place votre scénario de film catastrophe. Vous dites que l'on doit ignorer toute autre religion, peu importe qu'il s'agisse du bouddhisme ou de l'islam. Non seulement vous insulterez délibérément les gens en agissant de la sorte, mais les véritables fanatiques religieux deviendront alors des guerriers terroristes et livreront bataille pour défendre leurs croyances et leurs idéaux à tous ceux qui voudront les confronter dans une guerre qu'ils appelleront « sainte ». Pouvez-vous imaginer un seul instant les dommages que de tels conflits pourraient occasionner ? Seulement avec les fidèles de l'Église catholique, on peut se bâtir une armée redoutable de 800 millions de personnes, commandée par 421 839 prêtres, 986 686 religieuses, 3700 évêques et 114 cardinaux, ce qui représente 18,1 pour cent de la population mondiale.

« Vous dites aussi que le Vatican ne devrait pas craindre de s'attirer les foudres des dirigeants poli-tiques en émettant des opinions précipitées lors de conflits mondiaux. Quelle belle inconscience que de vouloir se mettre à dos les plus grandes puissances ! C'est tellement invraisemblable que je n'ose croire que l'Église appliquera de telles politiques ! C'est comme laisser un enfant jouer avec des allumettes dans une pièce remplie d'explosifs. »

Sur sa lancée, infatigable, Charles poursuivit, au grand plaisir de Yabelo, subjugué.

« Pour ce qui est du rôle de la femme dans l'Église, vos propos s'avèrent irresponsables et irres-pectueux envers celles qui se dévouent corps et âmes à leurs tâches. Vous méprisez près d'un million de femmes d'une façon révoltante, celles qui servent le Seigneur pour le bienfait de la communauté. Au cas où vous ne l'auriez pas remarqué, mon cher Pierre Ier, le temps est à l'évolution et à l'éducation, non à l'abaissement et à l'ignorance.

« Vous jetez de l'huile sur le feu lorsque vous parlez de l'avortement, non seulement d'embryon mais d'être humain déjà formé, tout près de sa naissance. Avez-vous la moindre idée de quoi a l'air un enfant à huit mois de gestation, à l'intérieur de l'utérus de sa mère ? Cela revient à autoriser une boucherie et un carnage pur et simple que de permettre la tuerie d'enfants prêts à venir au monde ! C'est un crime odieux et répugnant que l'Église n'a pas le droit d'approuver, ni même de songer à légaliser. Il y a un monde de différence entre le fait de neutraliser une cellule fécondée et l'assassinat d'un enfant déjà complètement formé !

« Quant à interdire la contraception sous toutes ses formes, cela signifiera une augmentation de la population, déjà un problème sérieux dans les pays du tiers-monde où on a peine à trouver de la nourriture. La religion étant extrêmement puissante dans ces régions du globe, l'influence du pape est capitale, car des populations entières ont tendance à suivre à la lettre ses recommandations. De plus, avoir des relations sexuelles, avec ou sans votre bénédiction, sans aucune protection, peut signifier jouer sa vie comme on le ferait à la roulette russe, tellement les risques sont élevés de contracter des maladies potentiellement mortelles, comme le sida, d'autant plus qu'un nombre effarant de personnes sont déjà contaminées.

« Enfin, les dons de notre Église aux pays les

plus pauvres de la planète ne sont pas faits pour encourager la fainéantise des peuples , contrairement à ce que vous croyez. D'ailleurs, si plusieurs pays sont dans cette situation déplorable, c'est souvent à cause des politiques antérieures d'autres pays dits « civilisés ». Il s'agit d'une aide humanitaire à nos frères les moins bien nantis. Il faudrait au contraire investir davantage d'argent et de temps à l'éducation, l'industrie agricole, les hôpitaux et aux autres besoins essentiels à l'amélioration et au développement des peuples. C'est ce qu'on appelle « la charité chré-tienne » et l'aide à son prochain, comme Dieu lui-même nous l'a enseigné en envoyant son Fils parmi nous. Pendant que nous sommes ici à nous pavaner au beau milieu de richesses inestimables, dans d'autres régions du globe, des gens n'ont même pas un toit pour dormir et ne trouvent rien à manger pour soulager leur faim. Vraiment, le monde est cruel et c'est cela qu'il faut changer. »

Le message de Charles contrastait avec celui de Koubilaï.

L'assemblée, toujours sidérée par la teneur de ses paroles franches et directes, l'observait.

— « Messieurs, si cet homme n'avait pas été élu pape, ajouta-t-il en pointant Koubilaï du doigt, je vous dirais sans détour qu'il est un imposteur de la pire espèce.

« Mais, malgré sa position actuelle, je vous dirai ceci : si personne ne l'arrête, il deviendra dan-gereux et mettra l'équilibre du monde en péril. »

Trouvant sans doute trop bienveillants les commentaires qu'il venait lui-même de formuler, il se ravisa et rajouta:

« D'ailleurs, je n'irai pas par quatre chemins : ce type est fou et sa place est dans un hôpital psychiatrique, pas dans le palais pontifical. Il vous propose ni plus ni moins qu'un plan à faire frissonner d'horreur la totalité de la population mondiale. Son intention n'est pas de réconforter mais de créer de toutes pièces une animosité féroce entre les peuples, aussi terrible que celle d'Hitler et sa troupe de nazis ont entretenu envers le peuple juif. Sans vouloir exagérer, on dirait qu'il fait exprès de planifier des tueries à travers le monde, comme si cela faisait partie d'une stratégie pour permettre à des rivalités de prendre naissance et de dégénérer en conflits meurtriers. C'est peut-être l'heure de l'Apocalypse telle que décrite par Jean dans la Bible : « Le sang coulera dans les fleuves, les vivants envieront les morts ». Je vous le redis avant qu'il ne soit trop tard : nous avons affaire à un homme malade et dangereux. N'écoutez pas sa parole car elle nous conduira directement en enfer. »

Envoûté par le tourbillon de son allocution, Charles se surprit lui-même d'avoir utilisé le mot « enfer » devant l'auditoire.

Charles ne donna pas le temps à Koubilaï, toujours imperturbable, de répliquer à ses propos. D'un pas décidé, il se dirigea rapidement vers la porte de sortie, aussitôt suivi de Yabelo.

Koubilaï les foudroya du regard, ce qui n'empêcha nullement l'assistance de se lever d'un seul mouvement et de réserver une ovation monstre à celui qui venait de prendre si courageusement la parole et qui quittait la salle.

La porte se referma sur deux fervents défenseurs des droits de l'Homme.

42

L e cœur gros, Léon quitta Lisbonne à destination
de Rome. Son séjour à Coimbra avait été de trop
courte durée, ne lui permettant que de passer une
seule nuit au Couvent du Silence et de n'avoir eu
qu'un bref entretien avec sœur Victoria. Pourtant,
plus déterminé que jamais, il réfléchit durant le vol à
la manière dont il devrait s'y prendre pour approcher
le pape, lequel devait être, évidemment, sous la haute
surveillance du service de sécurité du Vatican.

Un autre problème se pointait à l'horizon. En
supposant que tout fonctionne à la perfection et qu'il
puisse effectivement avoir l'occasion d'être en face de
son ennemi, que ferait-il ? Comment se comporterait-
il ? Quelle devrait être sa stratégie ? Le tuer ou le
dénoncer ? « Voilà toute la question », se dit-il. Léon
ne savait même pas s'il possédait suffisamment de
courage pour supprimer un homme de sang-froid.
L'idée de le dénoncer représentait la méthode la plus
simple de procéder et celle avec laquelle il se sentait
le plus à l'aise. Mais pour cela, il devrait avoir un
complice dans la Cité, quelqu'un en qui il pourrait
avoir totalement confiance. Travailler seul représentait une besogne trop ardue, risquée et presque
impossible à réaliser. Mais il n'avait aucune espèce

d'idée de quelle façon il pourrait trouver pareille aide. La situation était complexe mais il avait confiance que Dieu le guiderait sûrement à travers toutes ces difficultés.

Après ces réflexions, il inclina légèrement son siège vers l'arrière pour se reposer, fatigué de retourner dans sa tête des solutions hypothétiques à des problèmes en apparence insurmontables.

***

Dès son arrivée à l'aéroport de Rome, Léon s'empressa d'aller acheter un lexique français-italien destiné aux touristes, dans lequel on retrouvait des phrases simples pour tenter de se faire comprendre par les Romains. Il se procura aussi une carte détaillée de la Ville éternelle puis il se dirigea vers un kiosque d'information touristique pour obtenir l'adresse d'un hôtel qui lui permettrait de se loger convenablement sans dépenser une fortune.

Il ouvrit la brochure qu'on lui avait remise et remarqua en la feuilletant le nom d'une petite auberge tout près du Vatican portant le nom de « Alimandi ». Le guide la décrivait comme étant située dans une rue calme, non loin de l'entrée des musées du Vatican. Il s'agissait d'une simple *pensione* à prix modique très prisée des jeunes touristes. Les chambres y étaient « propres et convenables ». L'attrait principal de cette pension de famille était son grand toit terrasse où, avec l'autorisation du propriétaire, on pouvait organiser des barbecues. « C'est en plein ce qu'il me faut », se dit-il.

Il sortit de l'aéroport et héla un taxi qui s'empressa de freiner à la hauteur de ce nouveau client.

— *Buon giorno*, lui dit le chauffeur, qui arborait fièrement une énorme moustache noire. Léon trouva qu'il ressemblait étrangement au dessin du cuisinier italien de l'emblème des restaurants Giorgio à Montréal. Nerveusement, il déposa ses bagages par terre et prit son précieux lexique pour engager une conversation ardue.

— Hum... Excusez-moi, *mi scusi*, comment aller à la pension Alimandi sur la rue Via Tunisi, s'il vous plaît. *Come faccio per arrivare a la pensione Alimandi su la strada Via Tunisi*?

Voyant qu'il avait affaire à un touriste qui ne parlait pas couramment l'italien, le chauffeur simplifia la conversation en parlant peu et en gesticulant beaucoup.

— *Si! Si! La strada Via Tunisi.*

Heureux de constater qu'il semblait avoir été compris malgré son fort accent étranger, Léon décida de monter dans le véhicule et se laissa conduire à travers la circulation dense de Rome. Regardant à gauche et à droite à travers la vitre de la portière, il était impressionné par l'architecture et la solidité des monuments vieux de 2000 ans encore existants, comme si le temps n'avait eu aucun effet sur eux. Il pensa au Stade olympique de Montréal, âgé de quelques années, qui perdait de temps à autre des morceaux de béton. Il sourit en son for intérieur à la pensée que cet amphithéâtre ne serait sans doute plus debout dans peut-être moins d'une centaine d'années.

Lorsque le taxi s'engagea sur la *Piazza Del Colosseo*, Léon eut le souffle coupé en regardant se dresser devant lui le fameux Colisée de Rome, célèbre pour les combats de gladiateurs et des chrétiens qu'on offrait à des lions affamés. Le Colisée faisait non seulement partie du patrimoine mondial, mais était aussi une remarquable réussite technique pouvant accueillir cinquante-cinq mille spectateurs sous un vélum les protégeant du soleil. Vu de l'extérieur, le Colisée possède encore de nos jours une charpente fort impressionnante même si la moitié du dernier étage a été dévastée par l'érosion et les tremblements de terre. Les pierres arrachées à la façade servirent, paraît-il, à construire des palais, des ponts et même la basilique Saint-Pierre.

De l'autre côté de la rue se dressait le Forum qui, autrefois, constituait le cœur politique, commercial et judiciaire de la Rome républicaine.

Plus loin, ils passèrent devant Le Capitole et la place Venise où Michel-Ange y dessina un jour le pavé géométrique et les façades des palais.

Par la *Via Di Torre Argentina*, Léon aperçut dans toute sa splendeur Le Panthéon, temple de tous les dieux, qui devint, au Moyen Âge, une église majestueuse avec son portique soutenu par seize colonnes monolithiques en granit.

Finalement, au loin, il distingua, comme dans un rêve, le centre même de la chrétienté, la basilique Saint-Pierre avec sa spectaculaire coupole dorée qui luisait comme un bijou sous les flamboyants rayons du soleil. Bâtie sur le site du tombeau de Saint-Pierre, toute la Cité du Vatican constitue une des attractions les plus visitées par les pèlerins. Malgré l'heure matinale, des milliers de personnes s'activaient déjà sur la place Saint-Pierre.

Léon, émerveillé, n'en revenait pas. Il devait se frotter les yeux pour se convaincre que le moment présent était bien réel.

Poursuivant sa route, son taxi ralentit sa course après deux pâtés de maisons pour finalement s'arrêter devant une charmante petite auberge. Une enseigne lumineuse simple et propre affichait *Pensione Alimandi* devant l'immeuble de stuc aux tons pastel.

Toujours en possession de son précieux lexique, Léon régla ses frais en cherchant les mots appropriés pour remercier le chauffeur.

— Très bien, merci, *molto bene, grazie.*

— *Arrivederci*, lui répondit-il avec un sourire en le quittant, aussitôt à la recherche de nouveaux clients.

En étant si restreint dans ses moyens de communication, Léon se trouva soudainement très seul. En plus d'être dans une ville qui lui était totalement étrangère, il devait constamment communiquer à l'aide de ce foutu dictionnaire.

Arrivé à la réception, il demanda à la préposée si l'auberge disposait d'une chambre libre.

— *Avete camere libere?*

Ayant du mal à cacher son petit air espiègle, la jeune femme, dans la jeune trentaine, esquissa un charmant sourire. Léon se doutait bien qu'il devait avoir un « léger accent ».

— *Si! Una camera doppia con lette matrimoniale?* lui répondit-elle.

L'air découragé, il lui fit un signe de la main.

— Je ne comprends pas. Pourriez-vous parler plus lentement S.V.P.?

Après un rapide coup d'œil à son lexique, il ajouta « *Puo parlare pi—lentamente per favore?* »

— *Si!*

Soudain, il risqua une question en espérant une réponse positive.

— Parlez-vous français? *Parla francese?*

— Un petit peu, oui, répondit-elle.

Léon était soulagé qu'on lui réponde dans sa langue. Il sourit à son tour sachant qu'il venait d'abolir une barrière linguistique.

— Je voudrais réserver une chambre standard avec lit simple pour quelques jours.

— *Si!* Hum... Pour combien de jours précisément, monsieur?

— Disons que je commencerai par trois jours et on verra par la suite si je dois prolonger mon séjour.

— Très bien. Vous désirez avec ou sans balcon?

— Sans balcon.

— D'accord, veuillez, s'il vous plaît, remplir le registre.

Suite à la demande de la réceptionniste, Léon entreprit de compléter le formulaire.

— Voilà, M. Demers, votre numéro de chambre est le 212. Vous n'avez qu'à prendre l'escalier et monter au second. Lorsque vous serez rendu à l'étage, vous n'avez qu'à tourner à votre gauche.

— Merci beaucoup, Madame, répondit Léon, enchanté par la simplicité de l'accueil.

— Bon séjour parmi nous.

Léon n'eut aucune difficulté à repérer sa chambre. Une fois à l'intérieur, il se débarrassa de ses bagages en les empilant dans un coin de la pièce. Sur une table de chevet où reposait le téléphone, une brochure en couleur du Vatican était à la disposition des touristes. Il la prit et jeta immédiatement un coup d'œil aux heures d'ouverture des visites touristiques. Les portes de la Cité, avec tours guidés, ouvraient dès dix heures le matin.

« Demain matin, se dit-il, j'irai faire un tour de reconnaissance pour me familiariser avec les lieux. »

43

Le soir venu, Charles était encore dans tous ses états. Il avait invité Giacomo Bucci et Yabelo à venir le rejoindre discrètement à ses appartements. À vingt heures trente, les trois collègues étaient réunis pour parler de leur projet.

La colère de Charles était encore très vive.

— Cela ne peut plus durer. Il va saboter toute la mission de l'Église en appliquant ses raisonnements dangereux pour la paix dans le monde. Il faut l'arrêter avant qu'il ne soit trop tard, suggéra-t-il.

Yabelo et Bucci partageaient son avis.

— Oui, mais comment peut-on faire pour le neutraliser ? demanda Yabelo.

— Nous avons une chance unique d'obtenir une injonction contre Koubilaï. On n'a qu'à invoquer le déroulement honteux du conclave.

Bucci sursauta en entendant ces propos de Charles.

— Ah! Quoi donc?

— Vous vous souvenez tous deux quand Koubilaï a pris la parole devant l'assemblée avant le dernier tour de scrutin ?

Yabelo et Bucci répondirent par l'affirmative.

— Alors, nous pourrons aller en appel devant

les tribunaux pour annuler l'élection en soutenant qu'un geste illégal a été posé par Koubilaï pour influencer le résultat du vote en sa faveur. À voir la réaction d'autres cardinaux présents dans la salle lors de son discours, il ne sera pas difficile d'obtenir leur appui dans cette démarche.

— Je n'avais pas pensé à cette faille dans le processus de l'élection. C'est une excellente idée, s'exclama Bucci.

— D'ailleurs, approuva Yabelo, plusieurs regrettent déjà d'avoir voté pour cet imposteur.

— Je suis d'accord avec vous, dit Bucci. Il faut arrêter au plus vite ce déséquilibré avant qu'il ne mette à exécution ses projets crapuleux. Dès demain matin, j'irai voir le Conseil juridique de la Cité et porterai un grief concernant la dernière élection.

« Par la suite, nous devrons demander à tous les membres de la communauté de demeurer sur place au cas où notre requête serait acceptée rapidement. On fera alors un vote référendaire pour savoir si la majorité des électeurs endosse notre point de vue, ce qui ne devrait poser aucun problème, et nous réorganiserons un second conclave. »

Le pessimisme faisait désormais place à l'optimisme, même si jamais une telle situation ne s'était présentée au cours de tous les précédents conclaves. Un événement historique serait inscrit dans les registres de la Cité.

Les trois confrères se donnaient rendez-vous pour le lendemain matin au Palais de justice pour

exécuter ce qu'ils appelaient leur plan de « redressement ».

Avant de les saluer, Charles leur dit de faire
attention de ne pas ébruiter l'affaire afin qu'il n'arrive
rien de fâcheux qui puisse faire échouer leur plan au
cours des heures à venir.

Dès qu'il fut séparé de ses amis, Charles aurait
souhaité être déjà à l'aube du lendemain pour
accomplir l'un des actes les plus importants de sa
carrière.

* * *

Perdu dans ses pensées et cherchant un sommeil qui ne venait pas, il gardait les yeux rivés au
plafond qu'il pouvait voir malgré l'obscurité, grâce
à un rayon de lune qui s'était infiltré par la petite
fenêtre dépourvue de rideaux. Des remords de
conscience venaient parfois hanter son esprit quant à
la possibilité de commettre une erreur monumentale
en agissant de la sorte. Tellement de choses s'étaient
dites au sujet de Koubilaï depuis sa nomination qu'il
en venait à douter de ses propres décisions.

Concentré, Charles sursauta en entendant un
léger bruit de serrure provenant de sa porte. Sur le
coup, il crut à une hallucination occasionnée par les
journées turbulentes qui venaient de se dérouler. Il se
dit que son esprit lui jouait certainement un mauvais
tour. Au second déclic, Charles se raidit comme un
piquet dans son lit, cette fois bien éveillé. Il regarda la

poignée de la porte faire lentement une rotation de gauche à droite en provoquant un léger grincement métallique. Son cœur battait de façon assourdissante comme le galop d'un troupeau de chevaux sauvages dans les prairies désertiques de l'ouest américain. Il eut tout de même la présence d'esprit de se demander s'il ferait mieux de se ruer vers la porte et l'ouvrir d'un seul coup pour savoir qui se trouvait de l'autre côté. Il n'eut cependant pas le temps de répondre à sa propre question, une lente et délicate manœuvre d'ouverture de la porte était amorcée. Charles eut quand même le réflexe de se laisser rouler hors du lit, silencieusement, pour ensuite atterrir doucement sur le plancher froid. Toujours avec la même précaution pour éviter de se faire remarquer par l'intrus, il rampa sous le lit comme le ferait un escargot. Même si les circonstances ne s'y prêtaient guère, il bénit le ciel de sa minceur et de sa bonne forme physique qui lui permettaient d'agir ainsi. Il entendit la porte continuer à s'entrouvrir avec la même lenteur.

Une fois qu'elle fut ouverte à sa pleine grandeur, la lumière jaunâtre du corridor trouva son chemin dans la pièce. Charles comprit que l'étranger était là, à l'intérieur de sa chambre. Se sentant à l'étroit, il s'estima tout de même chanceux d'avoir été capable de se faufiler dans la seule cachette possible. Placé comme il l'était, avec des couvertures qui pendaient de chaque côté du lit, Charles ne bénéficiait pas d'un angle de vision suffisant pour lui permettre de distinguer le visage de son agresseur.

Des bruits de pas étouffés indiquaient qu'on se rapprochait du lit. Soudain, il put voir les pieds jusqu'à la hauteur de la cheville. Il remarqua que l'étranger avait des chaussures noires, identiques à celles de tous les membres de la Cité. Les pieds de l'intrus n'étaient plus qu'à dix centimètres de son visage. Il retint son souffle du mieux qu'il pouvait, devinant qu'un seul son trahissant sa présence pouvait mettre sa vie en danger. Immobile comme une statue, Charles pouvait sentir sur son dos, la pression des mains de l'agresseur qui, à travers l'épaisseur du matelas, tâtait le dessus du lit pour s'assurer qu'il n'y avait personne. Charles entendit alors une sorte de râlement, semblable à celui d'un animal sauvage qui serait furieux de n'avoir pas trouvé ce qu'il cherchait.

— Bonté divine, mais de qui ou de quoi s'agit-il ? s'interrogea Charles.

Au son terrifiant qui parvint à ses oreilles et à la réaction vive du jeu de pieds de l'étranger, Charles réalisa que la « bête » ne s'attendait pas à une telle déception.

Sans être immense, l'appartement comprenait néanmoins une autre pièce, la salle de bain. La « bête » s'y dirigea avec empressement pour y jeter un coup d'œil sans ouvrir de lumière. Charles profita du fait que la « chose » se soit éloignée quelque peu pour tenter de retirer quelques couvertures devant ses yeux, pour se donner la chance de voir l'intrus. « L'occasion est excellente », se dit-il. Malgré ses précautions, il fit toutefois accidentellement bouger les draps, mal insérés sous le matelas. La « bête » se retourna vivement dans sa direction. Le râlement se changea subitement en ronronnement, comme celui d'un gros félin.

— Rrrrrr onnnnn... Rrrrrr onnnnn...

Charles ne bougea pas d'un poil. Il sut que la « chose » l'avait repéré et pria pour qu'un miracle survienne pour le sauver. La « bête » émit un son ressemblant à un reniflement émanant de ses narines pour déceler sa proie : « Sniff... sniff... sniff... »

Ne quittant pas de vue l'orientation des chaussures de l'ennemi, Charles se prépara mentalement à un affrontement physique qui lui semblait maintenant inévitable. Il serra les poings, prêt à faire face.

Sans qu'il n'ait eu le temps de réagir, un violent coup de griffe lacéra la douillette dont les plumes d'oies volèrent dans tous les coins de la pièce comme une poudrerie de neige. Charles hurla de toutes ses forces dans l'espoir que la garde suisse qui, normalement, patrouillait le secteur, puisse entendre ses cris de détresse. Il cria avec tellement de puissance que les veines de son cou se boursouflèrent. À son tour, la « chose » hurla sa fureur d'une voix rauque et inhumaine.

En moins de deux bonds, la « bête » se trouva sur le seuil de la porte, prête à s'enfuir.

Charles n'eut que le temps de jeter un dernier regard vers son agresseur. La lumière à contre-jour dessina les contours d'une ombre fantomatique dont il ne put distinguer les traits du visage. Par contre, ce dont il allait se rappeler longtemps, c'était les yeux brillants et cruels qui luisaient comme des billes rouges dans la nuit.

44

Une bonne nuit de sommeil lui avait rendu son sourire. En ce merveilleux avant-midi, tout semblait plus simple à Léon, moins compliqué qu'à l'habitude. Après sa toilette matinale, il se rendit à la terrasse pour déguster un café au lait accompagné de croissants au beurre, brioches et confiture.

Attablé à l'ombre d'un parasol, il regardait d'un œil intéressé les passants dévalant la rue en direction des attraits touristiques du coin.

— Une autre journée fort occupée, se dit-il.

Son petit déjeuner à peine terminé, il décida de se glisser dans la peau d'un touriste et se dirigea allègrement vers la Cité du Vatican en empruntant les charmantes petites rues du quartier. Après à peine dix minutes de marche, il arriva devant la majestueuse place Saint-Pierre, ornée en son centre d'un obélisque, une sorte de monolithe en ciment dressé en 1586 à l'aide de 150 chevaux et de 47 treuils, selon la brochure qu'il avait consultée. L'endroit était entouré de la double colonnade de Gianlorenzo Bernini qui enveloppait littéralement les gens lors de rassemblements monstres sur la place.

« Pas étonnant qu'il y ait toujours de nombreux pèlerins qui viennent de tous les coins du monde, tous les jours, pour prier et se recueillir. L'endroit est tellement grandiose et l'histoire entourant sa création, si fabuleuse ! » se dit-il.

Se dirigeant vers l'entrée, il gravit la vingtaine de marches de l'escalier et suivit les indications vers les bureaux d'information de la Cité.

Sur un tableau à l'arrière du préposé de la caisse, Léon jeta un coup d'œil sur les différents tours guidés qu'on offrait. Il y en avait pour tous les goûts et toutes les bourses.

— Impossible de tout visiter en une seule journée, pensa-t-il. Il y a beaucoup trop de choses intéressantes à voir en si peu de temps ! Je resterais un mois ici que je n'aurais probablement pas terminé de visiter tous les sites.

Sa conscience le ramena rapidement à l'ordre. Il se rappela qu'il n'était pas venu jouer les touristes mais inspecter les lieux pour se familiariser avec cet environnement. Il ne savait pas encore ce qu'il devrait faire une fois à l'intérieur de la Cité, mais si Dieu l'avait guidé jusqu'à cet endroit, il devait y avoir une ou plusieurs bonnes raisons.

Une affiche indiquait les visites possibles :

La basilique Saint-Pierre
Les musées du Vatican
La chapelle Sixtine
Le château Saint-Ange
Les jardins du Vatican
La Bibliothèque apostolique
Les grottes vaticanes

Sans aucune raison, il choisit le tour guidé des grottes vaticanes. Visiter des endroits sortant de l'ordinaire l'avait toujours fasciné. En lui rendant sa monnaie, le caissier l'invita à attendre à l'intérieur qu'un groupe suffisant soit formé pour débuter la visite. Les barrières derrière lesquelles on lui demandait d'attendre ressemblaient à celles utilisées lors de parades dans les rues pour retenir la foule. À peine dix minutes s'étaient écoulées qu'une cinquantaine de personnes attendaient déjà pour partir à la découverte des labyrinthes souterrains de la basilique.

La guide touristique, une étudiante en communications à l'Université de Rome, se présenta au groupe. Elle donna les consignes relatives à la sécurité des visiteurs afin que personne ne puisse s'égarer ou paniquer dans les couloirs lugubres des grottes.

Le groupe était formé de touristes venant de tous les continents et constituait une espèce de classe d'élèves suivant pas à pas leur professeur. Ils franchirent les premiers la Porte Sainte-Anne en ce samedi matin, dix-huit décembre.

Pour visiter les grottes, ils pénétrèrent dans la basilique, place Braschi, par une porte donnant accès au passage menant aux « grottes *vecchie* ». Dans le couloir, sur la droite, un escalier descendait vers la nécropole et débouchait au pied du gigantesque mur de soutènement élevé au IVe siècle, selon la guide, pour recevoir les colonnes de la partie sud de la nef de la basilique constantinienne. Un passage laissé ouvert dans ce mur par les maçons permettait d'atteindre la partie basse du cimetière.

Les tombes de cette partie étaient disposées le long d'une ruelle dont il ne subsistait qu'une dizaine de mètres. Deux mausolées, séparés par un passage donnant accès à la rue de la partie haute, y étaient visibles.

Tout en écoutant les explications du guide, le groupe continuait son exploration avec intérêt. Dans les passages sombres, des centaines de corps inhumés étaient emmurés derrière les parois rocheuses des pièces. On pouvait presque sentir, humidité et pénombre aidant, la présence des esprits qui hantaient ces lieux saints, comme si des milliers d'yeux scrutaient les visiteurs à la loupe. Dépaysant à souhait ! Les nombreux mausolées, chambres funéraires et tombeaux défilaient un à un, en un enchaînement morbide. Des niches mortuaires cintrées, décorées de figurines de stuc en relief, donnaient l'illusion d'un riche sarcophage chrétien que les anciens aimaient sculpter pour leurs disparus.

En se dirigeant vers la chapelle Clémentine, où la visite des grottes devait prendre fin, le groupe emprunta un passage d'humbles fosses sans monuments quand la guide s'arrêta, pétrifiée. Léon qui regardait derrière lui, heurta la personne qui le précédait.

Ignorant la raison d'un arrêt aussi brutal, Léon tendit le cou pour voir ce qui ce passait à l'avant lorsqu'il entendit un cri d'horreur, répercuté sinistrement dans les catacombes.

Croyant, de loin et dans la pénombre de la grotte, avoir affaire à des statues ou à des sculptures de plâtre, la guide et les touristes près d'elle avaient réalisé au dernier moment qu'ils avaient devant les yeux de véritables cadavres humains exposés de façon horrible sur les murs.

Le long cri de la jeune fille était déchirant, un son étrange, rauque, provenant du plus profond d'elle-même. La panique s'était emparée du groupe à toute vitesse. Inspiré par une intuition mystérieuse, Léon garda son calme et tenta d'éviter que les gens ne puissent se blesser ou se perdre en tentant de s'enfuir en courant dans les couloirs. Il indiqua de la main à ceux qui le croisaient la direction de la sortie de secours. Dans leur affolement devant un aussi horrible spectacle, certains avaient souillé le plancher d'urine, d'autres de vomissures.

Il fut à son tour témoin de la scène répugnante qui avait fait fuir les touristes. Même dans ses cauchemars remplis d'épouvante, il n'avait rêvé de pire horreur : à quelques pas de lui se trouvaient deux corps d'hommes rivés la paroi principale de la grotte au moyen de clous plantés dans les mains et les pieds. Les malheureux, par leurs yeux exorbités, exprimaient encore toute la frayeur et la souffrance qu'ils avaient dû endurer avant de rendre l'âme.

Un des deux hommes avait la peau blanche, éclaboussée de sang séché, tandis que le second était un Noir. Malgré les circonstances, Léon remarqua aussi qu'une mise en scène avait été créée pour le massacre. Il y avait un espace libre entre les deux corps mutilés, comme s'il manquait un élément important à la reconstruction d'un horrible tableau.

Soudain, il comprit le message qu'avait voulu laisser l'auteur de ces crimes odieux : il s'agissait de la crucifixion du Christ avec les deux larrons de chaque côté.

45

Les traits tirés, Charles, à cause de l'agression dont il avait été victime la nuit précédente, se retrouva dans une cellule du commissariat de police à l'invitation d'Alberto Di Tomasso, enquêteur-chef attitré au complexe du Vatican. La police avait fait tout son possible pour garder cette histoire secrète afin de ne pas nuire à l'enquête qui était en cours. On voulait aussi éviter un mouvement de panique parmi les résidants de la Cité.

L'interrogatoire ne s'avéra d'aucune utilité pour Di Tomasso. Aucun indice n'avait été découvert sur les lieux de l'agression, à part les marques évidentes de griffes enfoncées dans les entrailles du matelas, comme un coup de patte lacérant la chair d'un cadavre.

Depuis la mort mystérieuse de Jean-Paul Ier, après seulement trente-trois jours de pontificat, jamais le Vatican n'avait été l'objet d'un tel dispositif de sécurité.

Malgré l'extrême importance de se présenter le matin même au tribunal pour soumettre le cas de Koubilaï à la justice catholique, Charles n'avait pas eu le temps d'avertir Bucci et Yabelo pour les rassurer s'il devait être en retard. L'heure du rendez-vous approchait pourtant à grands pas.

Il avait décidé, lors de son interrogatoire, de ne pas dire à Di Tomasso un mot du « plan de redressement » qu'il avait organisé avec ses deux complices contre Koubilaï. « Peut-être après la rencontre avec les autorités du tribunal », se dit-il, car il voulait préserver la confidentialité de leurs démarches judiciaires.

Comme atteint d'un tic nerveux, dans sa crainte d'être en retard, Charles regardait constamment sa montre, geste que Di Tomasso décela rapidement.

— Vous semblez encore bien nerveux, Mgr Langlois !

Charles tenta de détourner du mieux qu'il pouvait l'intérêt du policier.

— J'aimerais bien vous voir à ma place, inspecteur. Comment réagiriez-vous si quelqu'un ou quelque chose entrait au beau milieu de la nuit dans votre chambre et mettait en pièces, sans raison apparente, le matelas de votre lit, et, en plus, selon toute vraisemblance, à coups de griffes acérées ?

La réplique cinglante de Charles à Di Tomasso interrompit brutalement la conversation entre les deux hommes. Après quelques instants de répit, Charles lui demanda la permission de quitter le local.

Comme il se levait de son fauteuil et s'apprêtait à quitter les lieux, un gendarme entra en trombe dans le bureau.

— Inspecteur, il faut déployer d'urgence une équipe d'experts dans les grottes vaticanes.

Généralement, une journée typique de Di Tomasso consistait à résoudre des banalités qui n'avaient rien à voir avec des actes criminels justifiant la présence d'une équipe spécialisée.

L'italien n'était pas une langue avec laquelle il était très familier, mais, Charles, avec les bribes qu'il avait comprises et à voir le degré de nervosité du gendarme, en déduisit qu'une chose très grave s'était produite.

L'enquêteur demanda des explications au gendarme.

— Que s'est-il donc passé de si terrible dans les catacombes ?

— Deux meurtres, inspecteur.

— Où sont les corps ?

— C'est un groupe de touristes visitant les grottes vaticanes sous la chapelle Clémentine qui en a fait la découverte ce matin, à l'ouverture des visites guidées.

— A-t-on eu le temps d'identifier les cadavres ?

— Non, pas pour l'instant, inspecteur, mais nous croyons qu'il s'agit de deux cardinaux.

— Et comment en êtes-vous venus à cette conclusion ? demanda Di Tomasso.

— À cause de leur tenue vestimentaire, inspecteur. Difficile de se tromper, monsieur.

Un frisson glacé paralysa Charles sur place. Il porta ses mains à la hauteur de la poitrine et serra fort le tissu de sa chemise. Il trouva la force d'interrompre la conversation entre le gendarme et l'inspecteur pour demander des précisions sur les victimes impliquées dans le carnage.

— Monsieur le gendarme, pourriez-vous me donner des détails sur l'aspect physique des victimes.

L'officier jeta un œil en direction de Di Tomasso, comme pour savoir s'il était autorisé à dévoiler pareils renseignements à un étranger. Ne recevant aucune réaction négative de la part de Di Tomasso, il s'exécuta avec modération.

— Le premier est de race blanche, environ soixante-cinq ans, les cheveux gris, tandis que le second est de race noire, dans la quarantaine avec les cheveux frisés noirs.

— Bon sang! s'exclama Charles.

— Vous les connaissiez, Mgr Langlois? s'informa Di Tomasso.

— Si la description des deux malheureux est exacte, j'en ai bien peur, parvint-il à articuler.

Les jambes molles, Charles s'empressa de se rasseoir. Les battements de son cœur résonnaient comme un tambour.

— Qui sont-ils? demanda Di Tomasso.

— Je préfère me rendre sur les lieux avec votre permission, inspecteur. Je voudrais m'assurer d'identifier formellement les deux corps avant de donner des noms car, après tout, il ne s'agit peut-être pas de ceux à qui je pense.

— Comme vous voudrez, Monseigneur.

Di Tomasso se retourna vers le gendarme et lui demanda de les accompagner à l'endroit où les corps avaient été trouvés.

46

En réintégrant ses appartements, Koubilaï retira rapidement ses vêtements souillés de sang et les jeta dans les flammes du foyer. Ce n'était pour lui qu'une demi-victoire, car il n'avait pu réussir à mettre la main sur le trio qui complotait contre lui. Il serra les dents de rage et de haine contre Charles Langlois, sachant qu'il était toujours vivant.

« Ce n'est que partie remise ! Il connaîtra lui aussi la peur et la souffrance avant de mourir comme ses amis, Bucci et Sékota », se promit-il.

Prenant quelques instants de réflexion, Koubilaï se remémora les moments de jouissance intense que lui avaient procurés la mort violente de ses deux victimes.

Doté d'une force herculéenne, déjouant la sécurité, il avait traîné une après l'autre ses victimes, dont il avait au préalable bâillonné la bouche à l'aide d'une serviette, pour éviter qu'ils n'alertent les gardes de leurs cris. Il les avait amenés dans un endroit propice et tranquille pour exécuter son plan d'action. Toujours vivants, les pieds ficelés comme des saucissons, il avait commencé par Yabelo en lui introduisant les premiers clous dans les mains. Malgré la serviette roulée en boule à l'intérieur de sa bouche,

Yabelo avait émis un son de souffrance à chaque coup de marteau qui enfonçait les clous dans sa chair. Ses yeux ronds de frayeur laissaient voir dans le blanc de son œil les multiples petits vaisseaux sanguins qui éclataient sous la pression de la douleur. Témoin impuissant de cet acte barbare, Bucci avait tenté, en vain, de s'échapper d'une mort affreuse en rampant sur le plancher. Mais à cause de la friction du sol rocailleux de la grotte, ses coudes s'étaient rapidement éraflés jusqu'au sang, ce qui lui procurait une sensation de brûlure intense, à peine endurable pour son cœur fragile. Il ressemblait à un animal traqué qui tentait par tous les moyens de fuir une meute de chiens enragés.

Koubilaï se souvint du plaisir qu'il avait éprouvé à voir ainsi un homme privé de toute défense, en position de faiblesse, comme une larve qui tente de trouver refuge sous une roche pour se protéger d'un quelconque danger.

Marteau à la main, il s'était penché vers la tête grisonnante de Bucci, lui assénant un solide coup qui lui avait défoncé le crâne.

Après avoir terminé son « travail », Koubilaï s'était avancé vers Yabelo, toujours lucide, et l'avait transpercé d'une pique médiévale des gardes suisses. La lame d'acier avait glissé le long des côtes et pénétré profondément la cage thoracique, touchant mortellement le cœur et les poumons.

Après quelques spasmes nerveux, l'âme avait quitté le corps de Yabelo, enfin délivré de la douleur causée par ses blessures mortelles.

Cela avait été un jeu d'enfant pour Koubilaï que de tendre ce guet-apens.

La présence d'une personne qu'il décela grâce à son sens olfactif développé le troubla.

— Sniff... Sniff... Sniff...

Soudain, Koubilaï ne put retenir la frustration de ses émotions. « Grrrr... Grrrr... »

Emporté par une colère intense, il se mutila le torse en se griffant férocement dans un moment de délire. Les marques laissées par ses lacérations ne faisaient cependant couler aucune trace de sang, comme si son corps était vide.

— Il est ici, il est ici, ne cessait de crier Koubilaï. Ce sera ton tour, toi aussi, de mourir comme un sale porc.

Il se rendit vers une croix de grandeur réelle qu'il avait fabriquée lui-même. À la place du Christ, se trouvait une sorte de créature mi-homme, mi-animal, crucifiée en plein centre. Agenouillé, Koubilaï commença à se recueillir devant le cénotaphe, symbole des Ténèbres.

— Maître, je suis prêt à affronter l'Élu, celui qui a été choisi par ton adversaire de toujours, Dieu le Père. Donne-moi la ruse et la force de le combattre afin d'éliminer le dernier obstacle qui se dresse devant nous pour finalement accomplir ton règne et ta volonté sur Terre.

Dès qu'il eut terminé de prononcer ces paroles, la créature clouée sur la croix commença à remuer

légèrement les lèvres. Elle répéta en murmurant:
— Tue-le... tue-le... tue-le...

47

Charles était encore choqué par la vision de la scène révoltante qu'il venait de voir. Debout dans la grotte, à quelques mètres des lieux du crime, il frissonnait.

Après avoir suivi Di Tomasso et le gendarme dans les sinistres dédales souterrains, il avait été frappé de constater avec quelle cruauté les corps avaient été mutilés. Dans un geste malgré tout lucide et instinctif, s'approchant des cadavres de ses meilleurs amis, il avait dessiné une croix avec son pouce sur leur front et prononcé les paroles du dernier sacrement.

Les enquêteurs étaient devenus malgré eux les spectateurs impuissants de cette touchante et douloureuse épreuve. Ils avaient été témoins des réactions d'un homme qui venait de perdre une partie de lui-même à tout jamais.

— Je sais que ce n'est pas facile pour vous de me répondre, Mgr Langlois, mais reconnaissez-vous ces gens ?

Charles le regarda, les yeux noyés de chagrin, et lui fit un signe affirmatif de la tête.

— Oui, malheureusement, ce sont eux. L'homme de race blanche à votre gauche, c'était Giacomo

Bucci, le secrétaire du pape, tandis que celui de droite est Yabelo Sékota, un cardinal... Je ne comprends pas... Quel monstre a eu l'audace de faire une chose pareille ? Et pourquoi ?

— Ce sont des questions auxquelles seul l'assassin pourrait répondre pour l'instant, lui répondit doucement l'inspecteur.

Le médecin-légiste, arrivé sur les lieux, avait déterminé l'heure approximative des décès.

— La mort remonte à environ huit heures, dit le médecin.

— Si je comprends bien, cela veut dire que les crimes auraient été commis vers les deux heures trente du matin ? demanda Di Tomasso.

— C'est exact, inspecteur.

Une fois le travail des photographes de la police terminé, Di Tomasso donna ordre aux préposés de dégager les corps de leur fâcheuse position et de les emmener directement à la morgue afin de les soumettre le plus rapidement possible à l'autopsie.

— Bizarre, la façon dont les cadavres avaient été disposés et que dire du choix du châtiment pour causer la mort, se dit Di Tomasso.

Charles avait lui aussi remarqué la mise en scène soignée pour le déroulement du « sacrifice ». L'inspecteur ne put s'empêcher de réfléchir tout haut.

— De toute évidence, il aurait dû y avoir une troisième victime... On pouvait facilement constater qu'il y avait un espace de libre entre les deux corps.

— C'est aussi mon avis, dit Charles.

— Vous ne trouvez pas étrange la coïncidence entre ces meurtres, l'espace entre les deux positions, et votre attaque de cette nuit? Croiriez-vous que cette troisième personne aurait pu être vous, Monseigneur Langlois?

— Peut-être, répondit Charles, parcouru d'un frisson glacial.

— Peut-être?

— Où voulez-vous en venir, inspecteur?

— Tout d'abord, il y a cette attaque sauvage dirigée contre vous cette nuit et qui met sens dessus dessous votre chambre, alors que, par miracle, vous y échappez.... Vos deux amis n'ont malheureusement pas eu la même chance que vous. Entre votre attaque et ces meurtres sordides, il s'est écoulé une heure... Quant à moi, il m'apparaît évident qu'on ne peut parler d'un simple hasard.

— Je ne sais pas... Je suis encore assommé par tout ce qui vient de se passer. Je ne sais plus quoi penser.

— C'est compréhensible que vous soyez secoué, mais je suis convaincu qu'il y a un lien à faire entre ces deux histoires.

Charles voyait bien que Di Tomasso tournait autour du pot. Tôt ou tard, l'inspecteur découvrirait la vérité sur leur projet de bloquer le processus de nomination de Koubilaï à la tête de l'Église catholique. Pour Charles, il n'y avait plus aucun doute, si Koubilaï avait pressenti les intentions prises contre lui, il avait certainement trouvé là une excellente raison de se débarrasser d'eux.

— Si possible, j'aimerais vous demander, inspecteur, si nous pourrions poursuivre cette discussion demain matin. Je serais alors mieux disposé à répondre à vos questions.

— Comme bon vous semble, lui dit Di Tomasso. Venez à mon bureau demain matin à neuf heures trente, nous prendrons le café ensemble. Nous aurons les résultats des autopsies.

— Vous êtes bien aimable de m'accorder un peu de répit. Avec une bonne nuit de repos, je serai en meilleure forme pour traverser cette terrible épreuve.

***

La chambre de Charles avait été nettoyée de fond en comble par l'équipe d'entretien. On avait pris soin de remplacer le matelas déchiré et changer les couvertures endommagées lors de l'agression. Lorsque, vers la fin de l'après-midi, Charles y pénétra avec la nouvelle clé qu'on lui avait remise, il remarqua que derrière la porte, une serrure additionnelle avait été installée pour lui offrir une meilleure protection. «Le professionnalisme de l'inspecteur Di Tomasso est sûrement à l'origine de cette heureuse initiative», pensa-t-il. Il se promit de le remercier à la première occasion.

Charles ne s'était pas encore fait à l'idée qu'il ne reverrait plus jamais ses amis vivants. Les yeux rougis par le chagrin, il passa devant la table de chevet et remarqua que le clignotant rouge du téléphone était allumé. Le signal lumineux signifiait qu'un message était en attente dans sa boîte vocale. Il décrocha le récepteur et composa son numéro personnel. Après le top sonore, il entendit le message préenregistré. Charles ne reconnut pas la voix de l'étranger mais il remarqua que celui-ci parlait français et qu'il possédait le même accent que le sien, celui du Québec !

« Bonjour, inutile de me nommer car vous ne me connaissez pas. Il faut absolument que je puisse vous voir le plus vite possible. Ce soir à vingt heures, au restaurant Travola d'Oro, sur la Via Marianna Dionigi. Venez-y seul. Une table à votre nom a été réservée. Soyez-y sans faute, car il y va de notre intérêt. »

Charles devint blême. Il ne voulait pas manquer ce rendez-vous pour tout l'or du monde. Il avait de bonnes raisons de s'y rendre car la dernière phrase du mystérieux message disait :

« Je connais l'identité de l'assassin des deux hommes crucifiés au Vatican ».

48

Alertés par les cris désespérés des touristes affolés, les trois gardes suisses attitrés à la surveillance aux abords de la chapelle Clémentine s'y étaient précipités à toutes jambes. Arrivés sur les lieux maudits, l'un d'entre eux ordonna immédiatement au plus jeune de se placer devant les deux cadavres de manière à servir d'écran pour cacher ce morbide spectacle.

Les deux autres gardes rassemblèrent ensuite tout le groupe qui s'était éparpillé, en panique, pour les escorter en direction de la sortie la plus proche.

La guide étudiante ainsi qu'un couple de gens âgés furent conduits directement à l'infirmerie de la Cité afin d'y être traités pour un violent choc nerveux.

Dans l'ensemble, la rapidité d'exécution des services de sécurité avait grandement aidé à maîtriser une situation qui aurait pu dégénérer en tragédie.

Une fois les gens calmés, un officier de police avait choisi au hasard quatre touristes qui semblaient moins choqués pour leur faire subir un court interrogatoire sur les circonstances de la découverte des cadavres.

L'officier invita Léon à le suivre au bureau des enquêtes pour répondre à une série de questions simples.

En route vers le commissariat, dans les couloirs sombres, il avait croisé sur son chemin une équipe de six hommes dont un était vêtu d'une soutane et d'un béret rouge comme ceux que portent les cardinaux.

Cette présence inusitée, ajoutée au fait qu'il avait cru remarquer que les cadavres portaient le même genre de vêtements, fit comprendre à Léon que les cardinaux logeaient encore au Vatican, même si l'élection du pape était chose du passé.

Marchant droit devant lui, il retourna discrètement la tête pour regarder le personnage important qui passait à quelques pas de lui. À son grand étonnement, il reconnut un visage familier au milieu des étrangers qui l'entouraient ! Il avait vu le cardinal Charles Langlois à plusieurs reprises dans les journaux de Montréal, ainsi qu'à la télévision lors des nombreuses levées de fonds pour les œuvres de charité qu'il parrainait. Tout le monde au Québec connaissait et admirait le sympathique prêtre et Léon ne faisait pas exception à la règle.

Comme ils s'entrecroisaient, il avait presque eu le réflexe de l'aborder et de lui serrer la main. Il savait apprécier la valeur d'un homme qui aidait de toutes ses forces les moins fortunés de la société. Mais il remarqua le regard du cardinal, d'un vide absolu, comme si celui-ci n'était plus de ce monde. Il le regarda le dépasser pour finalement s'éloigner et le perdre de vue dans les nombreuses courbes des couloirs.

Lorsqu'il eut fini de raconter tout ce qu'il savait à l'officier de police, un des inspecteurs chargés de l'enquête le raccompagna à l'extérieur du bâtiment. Il lui demanda s'il avait besoin d'une voiture pour être déposé à la porte de son hôtel. Léon refusa poliment prétextant qu'une petite marche au grand air lui ferait le plus grand bien.

Tout au long du chemin, Léon ne cessa de réfléchir aux meurtres crapuleux des deux pauvres types qui avaient été cloués sur le mur ainsi qu'à la présence du cardinal Langlois.

Malgré tous les malheurs de la journée, Léon n'avait pu s'empêcher d'esquisser un léger sourire.

« Je crois bien avoir trouvé le complice qui pourra m'aider à m'infiltrer à l'intérieur des murs du Vatican pour accomplir avec succès ma mission », se dit-il.

49

À l'approche des fêtes de Noël et du Nouvel an, le restaurant Travola d'Oro était rempli à pleine capacité et ce, malgré l'annonce faite par Radio-Vatican qu'il n'y aurait aucune cérémonie spéciale animée par le Pape pour l'occasion.

L'établissement reflétait un petit coin de Sicile à l'atmosphère familiale. Dans la salle exiguë et bruyante, les clients se bousculaient avec impatience pour déguster de généreux plats siciliens, mitonnés presque devant eux : *Caponata* (purée d'aubergine), *arancini di riso* (croquettes de riz), *pasta con le sarde* (pâtes servies avec sardines), espadon et *involtini* (paupiette), sans oublier les délicieux desserts de la maison.

Charles arriva avec trente minutes d'avance, de peur de louper l'important rendez-vous. En attendant, il tentait d'imaginer à quoi pouvait bien ressembler physiquement l'individu qui l'avait contacté. Les minutes semblaient prendre une éternité à s'écouler. Il avait commandé au serveur une tasse de café qu'il savourait pleinement quand, ses lèvres sur la porce-laine chaude de la tasse, il aperçut un homme dans la trentaine qui s'avançait tranquillement vers lui. Il le dévisagea de la tête au pied, comme pour se faire une meilleure opinion de sa personne. Vêtu d'un pantalon gris et d'un veston sport marine, l'individu arriva à sa table. Charles repoussa sa chaise et se leva pour l'accueillir.

— Bonjour, Monseigneur Langlois, laissez-moi tout d'abord me présenter, je m'appelle Léon Demers.

Les deux hommes échangèrent une poignée de mains.

— Enchanté, lui répondit Charles. Vous êtes bien la personne qui m'a donné cet étrange rendez-vous?

— En effet, c'est moi.

Charles voulut en arriver directement aux faits. Il demanda à Léon, sans plus attendre, les motifs pour lesquels il l'avait contacté personnellement au sujet des meurtres du Vatican, et pourquoi il avait laissé entendre qu'il connaissait l'identité de l'assassin.

Avant même de répondre aux questions du cardinal, Léon fut embarrassé sur la façon de s'adresser à son invité. Il se demandait s'il devait dire « Monseigneur », « Votre Éminence » ou tout simplement Monsieur Langlois. Finalement, il opta pour « Votre Éminence », car il voyait là un nom qui justifiait pleinement la juste valeur de son titre.

— Si vous permettez, Votre Éminence, j'ai d'abord des choses extrêmement importantes à vous révéler.

Sachant qu'il n'avait pas d'autre choix que d'écouter le récit de cet homme, Charles accepta à contre-cœur sa proposition.

— C'est un peu compliqué à expliquer, lui souligna Léon. Par contre, l'histoire que je vais vous raconter vaut vraiment la peine qu'on y consacre une attention particulière. Elle concerne non seulement vous et moi, mais le sort du monde entier.

Ces propos étant dits sur un ton sérieux et monocorde, Charles se demanda tout d'abord à quel genre d'excentrique il avait affaire. Sans toutefois vouloir le contrarier, il simula son intérêt face aux paroles de l'étranger.

— Poursuivez, lui dit Charles, vous m'intéressez.

Léon commença par lui décrire ses cauchemars et le résultat de ses recherches qui l'avait mené à rencontrer Sœur Victoria au Portugal, puis jusqu'au Vatican, à Rome.

Pendant le récit, Charles écouta sans poser de questions, tenant de plus en plus pour acquis qu'il avait assurément affaire à un hurluberlu. Plus l'histoire était contée dans le détail, plus elle perdait de la crédibilité à ses yeux. À un moment donné, il avait même la nette impression qu'il pourrait bien être en compagnie du véritable auteur des meurtres, tellement ce type semblait un fanatique de la religion au point de sombrer dans le délire d'une obsession satanique.

— Ce que je viens de vous dire, conclut Léon, ce n'est que le préambule d'une horrible histoire qui, malheureusement, ne fait que commencer.

Furieux et choqué par les propos que Léon venait de lui tenir, Charles le rappela à l'ordre.

— Écoutez-moi bien, car c'est la dernière fois que nous nous voyons. Si je me suis déplacé pour venir vous voir, ce n'est certes pas pour écouter des sornettes idiotes sorties directement de votre imagination de malade, mais bien parce que vous avez attiré mon attention en mentionnant connaître l'identité du coupable. Je m'aperçois m'être trompé royalement sur votre compte, M. Demers. Non seulement vous ne m'êtes d'aucun secours, mais en plus, vous avez réussi à me faire perdre mon temps. Vous allez m'excuser, mais je dois maintenant mettre un terme à cette ridicule discussion.

Constatant l'impatience de Charles, Léon réalisa que le cardinal était sur le point de le quitter. Il considéra alors que c'était sa dernière chance de l'informer des révélations troublantes sur la véritable signification du symbole de la croix.

La réaction de Charles fut immédiate et fracassante. Se levant précipitamment, il lui cria :

— Arrière, insolent !

Le maître d'hôtel s'approcha pour les avertir de se calmer.

Se levant tout aussi brusquement, Léon prit fermement l'avant-bras de Charles comme pour se donner une dernière tentative de persuasion.

— Bon sang ! À votre tour de m'écouter. Ce que je viens de vous dire est la plus stricte vérité, que cela vous plaise ou non. Il faut empêcher coûte que coûte l'Antéchrist de prendre le pouvoir, car s'il y parvient, il nous conduira tout droit vers une fin du monde digne de l'Apocalypse vue par Jean sur l'île de Patmos.

D'un mouvement répétitif, Charles tenta de se dégager de l'emprise de son interlocuteur. Avant qu'il n'ait réussi à s'éloigner, Léon lui lança :

— Avec ou sans vous, je vais tenter d'empêcher la menace qui plane au-dessus de nos têtes. Je vous ai dit que je connaissais le meurtrier des crimes répugnants commis la nuit dernière...Hé bien ! Oui ! Laissez-moi vous dire qu'il s'agit de l'œuvre de votre propre patron, le Saint-Père lui-même...

Charles continuait à marcher rapidement, sans se retourner, vers la sortie, en bousculant quelques clients au passage.

Léon décida de jouer sa dernière carte et lui cria, dans le silence soudainement créé par l'attention curieuse des clients devant ce spectacle inusité.

— Si vous changez d'idée, vous pourrez toujours me contacter à la *Pensione Alimandi*, j'y serai encore pour quelques jours, mais faites vite.

À peine sa phrase terminée, Léon vit s'éloigner son seul et dernier espoir dans la foule.

50

En s'en retournant d'un pas furieux à ses appartements, Charles réfléchit néanmoins aux paroles de Léon concernant la vraie nature de Koubilaï. Il était intrigué de constater qu'une personne totalement exclue du comité religieux du Vatican ait pu avoir une connaissance aussi précise du pape nouvellement élu. Plusieurs des points soulevés par Léon correspondaient à sa propre perception du Souverain Pontife et Léon estimait lui aussi que le nouveau pape constituait une menace certaine pour la population mondiale. « C'est probablement un simple hasard », se dit-il. Par contre, l'histoire de Léon au sujet de Satan cloué sur la croix à la place du Christ était complètement absurde et grotesque. Charles estimait qu'il était blasphématoire de douter ainsi de la crédibilité des évangélistes tout comme il était ridicule de croire que Judas avait été arrêté à la place de Jésus lors du repas pascal. « Jamais on ne pourrait imaginer une telle imposture », se dit-il. Il était hors de question pour lui d'accepter une telle thèse.

Oubliant pour quelques minutes la mésaventure rocambolesque qu'il venait de vivre, il se mit à penser à la façon dont il allait s'y prendre, maintenant que Yabelo et Bucci étaient morts, pour faire annuler l'élection de Koubilaï.

Préoccupé plus que jamais, il pénétra dans sa chambre plongée dans l'obscurité. Il actionna l'interrupteur électrique et prit soin de refermer à double tour le nouveau système de sécurité.

Avant d'enlever sa veste, Charles éprouva une bizarre sensation d'extrême humidité sous ses vêtements, comme s'il avait transpiré à grosses gouttes lors de sa marche. Peut-être, se dit-il, que sa rencontre avec Demers l'avait énervé plus qu'il ne le croyait.

Il commença à détacher les six premiers boutons de sa veste. Doucement, il retira son bras gauche de la manche humide. Sidéré, il n'en croyait pas ses yeux. L'image réfléchie par la glace placée devant lui montrait sa chemise blanche, devenue intégralement rouge. Persuadé qu'il avait dû s'infliger une blessure importante sans s'en être rendu compte, il mit spontanément la main à l'intérieur de sa chemise pour tenter désespérément de déceler une quelconque plaie. En palpant sa poitrine, Charles ne trouvait pourtant aucune trace de coupure ou de lésion qui aurait expliqué la présence de ce sang qui semblait avoir coulé à flots. Après avoir retiré sa chemise complètement, il observa minutieusement, à l'aide du miroir, la peau de son dos, puis celle de son torse, à la recherche d'indices sur la provenance du liquide visqueux. Tout à coup, il se figea. Ses yeux fixèrent le rosaire qu'il portait à son cou. Comme un funambule oscillant sur son fil métallique, la croix se baladait au gré des mouvements nerveux de son corps. Cette croix, visiblement, « saignait » abondamment.

51

Une ombre longeait les murs sombres des habitations de manière à éviter qu'on la repère. S'arrêtant près d'un panier à déchets, l'inconnu en souleva le couvercle, prenant bien soin d'éviter de faire le moindre bruit qui pourrait attirer l'attention. Un gros sac de papier brun se trouvait tout au fond du récipient. Ses doigts se frayèrent un chemin à travers les autres détritus et s'en emparèrent sans hésitation. Le sac fut retiré du contenant puant.

L'homme se faufila ensuite dans une ruelle obscure à l'abri des regards indiscrets et retira du sac les vêtements qui s'y trouvaient. Une soutane rouge, une chemise blanche et un col romain, ainsi qu'un béret assorti complétaient l'ensemble. L'individu enfila rapidement le costume et s'enduisit le visage et les mains de la cire à chaussures noire que contenait aussi le sac. Une fois son maquillage terminé, il se débarrassa du sac de papier, et il se dirigea lentement vers la grille du *piazzale Petriano*.

Cette grille était située entre le palais du Saint-Office, sur la *Piazza del Sant'Uffizio* et le long du bâtiment qui allait de l'extrémité sud-ouest de la colonnade de Bernini à la *Piazza du Protomartiri romani*, qu'on appelait le « bras de Charlemagne » à cause de la statue de l'empereur carolingien, érigée près du porche de la basilique, au-dessus de l'Arc des cloches.

Le passage des piétons et des voitures par la porte de cette grille, dans la partie sud de la Cité vaticane, était strictement réservé aux personnes autorisées, c'est-à-dire à celles ayant une carte de service du Saint-Siège ou de l'État de la Cité du Vatican.

Lorsque l'imposteur arriva au premier poste de contrôle, il salua, tête baissée, les deux militaires de la garde suisse qui surveillaient l'entrée de la grille et la franchit sans trop de difficulté.

Un second contrôle, plus sévère celui-là, était assuré par les agents du Bureau central de vigilance, cent-trente mètres plus loin, à la hauteur du Collège Teutonique. Un agent s'avança près de l'étranger et lui demanda de s'identifier. Sans prononcer une seule parole, il présenta la carte d'identité munie d'une photo de Yabelo Sékota. Le garde y jeta à peine un coup d'œil, le temps de lire le nom qui y était inscrit. De toute évidence, il n'avait pas encore été avisé que le titulaire de cette carte n'était plus de ce monde.

— Vous pouvez passer, M. Sékota, lui dit poliment le gardien.

L'étranger salua d'un signe de la main, la tête toujours inclinée vers le sol , comme il l'avait fait lors de son passage au premier poste.

Des sueurs froides perlaient sur son front humide. La crainte de se faire prendre l'avait rendu terriblement nerveux.

Une fois à l'intérieur des murs de la Cité du Vatican, il se félicita d'avoir pu déjouer si facilement la sécurité. Il passa devant le palais du Saint-Office, l'entrée de la Salle d'audience, le Collège Teutonique, puis bifurqua vers le cimetière du même nom.

L'endroit n'était éclairé que par la pleine lune qui brillait comme un phare au beau milieu de l'océan céleste. En un autre lieu que celui-ci, on aurait pu qualifier la nuit de poétique.

Les silhouettes allongées des pierres tombales, où reposaient pour l'éternité les corps d'anciens grands prêtres, donnaient un effet surnaturel à ces lieux bénis. Pas le moindre bruit ne parvenait à ses oreilles sauf le souffle du vent qui agitait les bosquets. L'étranger regarda autour de lui pour s'assurer que personne ne le suivait et s'appuya contre une sépulture de granit gris foncé. Il regarda sa montre qui indiquait vingt-trois heures quarante-cinq. Personne ne circulait plus à l'extérieur des bâtiments de la Cité à cette heure tardive.

Soudain, l'intrus sentit une main sortie des ténèbres s'abattre sur son épaule. Il laissa échapper un cri de surprise.

— Taisez-vous, lui commanda la voix, c'est moi, Charles.

— Bon sang ! Vous m'avez fait peur, répondit Léon, à voix basse.

De surprise, la pomme d'Adam lui était remontée dans la gorge.

— Excusez-moi, M. Demers, mais je ne suis pas

très habile à ces jeux de cache-cache nocturnes.

Après leur séparation fracassante au restaurant, Léon avait reçu un appel de Charles dès son arrivée à l'auberge. Le cardinal s'était excusé de la façon cavalière avec laquelle il s'était comporté et lui avait signifié qu'il croyait désormais en son histoire de mission divine. Il avait indiqué qu'il avait eu une « communication directe avec le Seigneur » avant d'offrir ensuite à Léon de faire équipe avec lui pour améliorer leurs chances de succès face à un adversaire redoutable et dangereux.

Le cardinal lui avait alors donné des directives bien précises pour pénétrer à l'intérieur de la Cité en évitant d'éveiller les soupçons des gardes aux points de contrôle. Après avoir subtilisé les effets personnels de Yabelo dans sa chambre en forçant la serrure de la porte, Charles avait caché à l'intérieur d'un sac brun quelques vêtements sacerdotaux ainsi que les papiers d'identité nécessaires pour berner la sécurité du Palais. Il prit soin aussi d'ajouter de la cire à chaussures noire pour foncer le teint pâle de Léon, et déposa le tout dans une poubelle, peu avant le moment de leur rendez-vous, près de la place publique.

— Il faut se rendre aux appartements de Koubilaï et le livrer aux autorités le plus vite possible, lui dit Charles, d'un ton ferme.

Sans sommeil depuis presque deux jours, Charles se sentait néanmoins d'attaque, certain que les heures qui allaient suivre verraient se jouer le sort de l'humanité. Rien de moins.

— C'est bien beau comme scénario, répliqua toutefois Léon, mais comment diable allez-vous justifier votre demande d'arrestation auprès des autorités policières ? Avec la difficulté que j'ai eu à vous convaincre de la réalité des problèmes que nous avons sur les bras, je crains malheureusement une réaction semblable de leur part lorsque nous leur affirmerons que le pape n'est en réalité que l'Antéchrist venu sur terre pour nous détruire. Inutile de dire que nous n'aurons aucune crédibilité.On risque même d'être arrêté à sa place.

— Connaissez-vous une autre solution, demanda Charles, un peu irrité par l'attitude négative de son partenaire.

— En toute franchise, non, répondit Léon, penaud.

— Eh bien !, commençons par le trouver et lui mettre la main au collet. Nous nous consulterons ensuite pour savoir ce que nous devrons faire de lui.

— Je veux bien adopter votre plan, puisqu'il semble que ce soit le seul que nous ayons.

— Très bien, maintenant suivez-moi en silence, nous nous rendons de ce pas où loge cette espèce d'enfoiré de Koubilaï.

Léon resta bouche bée devant le langage aussi « coloré » de l'homme d'Église. « Après tout, se dit Léon, Charles Langlois est un homme lui aussi, avec ses qualités et ses défauts. »

Ils quittèrent ensemble le cimetière en direction des appartements de la suite papale.

52

Quelque part dans la Cité, une petite chapelle était témoin de l'étrange comportement d'un homme solitaire debout devant une série de sculptures datant du premier siècle : des guerriers combattant, à l'aide de boucliers, de lances, de pics, d'arcs et de flèches, de curieux personnages, atrocement laids, qui semblaient sortis tout droit de la mythologie grecque. Ces êtres difformes possédaient une apparence terrifiante. Sur les bas-reliefs, ces mutants, mi-animaux, mi-humains, attaquaient hommes, femmes et enfants avec acharnement. Les crocs sortis, ces bêtes répugnantes dévoraient littéralement les corps déchiquetés de leurs victimes mortes au combat. On pouvait lire sur le visage des guerriers, toute la terreur que leur inspiraient des adversaires aussi cruels.

L'homme, indifférent devant cette œuvre d'une extrême violence, fit quelques pas pour s'en approcher davantage. S'humectant l'index avec de la salive, il le dirigea ensuite vers les bêtes les plus terrifiantes. Il en toucha certaines du bout du doigt, comme s'il avait des préférences, comme s'il choisissait des recrues pour un escadron de la mort.

Lorsqu'il eut terminé sa sélection, l'homme s'éloigna de la petite salle et emprunta un escalier qui le conduisit au jubé. Son attitude ressemblait à celle d'une bête, prête à attaquer.

53

En prenant mille et une précautions, saluant au passage les quelques rares gardes suisses qu'ils croisaient, Charles et son complice avançaient rapidement dans les corridors gris aux murs rugueux du Palais pontifical. C'est à cet endroit que tous les dimanches, à midi, le Saint-Père apparaît à la deuxième fenêtre de droite, pour réciter l'Angélus. Le Souverain Pontife prononçait souvent une courte allocution en italien et quelquefois dans une autre langue si on l'avait informé de la présence d'un groupe étranger important.

En été, quand le pape résidait à Castelgandolfo, la même brève cérémonie avait lieu mais, cette fois, dans la cour d'entrée du palais qui dominait le lac d'Albano.

Anxieux, les deux hommes se dirigeaient vers les appartements de Koubilaï. N'ayant pas décidé lequel des deux devait prendre l'initiative de procéder à l'« arrestation », Léon s'interrogea sur la meilleure tactique à utiliser pour capturer leur ennemi.

— Croyez-moi, chuchota Charles, le mieux serait de le tuer sur-le-champ afin qu'il ne puisse nuire à personne, mais n'ayant pas l'âme d'un tueur ou d'un mercenaire, il m'est impossible de faire une chose pareille, malgré qu'il soit l'Antéchrist ou je ne sais trop quoi. Il n'en reste pas moins qu'il a l'apparence physique d'un homme comme vous et moi.

— C'est la même chose pour moi, répliqua Léon. Mais je suis convaincu que le plus difficile sera de convaincre les autres qu'il est le Mal incarné. Qu'aurons-nous à dire pour le prouver ?

— Si nous ne pouvons nous débarrasser de Koubilaï de façon immédiate et permanente en le supprimant, dit Charles, nous pouvons par contre l'éloigner du pouvoir de la papauté en invoquant l'incident dont plusieurs ont été témoins lors de l'élection.

En avançant toujours, Charles expliquait rapidement l'incident survenu durant le conclave quand Koubilaï avait pris la parole, sans droit. Le cardinal énuméra aussi les raisons pour lesquelles, selon lui, ses amis avaient péri. Il informa Léon qu'il avait lui-même échappé miraculeusement, la nuit précédente, à un attentat.

— Je suis persuadé, poursuivit-il, que Koubilaï est l'auteur de ces actes indécents, mais je ne peux le prouver pour l'instant. De toute façon, c'est aux enquêteurs policiers que reviendra la lourde tâche d'élucider les deux crimes, pas à moi. Je dois subir un nouvel interrogatoire demain matin avec l'inspecteur Di Tomasso. J'en profiterai pour lui dire toute la vérité concernant nos intentions, la mienne et celles de mes anciens compagnons, de vouloir bloquer le processus d'accession de Koubilaï au pouvoir.

À partir de cet instant, Di Tomasso pourra alors enquêter sur les allées et venues de cet escroc, qui sera considéré comme suspect numéro un dans cette funeste affaire.

— Le mobile, il me semble, ne laisse planer aucun doute sur les motifs qui l'ont conduit à cette boucherie, dit Léon.

— Exact.

— Génial, s'exclama Léon, une fois en prison, Koubilaï ne pourra plus causer aucun dommage.

À la pensée qu'ils approchaient du moment de la délivrance de leurs angoisses, la joie était à son comble. Ils entrevoyaient l'avenir avec beaucoup plus d'optimisme. Charles ayant trouvé une faille dans les agissements de Koubilaï, ils comptaient bien capitaliser au maximum sur cette négligence.

Arrivés devant l'appartement du pape, Charles demanda à Léon de s'éloigner et de se placer à gauche de la porte, comme s'il redoutait une attaque surprise de l'occupant des lieux. Il frappa trois coups secs pour signifier clairement leur présence.

— Koubilaï, ouvrez, c'est Charles Langlois.

Aucune réponse ne leur parvint. Ils s'annoncèrent à nouveau en frappant plus fort sur la cloison de bois, sans obtenir de réponse, comme si personne ne se trouvait à l'intérieur.

— Reculez, dit Léon à Charles, je vais tenter d'enfoncer cette fichue porte de malheur avec un solide coup d'épaule.

— Vous n'y pensez pas, vous allez vous blesser,

lui dit sagement Charles. Cette porte est une véritable forteresse et en plus, vous risquez d'attirer l'attention des gardes avec le bruit que vous pourriez provoquer en la fracassant.

— Vous avez peut-être une meilleure idée, lui demanda Léon sur un ton sarcastique.

Charles comprit l'allusion de sa remarque.

— Bien sûr que non. Vous avez sans doute raison, admit-il. Il faut prendre la chance, quitte à se faire repérer.

Léon recula de quelques mètres pour se donner un élan. Comme il était sur le point de s'élancer vers la muraille de bois, Charles le stoppa pour poser la main sur la poignée et tenter de la tourner. Il ne rencontra aucune résistance du mécanisme.

— Arrêtez! Ce n'est pas verrouillé.

Léon avait presque perdu l'équilibre. Il s'approcha de Charles et poussa doucement la porte qui, à sa grande surprise, s'ouvrit.

On n'y voyait goutte à l'intérieur. Une noirceur totale enveloppait de son manteau lugubre tout l'appartement. Une intolérable odeur de « renfermé » et de moisi parvenait aux narines des deux hommes.

— Il semble bien que la suite soit déserte, dit Léon.

— Quelle odeur, s'exclama Charles, on se croirait dans un dépotoir!

Léon porta la main au visage pour se couvrir le nez et la bouche afin d'échapper à l'odeur exécrable qui se dégageait de la pièce. Il chercha l'interrupteur afin de voir clair dans ce « bordel ». Mais même une fois l'interrupteur actionné, tout resta dans l'obscurité, comme s'il y avait une panne de courant.

— Il faudra se débrouiller sans lumière, dit Léon. Il n'y a rien qui fonctionne ici.

Un peu plus loin, semblant provenir d'une autre pièce, une lueur orangée blafarde laissait présager d'une certaine activité dans cette partie de l'appartement. Avec précaution, Charles suivit son coéquipier qui tentait de trouver son chemin dans ces lieux inconnus. Il faisait si sombre que, de temps à autre, les pieds de Léon heurtaient des obstacles qu'il ne parvenait même pas à identifier dans ce fouillis indescriptible. Comme ils s'approchaient de la source de leur curiosité, l'odeur de l'air ambiant se modifiait graduellement, passant de l'odeur de pourriture à celle de la paraffine chauffée.

Arrivé au seuil de la pièce, Léon arrêta brutalement son complice en lui enfonçant le coude dans le ventre. Ils regardèrent devant eux la « cérémonie » qui les attendait. Des dizaines de cierges étaient allumés, source d'une lumière douce et féerique. L'endroit était décoré d'une croix pleine grandeur fixée au mur, au fond de la chambre, sauf que ce n'était pas le Christ qui y était cloué.

— Bon sang ! Mais qu'est-ce que c'est que cette horreur, s'exclama Charles.

— C'est l'erreur que nous devons réparer, lui chuchota Léon. Voilà ce que les hommes ont adoré durant des siècles. Ne vous posez plus de questions à savoir pourquoi l'humanité est devenue ce qu'elle est présentement, pourquoi tout est pourri, même l'air que nous respirons.

Léon s'approcha de l'affreuse créature qui remplaçait le Christ sur la croix.

— Sois maudit pour tout le tort que tu as fait jusqu'à ce jour. Ton règne tire à sa fin car je vais empêcher qu'il se prolonge davantage.

C'est alors qu'il repéra une note écrite sur un bout de papier déposé au pied de la statue.

Léon se pencha et ramassa le message qui semblait leur être destiné.

« Toi, l'enfant de pute et cet imbécile de cardinal de mes fesses, vous en avez mis du temps à me trouver. Je vous attends ce soir, à la chapelle du Saint-Sacrement pour fêter nos retrouvailles, bande de cons. Faites en sorte de ne pas être trop en retard.
Votre Maître, Koubilaï »

— L'heure de vérité est arrivée, dit Léon. Nous devons nous rendre à cette chapelle, même si cela me semble être un guet-apens. De toute manière, il faudra bien qu'à un moment ou l'autre, nous nous retrouvions face à face.

— Allons-y tout de suite et terminons-en au plus vite avec ce cauchemar, répondit Charles.

Ensemble, ils tournèrent le dos à la croix et sortirent. Les voyant s'éloigner d'elle, la créature crucifiée ne put s'empêcher de faire un sourire.

54

La chapelle du Saint-Sacrement était protégée par une grille en fer forgé, un travail qui avait été confié à Francesco Borromini. Conçue par Bernini, elle constituait une rare réussite du style baroque. Entouré d'une balustrade, l'autel supportait un tabernacle si monumental qu'il fallait un escabeau pour y accéder. Le pape Clément X l'avait commandé à Bernini qui avait terminé le travail en 1675. Flanqué de deux anges agenouillés, surmonté des statuettes des douze apôtres, ce tabernacle de bronze était un des chefs-d'œuvre de l'artiste.

Derrière l'autel et le tabernacle, une toile de Pietro da Cortona représentait la Sainte Trinité.

Sur le côté droit, l'autel de Saint-François d'Assise était orné d'une mosaïque inspirée d'une toile du Dominicain représentant le Poverello d'Assise accueillant les stigmates.

Juste à côté, une scène de combat intitulée *Le Bien contre le Mal* présentait des soldats aux prises avec une invasion de démons déchaînés et sauvages.

La sculpture, terrifiante, rappelait aux chrétiens le combat perpétuel qu'ils doivent mener tout au long de leur vie contre Satan et ses troupes.

La porte à la gauche de l'autel donnait accès à l'escalier royal du palais pontifical. C'est cet accès que Charles et Léon utilisèrent pour accéder à la chapelle. Léon eut immédiatement une impression de « déjà vu ».

Sur ses gardes, Léon examinait chaque recoin où Koubilaï aurait pu se cacher tout en s'avançant prudemment vers l'escalier qui menait au jubé de la chapelle.

À peine avaient-ils franchi quelques mètres, qu'une cacophonie infernale d'orgue déchira soudainement le silence qui régnait dans la nef comme si le musicien avait décidé de jouer de façon à faire peur aux arrivants.

— Il est là-haut, dit Charles, au second étage, à l'endroit où se trouve l'orgue.

— Ne bougez surtout pas, Charles, j'y vais seul. S'il essaie de s'enfuir en empruntant un autre chemin, vous serez alors en mesure de l'arrêter.

— Compris.

Léon monta les marches deux à la fois. En moins de temps qu'il n'en faut pour le dire, il était rendu à l'étage supérieur, essoufflé de s'être déplacé si rapidement. Il s'arrêta pour voir Koubilaï, tourné vers lui, appuyé à une petite balustrade, surplombant le chœur où Charles se trouvait.

— Vous me voyez ravi de constater que vous avez accepté si gentiment mon invitation, M. Demers. Je vous reconnais malgré votre déguisement d'outre-tombe, lança Koubilaï, sarcastique. C'est donc vous, l'Élu du Peuple que ce cher Dieu a envoyé sur terre pour venir délivrer le monde de l'emprise de mon Maître?

Koubilaï éclata de rire. Si fort que les murs en tremblèrent. Léon le pointa de son index, comme pour le défier dans un duel. Il n'était nullement intimidé par les réactions de son adversaire, possédant la certitude d'une force invincible.

— Misérable créature de l'Enfer, tu ne peux m'échapper maintenant. L'heure est arrivée pour toi et les tiens de demander pardon au Créateur pour toutes les bêtises que vous avez commises depuis la nuit des temps.

— Cesse de dire des balivernes, minus. Tu n'es rien. Souviens-toi, Léon, des rêves que tu faisais lorsque tu étais endormi près de ta salope de femme. Tu te rappelles lorsque les démons t'ont chassé hors de l'église, toi et le Pape à tes côtés? Vous avez fui en courant comme des lapins peureux devant des chasseurs. Tu aurais dû pourtant comprendre le message qui t'était alors destiné. C'est simple, on ne veut pas de ta présence ici, ni de la tienne ni de celle de tous les imbéciles qui pleurnichent comme des enfants devant le Dieu que tu adores.

Léon était sidéré d'apprendre que Koubilaï connaissait les moindres détails de sa vie et de ses cauchemars.

Le fils de Satan se tourna en direction de Charles, resté dans la nef.

— Je n'ai qu'un seul regret, Charles chéri, dit-il

en haussant le ton. Celui de n'avoir pu vous entraîner avec vos deux amis dans le repos éternel. Mais j'ai un message pour vous de la part de Yabelo. Il m'a demandé de vous transmettre ses dernières paroles avant de mourir.

Koubilaï gémit avec les couinements d'un porc à l'abattoir.

— Assez, misérable, cria Charles. Vous n'êtes qu'un monstre sans scrupules, une bête sanguinaire qui ne pense qu'à tout détruire sur son passage. Vous ne méritez pas de vivre, sale bâtard.

Koubilaï s'esclaffa de nouveau.

— Que voilà de vilains mots pour un homme juste et bon ! J'ai suffisamment perdu de temps avec de petits rigolos de votre espèce. Il ne me reste plus qu'à vous dire au revoir et souhaiter que nous nous revoyions un jour en Enfer.

Il pointa alors du doigt les sculptures qu'il avait au préalable désignées et prononça des paroles que ni Charles ni Léon ne comprirent.

Toujours immobile au centre de la chapelle, Charles entendit des craquements qui semblaient provenir de derrière lui.

— Attention, dit Léon. Derrière vous !

Charles se retourna rapidement et vit avec horreur une armée d'êtres infâmes et hideux s'avancer lentement vers lui.

— C'est aberrant, tout à fait incroyable, parvint-il à articuler. Les statues bougent.

Sautant hors de l'emplacement pour lequel

elles avaient été conçues, les affreuses petites bêtes encerclaient leur victime, prêtes à donner l'assaut final. Elles étaient toutes différentes mais toutes aussi laides. Certaines avaient des ailes tandis que d'autres étaient recouvertes d'écailles comme des poissons. Elles affichaient par contre toutes le même regard cruel et sadique de leurs yeux rouges et exorbités.

— Qu'est-ce que je peux faire, Léon ? Je suis pris au piège comme un rat, cria Charles. Si je ne trouve pas une solution rapidement, je servirai de nourriture à cette bande d'infectes bestioles.

Léon regarda, impuissant, le spectacle qui se déroulait sous lui. Bien que, pour l'instant, les bêtes se concentraient uniquement sur Charles, il savait pertinemment que son tour viendrait ensuite.

Les bêtes continuaient à gagner du terrain et se rapprochaient dangereusement de Charles. Certaines d'entres elles se léchaient déjà les babines en pensant au festin qu'elles s'apprêtaient à faire. Le cercle se refermait lentement mais sûrement. Il n'y avait aucune issue. Charles sentant sa dernière heure arriver, voyant l'impossibilité de s'échapper, eut le réflexe de s'agenouiller.

Léon ne voyait comment ils pouvaient se sortir de cette situation mais, en apercevant Charles prêt à faire le signe de croix comme, il lui cria très fort :

— Non, Charles, ne faites pas le signe de croix. Rappelez-vous qu'il s'agit d'un signe du démon.

Le cardinal arrêta immédiatement le geste qu'il

s'apprêtait à poser. Dans son énervement, Charles avait complètement oublié ce « détail ».

Du haut de son perchoir, Koubilaï jubilait en contemplant son armée de monstres avoir le dessus sur des hommes qui, malgré la situation, contrôlaient leurs peurs et leurs émotions d'une façon étonnante. Pour Koubilaï, la mort n'était que la fin de la fête qui survenait quand une victime avait été suffisamment torturée et avait assez souffert.

Léon se rappela soudain du signe céleste dont Victoria lui avait parlé lors de sa rencontre.

— Charles, écoutez-moi attentivement et ne posez pas de questions, le temps presse ! Trouvez n'importe quoi qui peut servir à tracer une ligne et dessinez une étoile sur le sol.

- Quoi ? demanda Charles.

— Faites ce que je vous dis, dessinez une étoile et placez-vous au centre de celle-ci.

Les bêtes refermaient de plus en plus leur cercle. Elles étaient maintenant si près que Charles pouvait les entendre faire du bruit avec leurs langues fourchues qui glissaient entre leurs dents pointues. Désespéré, il chercha des yeux autour de lui quelque chose qui pourrait l'aider à tracer ces lignes « protectrices » auxquelles Léon faisait allusion. La proximité des bêtes devenait elle aussi un véritable casse-tête car elles n'étaient plus qu'à une dizaine de mètres de lui et avançaient continuellement.

Près de l'autel, une statue de la Vierge Marie était érigée le long du mur. Il y aperçut des cierges que les pèlerins pouvaient allumer pour obtenir des faveurs divines moyennant une obole. Vif comme un chat, il en saisit un et commença à dessiner une étoile. La cire molle servit de crayon-marqueur et laissa, comme par magie, une ligne blanche bien distincte sur le plancher de bois foncé. Les bêtes n'étaient plus qu'à quelque cinq mètres de Charles quand celui-ci termina son « travail ».

Comme si elles étaient devant un bouclier invisible, les créatures s'arrêtèrent instantanément en se lamentant et en gémissant à la vue du symbole. Le sol se mit tout à coup à trembler et une lumière d'une blancheur éclatante inonda la chapelle. Les lamentations des créatures firent place à des hurlements déchirants dont le son était amplifié par l'écho répercuté dans la salle vide. Elles tentèrent de se voiler le visage avec leurs mains palmées pour éviter les rayons lumineux qui les aveuglaient et brûlaient les pupilles sensibles de leurs yeux.

Devant cet événement inattendu, Koubilaï réagit de la même façon. Il emprunta péniblement une échelle qui menait au sommet d'un clocher.

La puissante énergie lumineuse n'avait nullement incommodé Charles et Léon. Au contraire, un sentiment de force semblait pénétrer à travers les pores de leur peau. Une incroyable volonté se dégageait de cette clarté bienfaisante. Les combattants du Malin étaient disparus comme par enchantement.

— Que s'est-il passé ? demanda Charles, encore abasourdi.

— C'est le signe de Dieu qui a catapulé l'envahisseur dans l'Au-delà. Lors de ma rencontre avec Sœur Victoria, celle-ci m'avait dit que l'Étoile est la marque du Seigneur. Si je comprends bien, c'est probablement la première fois que des hommes utilisent le véritable emblème de Dieu dans sa maison contre les forces du Mal.

Encore ébranlé par ces événements surnaturels, Léon revint subitement à la réalité.

— Je pars à la recherche de Koubilaï. Je l'ai vu se diriger vers l'escalier et y grimper.

— Il ne peut plus nous échapper maintenant, Léon. Il est allé se réfugier tout là-haut, à la tour du clocher.

— J'y vais seul. Par contre, si je ne suis pas de retour dans vingt minutes, ne tentez pas de venir à mon secours, ce pourrait être dangereux. Allez plutôt chercher de l'aide au commissariat de police, compris ?

— Compris ! Mais pour l'amour du ciel, soyez prudent, Léon.

— Je ferai mon possible.

Sur ces mots, Léon emprunta le même chemin que prit Koubilaï.

***

Rendu au dernier barreau, malgré la pénombre, Léon regarda dans toutes les directions avant de s'aventurer plus loin pour ne pas être victime d'une attaque surprise. À cette hauteur, le vent soufflait avec rage en cette nuit fraîche de décembre. Les violentes bourrasques s'infiltraient dans les nombreuses fissures du vieux clocher, causant ainsi un sifflement continu et lugubre. Une énorme cloche de bronze, lourde de plusieurs tonnes, était suspendue au centre de l'étroite tour. Même si elle était maintenant actionnée par un système électronique sophistiqué, le Comité des immeubles du Conseil d'administration du Vatican avait fait la recommandation de conserver le mécanisme traditionnel, élément important du patrimoine culturel du monument. Au Moyen Âge, pour actionner le carillon, on se servait de la corde fixée solidement au sommet de la cloche, laquelle, passant par une trappe de cinq mètres de circonférence, descendait trente mètres plus bas. Le responsable de cette corvée, un moine à l'époque, s'agrippait fermement le plus haut possible sur la corde, et s'y balançant, faisait vibrer une impressionnante symphonie musicale.

Après avoir posé les deux pieds sur le plancher, Léon ressentit immédiatement une affreuse brûlure dans le dos. Se retournant, il vit des griffes pointues et sanglantes. Les ongles de Koubilaï, effilés comme des lames de rasoir, venaient de lui pénétrer dans la peau et y avaient laissé des sillons, comme des labours dans un champ de culture. Il se tordit de douleur et tomba à la renverse, près de la trappe.

Koubilaï s'approcha et lui asséna un violent coup de pied à la tête. Une vilaine plaie au-dessus de l'œil gauche lui ensanglantait tout le visage. Constamment en train d'essuyer le sang qui s'accumulait dans ses yeux et luttant pour garder conscience malgré la douleur, Léon avait de la difficulté à voir ce qui se passait devant lui.

— Écoute, Koubilaï, il est encore temps de sauver ton âme, parvint-il à dire. Dieu n'a jamais refusé le salut à un homme qui reconnaissait ses torts et voulait se convertir.

Koubilaï éclata de son rire satanique. Il regardait Léon d'un air méprisant sans se soucier des recommandations de l'homme qui gisait, vulnérable, à ses pieds.

— Tu es vraiment plus con que je ne l'aurais imaginé. Tu n'es vraiment pas en position de me dire quoi faire, toi qui rampes au sol comme de la vermine. Tu me demandes de renoncer à tous mes frères de sang pour rejoindre un Dieu qui t'a laissé tomber ? Non merci, je n'ai pas besoin d'un regroupement de pédés comme le tien. Une fois que j'en aurai terminé avec toi et ce stupide Charles Langlois, je pourrai enfin me consacrer à ma véritable vocation, la domination de mon Maître sur tous les êtres vivants de la planète. Aucun autre obstacle ne se dressera pour que l'on parvienne à la corruption et à l'anarchie totale dans le monde entier. Satan aura enfin eu sa vengeance sur celui qui a accompli toute cette chienne de création et qui l'a éloigné définitivement du droit d'aller au paradis pour l'éternité. Puisque Dieu ne nous veut pas dans son maudit Royaume, nous allons bâtir notre propre empire ici même, avec l'horreur et le péché. Les Ténèbres régneront et les hommes seront condamnés à la souffrance et à la violence. Guerres après guerres, famines après famines. Voilà l'avenir que je réserve à tes semblables jusqu'à la destruction complète de la vie sur Terre.

« Voilà donc la vraie vision que Jean avait eue sur l'île de Patmos et qu'il décrit dans la Bible », se dit Léon, abasourdi.

Malgré le sérieux de la situation, il ne put s'empêcher de penser que la jalousie était la raison principale de l'acharnement de Satan contre le peuple de Dieu. Ne pouvant égaler Son œuvre, Satan s'était fixé comme objectif de détruire la Création du Père Tout-Puissant et s'organisait pour soulever ses fidèles contre Lui de façon à vouloir L'humilier.

— Assez de bla-bla, c'est le moment pour toi d'aller rejoindre ton Dieu, lui cracha Koubilaï. Tu auras toute l'éternité pour discuter longuement de ses erreurs avec lui. Adieu !

Trop occupé à rire de son adversaire, Koubilaï ne s'aperçut pas immédiatement que Léon se levait péniblement pour l'affronter. Léon avait réussi à reculer de quelques pas et avait failli perdre pied avant de réaliser qu'il était à proximité du trou béant dans lequel pendait le câble qui permettait d'actionner la cloche. Espérant que Koubilaï ne l'avait pas remarqué, il se plaça droit devant, obstruant du même coup la vue du piège improvisé.

— Tu ne fais pas un petit signe de croix avant de mourir, demanda Koubilaï d'un air moqueur.

— Va te faire foutre, toi et tous ceux de ta race !

Visant le cou de Léon Koubilaï prit son élan, les bras tendus devant lui. Léon, toujours affaibli par les sérieuses blessures que lui avait infligées son agresseur, chancelait de gauche à droite, d'avant vers l'arrière, vulnérable à toute attaque. Laissant s'approcher Koubilaï suffisamment près de lui, il calcula avec précision le moment propice pour jouer sa dernière carte. Toujours ennuyé par sa vue embrouillée, il souhaita que sa tactique fonctionne. Sentant une planche se soulever sous son pied, Léon s'écrasa délibérément au sol sans avertissement.

Les deux pieds de Koubilaï heurtèrent violemment le corps allongé de Léon sur le plancher et il bascula par-dessus lui pour plonger tête première dans le vide. Son cri de désespoir fut bref, interrompu par la tentative de Koubilaï d'attraper la corde qui pendait de la cloche. Ses efforts furent vains, la corde s'emmêlant autour de son cou. Son corps, dans une ultime pirouette, lança les pieds vers le sol et s'arrêta brusquement comme une vulgaire marionnette au bout d'une ficelle. Léon, malgré le vent, avait entendu clairement le craquement des vertèbres de son adversaire. La secousse imprimée à la corde vers le bas fit osciller l'énorme cloche qui, dans un glas sinistre, annonça à la Cité entière la mort de son futur pape, pourtant Fils de Satan.

Du haut du clocher, par la trappe, Léon regarda

sous lui et vit une scène qui lui rappela les dernières paroles de Matthieu à propos du suicide de Judas.

44   « Son cadavre balançait au bout d'une corde. »

55

Au cours des jours suivants, l'enquête menée par Di Tomasso sur les meurtres de Yabelo Sékota et de Giacomo Bucci connut un triste dénouement suite aux révélations de Charles Langlois sur les causes probables de cette tragédie.

Lors de la fouille policière dans les appartements du pape, on avait pu confirmer une « anomalie psychologique » du comportement de Yuan Koubilaï en constatant l'étrange décoration des pièces pleines de personnages aux allures sataniques et l'odeur pestilentielle qui y régnait.

Les enquêteurs avaient conclu que Koubilaï, voyant son poste de pape en danger, avait exécuté de sang-froid ses opposants. Charles et Léon, n'ayant soufflé mot de leur affrontement avec Koubilaï, avaient laissé les policiers sur l'impression qu'il avait choisi de se suicider plutôt que de vivre avec le remords de ces meurtres.

56

Les semaines s'étaient succédées et le souvenir des derniers drames survenus dans la Cité s'estompait doucement.

La tension, toujours présente, avait toutefois baissé d'un cran, ce qui avait permis la nomination d'un nouveau secrétaire d'État, en remplacement de Giacomo Bucci, lequel, avec Yabelo Sékota, avait été l'objet de funérailles officielles.

Évidemment, les autorités du Vatican avaient filtré toute l'information pour que le public ne puisse connaître les véritables circonstances des assassinats. Radio-Vatican avait affirmé que les martyrs avaient été victimes d'un acte terroriste revendiqué par un groupe extrémiste dont l'existence avait été inventée de toutes pièces, tout comme les raisons de l'attentat. Pour maquiller la mort subite du Pape, un second communiqué du Vatican avait expliqué que, suite à l'agression qui avait coûté la vie à deux de ses cardinaux, dont son secrétaire, le Souverain Pontife avait subi un arrêt cardiaque fatal.

Nouvellement élu secrétaire, Antonio Marchiori avait ordonné la tenue, au début de février 2000, d'un conclave pour combler à nouveau le poste laissé vacant par Koubilaï.

Le jour de l'élection, après un seul tour de scrutin, Charles Langlois, avait gagné la faveur générale de l'assemblée en rapportant haut la main le titre de pape.

***

Ce jour-là, sa victoire acquise, Charles se rendit sur le balcon où une impressionnante foule l'attendait. Habituée à voir le pape richement couvert de vêtements brodés d'or et de plusieurs bijoux, l'assistance eut la surprise de le voir apparaître revêtu d'une simple tunique blanche, sans aucun artifice.

Debout devant le micro, prêt à prononcer son discours inaugural, il tourna la tête vers le palais pontifical. Il fit signe à une personne qui se tenait sur le seuil de la porte, de venir le rejoindre sur l'estrade d'honneur. Léon s'approcha timidement en agitant la main pendant que la foule exprimait sa joie. Les gens étaient si bruyants que Charles dut pratiquement crier dans les oreilles de Léon la résolution qu'il venait de prendre.

— Je veux que tu deviennes mon conseiller personnel, Léon. Ensemble, nous contribuerons à l'amélioration des conditions de vie du peuple de Dieu. Nous sommes ses serviteurs et nous devons convaincre toute la population d'effectuer des changements radicaux. Ça s'impose après les mauvaises habitudes qui nous ont été enseignées. Prêchons par l'exemple ! Fini les richesses personnelles au sein de l'Église, le temps est venu de partager avec tous nos frères. Il faut que tous les fidèles connaissent maintenant la Vérité.

***

Pendant la cérémonie entourant les festivités de l'élection papale, au grand étonnement des médias du monde entier, une équipe de travailleurs s'affairait à décrocher la gigantesque croix qui se trouvait sur le dessus de la coupole dorée de la basilique Saint-Pierre.

57

Flatté de la proposition que Charles venait de lui faire de l'inclure au sein de son « équipe », Léon lui demanda de lui accorder quelques semaines de réflexion pour lui permettre de discuter avec sa femme Chantal de la possibilité de s'installer avec les enfants au Vatican.

Au même moment, il eut une pensée pour celle qui l'avait attendu durant toutes ces années sans jamais perdre espoir. Comme elle l'avait fait avec son prénom, il fit de même avec le sien et comprit probablement le dernier message qui lui était destiné :

VICTORIA... VICTOIRE !

58

À plusieurs kilomètres de Rome, dans une petite chambre du Couvent du Silence, au Portugal, un téléviseur diffusait des images du nouveau pape. Victoria, étendue sur son lit, vit apparaître Léon aux côtés du souverain pontife. Heureuse et sereine, elle se dit qu'enfin, après toutes ces années de patience, un monde meilleur était sur le point de naître. Satisfaite d'avoir mené à bien la mission que la Vierge et Lucia lui avaient confiée, elle ferma les yeux une dernière fois, allant rejoindre ainsi Jacinta et Francisco dans leur paradis.